文庫書下ろし&オリジナル

魚舟・獣舟

上田早夕里

光　文　社

目次

魚舟(うおぶね)・獣舟(けものぶね)　5
くさびらの道　35
饗応　67
真朱の街　77
ブルーグラス　115
小鳥の墓　145

解説　山岸真(やまぎしまこと)　324

魚舟(うおぶね)・獣舟(けものぶね)

生まれてはじめて獣舟を見たのは七歳のときだ。息がつまりそうな熱い大気と、毒棘のような陽射しが紺碧の海をじりじりと灼いていたあの夏——上甲板で家族の洗濯物を広げていた私は、右舷後方から接近してくる影に気づいたのだ。

そいつはあっというまに私たちの船に追いつくと、追い抜きざま、爆音にも似た水音をたてて海面を対鰭で叩いた。ぐうっと背伸びするように浮かびあがった黒い巨体に、これは魚舟じゃない、獣舟だと私は直観した。

洗濯物を放り投げて舷墻に駆け寄った。噴きこぼれそうな積乱雲を背景に、獣舟はゆるやかな放物線を描きながら進行方向の海面へ着水した。

横波が船を激しく揺さぶった。洗濯物がくるりと竿に巻きついた。私は脚を滑らせてぶざまに転んだが、すぐに跳ね起きて手すりにしがみつき、海上に獣舟の姿を探した。

獣舟の体長はゆうに十五メートルを超えていた。クジラやイルカとは違う扁平な頭と体軀。神々しいというよりは、どこか滑稽なフォルムだ。間近で眺める外皮はまるで鋼のようだった。艶やかな背中を海水が滝のように流れ落ちていく。背面のどこにも居住殻は見あたらない。やはり〈操舵者〉を持たない舟、獣舟なのだ。

父が居住殻から上甲板へ駆けあがってきた。私は怪我のないことを告げ、海面にまだ姿を残す獣舟を指さした。父は眉(まゆ)の上に掌(てのひら)をかざしながら洋上を眺め、やがて、星形の疵(きず)が見えるとつぶやいた。私を振り返り、珍しいものを見たなとうれしそうに言った。あれはおまえの伯母(おば)さんだ。あの大きさだと、そろそろ陸へあがるつもりなんだろうな、と。

それがどういう意味なのか、当時の私には理解できなかった。わかったのは数年後、第二次性徴期に入る直前のことだった。

満月が中天に近づいていた。仮設テントの前から見わたす夜の海は、砕かれた燻銀(いぶしぎん)のようにゆらめき輝き、絶えることのない潮騒と共に私を眠りに引きずり込もうとしていた。

革のベルトから水筒を抜き、栓を開いた。眠気覚ましの苦い茶を喉へ流し込む。海上コミュニティから陸へ移住して十二年。懸命にやってきたつもりが、たいして前へ進んでいないことが腹立たしい。こんなつまらない仕事ひとつ、いまだに拒否できないのだ。

仮設テントの近隣には自走式の砲が三台。それぞれにオペレーターがつき海を見張っている。暗視装置は休むことなく海岸を走査している。浅瀬には海草やフジツボでびっしり覆われた礁(しょう)があり、潮が引いたいまは、それがあちこちに頭を出していた。岩の礁ではない。かつては大都市の一部だった高層建築物のなれの果てだ。

夜空を切り裂くように、繁殖期の夜烏(よがらす)の声がときどき響いてくる。それに混じって、奇妙な鳴き声も聞こえてくる。熟練のオペラ歌手が朗々と歌いあげるような、だがヒトではないことが明らかな声だ。バリトンからテノールあたりの音域を高く低く漂い、ときおり何の前触れもなくソプラノまで駆けのぼる。陸にあがった獣舟が仲間を呼ぶ声だ。彼らは昼間はめったに鳴かない。だが夜になると、よく通る声で狂おしいまでに歌い始める。それを頼りに、今夜もまた新たな獣舟が浜へあがってくる。そいつらを見つけて射殺するのが私の仕事だ。

夜勤は真夜中から明け方まで。日の出と共に私は監視業務から解放される。臨時と言われて従ったまま、こんな生活をもう一年も続けている。班は複数のポイントに配置されているが、私がいるのは一番暇な場所だ。配属以来、上陸してきた獣舟はたったの二頭。異動の気配は全くない。ようするに私は飛ばされたのだ。上司の嫌がらせで。

苦茶をもうひとくち飲んだとき、耳の奥の受信器に、立入禁止区域で侵入者を発見したという報告が飛び込んできた。責任者に会わせろと騒いでいるその人物は、手の甲に埋め込まれているデータを読み取ったところ、太平洋区域に棲む海上民でミオという名前だという。

思わず水筒を取り落としそうになった。首筋がじわりと熱くなった。まさか——私が知っているあの「ミオ」なのか？

本部で待たせろと告げると、私は駆け足で仮設テントへ戻った。乱れた呼吸もそのままに飛び込むと、両手を拘束具で縛られた女が、部下たちを相手にわめき散らしていた。

よく通る強い声、引き締まった長身からほとばしる情熱――。若い頃から何ひとつ変わっていない、大人になった美緒の姿があった。成熟しきったまろやかな肢体に私はしばし見惚れた。美緒はこちらを向いた途端、夜の挨拶もなしに両手を前へ突き出した。「これを外して」

「害にならないとわかったらな」私は部下たちを全員テントの外へ出した。ふたりきりになると訊ねた。「久しぶりの再会が、私の仕事の邪魔とはどういうつもりだ」

美緒は臆面もなく答えた。「獣舟狩りを中止して欲しいの」

「無理だ。私は仕事でやっている。上からの命令がなければ動けない」

「逃げられましたとでも、報告しておけばいいじゃない」

「ばれたら罰則を食らうのは私だ。やっかい事はごめんだね」

「ここへ上陸してくるのは、あたしの〈朋〉なのよ」

美緒は私の動揺を見透かしたようだった。叩きつけるような調子で続けた。「覚えているでしょう。あなたも一緒になって遊んだ、一緒になって虐めた、あの魚舟が帰ってきたのよ。獣舟になって」

「だから何だと言うんだ。魚舟でもない〈朋〉が、いまさら何の役に立つ」

美緒は私を睨んだ。「あの子を火薬でからかおうと言い出したのは、あなたよ」

「意気揚々と乗ったのは、君も同じだ」と私は意地悪く言った。

そう、私たちは確かに楽しんでいたのだ。あのとき。あれを相手に。

未練はもうないはずなのに、いまだにあの頃の暮らしを夢で見ることがある。幾千もの大型機械船がきらびやかな旗を揚げて整列し、紺碧の洋上を粛々と進んでいた光景。畸形の樹木に似た構造物に覆われた巨大な人工浮島。そこで暮らす政治家たち。私の家族は浮島にはあがらず、人生のほとんどを自分たちの船で過ごした。魚舟と呼ばれる船の上で。

海上民は生涯を陸へあがらず海で過ごす民族で、海上では手に入らない物資のみ陸上民との交易で調達する。家族単位で船を持ち、ときには別家族の船と交流し、コミュニティを作って大勢で移動する。海のすべてを自分たちの庭と心得る一族は、いまや陸上民を圧倒する勢いで繁栄していた。陸地の大半が水没した世界では、思い切って陸での生活を捨てたほうが身軽になれるのだ。

私は思春期まで海上民のコミュニティに所属し、後に自分の意志でコミュニティを捨てた。あのときのことはいまでもよく思い出せる。家族よりも友人のほうが大事になり始めていた頃、私と美緒を含む数人の子供たちは、徒党を組み、刺激的な遊びを探していた。海へ飛び込むときの足場の高さを競い、どれぐらい深く潜れるかを比べ合った。毒棘のある魚を素手で何秒摑めるか試し、大変な目に遭ったりもした。

ある日のことだった。美緒が家族と暮らしている船に、小さな魚影がついてくることに私たちは気づいた。妙に人懐っこい魚が船尾を追ってくる——それだけで次の遊びは決まった。当時の私たちは、そういう存在に愛嬌を感じるよりも、むしろ虐め倒さずにはいられない年頃だったのだ。

最初は小魚や小エビを投げ与え、魚の警戒心を解いておいてから、不意打ちを食らわせるという手段に出た。棒の先でこづき回し、ウニをぶつけ、居住殻から湯を持ってきて浴びせかけた。

火薬を使おうと言い出したのは確かに私だ。サメ撃ち用の弾をばらして炸薬を瓶に詰め、花火と称して魚めがけて投げつけたのだ。単に脅かすだけのつもりだった。だが、私は炸薬の量を間違えた。入れすぎたのだ。

爆音を聞きつけた大人たちが飛んできて大騒ぎになった。魚は背中に大きな傷を負い、鮮血で海をどす黒く染めながら美緒の船から離れていった。そのとき私ははじめて魚の鳴き声を耳にした。聴きようによっては人間の子供の声にも聞こえる不気味な鳴き声だった。夜に聴けば、溺れる子供の叫び声と間違えたかもしれない。聴くものの胸をえぐるような気味の悪さがあった。だが、私はまだ虚勢を張っていた。魚を泣かせたぐらい何だと思っていた。

爆薬を作ったこと、魚を痛めつけたことの両方を私たちは厳しく叱られた。だが、みな表面的に頭をさげていただけだった。説教が終わったら、また同じことをしようと思っていたぐらいだ。

大人たちが、そんな雰囲気に気づかないわけがない。

数日後、コミュニティの子供たちは、一族の幹部が暮らしている船に集められた。私たちは何も知らされないまま居住殻の最下層へ降りた。しばらく廊下で待つように言われた。壁を背に座り込み、私たちは談笑しながら時間を潰した。

やがて突き当たりの扉が開き、大きな盥を抱えた老人が現れた。老人はまるで何かの儀式のように私たちの足元に盥を置き、のぞいてみろと促した。

私たちは盥の縁にはりついた。透明な液体で満たされた器の底、黒い扁平な魚が身をくねらせていた。魚というよりサンショウウオの雰囲気に近かった。大きな対鰭は、腕に繋がらない掌のようにも見えた。愛らしさよりも珍しさよりも、奇怪な印象のほうが強かった。

老人は言った。もうすぐおまえたちも結婚し、子供を作れる歳になる。だから覚えておきなさい。我々の一族の女は妊娠すると必ず双子を産む。双子のいっぽうはおまえたちと同じようにヒト型だ。だが、もういっぽうは魚の形で生まれてくる。こんなふうにな。

私たちはぽかんとしていた。出産という出来事自体がまだ実感のない年齢だった。それに加えて、女たちがヒトと魚を同時に産むとは信じ難かった。

ひとりが、これは未熟児か何かなの？　と訊いた。大きくなると、僕たちみたいに人間になるの？

いや、この子はずっとこのままだ、と老人は答えた。赤ん坊はヒトとして船で育てるが、この子は海へ放すのだ。
――そんなことをして死なない？
――死ぬさ。生命力と運がないものはな。だが、苛酷な環境を生き延びて大人になれたら、こいつはいずれ自分の生まれた船へ戻ってくる。そのとき船上に魚の片割れ、つまりヒト型の兄弟姉妹であるおまえたちがまだ残っていたら――ヒトと魚は、そのとき〈操舵者〉と〈舟〉の関係を結ぶのだ。魚舟の操り方は大人たちに教えてもらえ。そのときが来たらな。

全長三十メートルまで達する巨大魚が背中に形成する外骨格――その空洞内部が海上民の居住空間となる。上甲板は、直射日光を利用するために人間が建て増す構造物だ。言うなれば海上民とは、自らが産む魚の身体に寄生する生き物なのだ。〈操舵者〉は〈舟〉を、特定周波数の組み合わせ――つまり音で操る。その一部がヒトの可聴範囲内にあるため、魚舟に指示を出す音のことを、私たちの一族は〈操船の唄〉と呼んでいた。

老人の言葉に子供たちは興奮した。自分の船を持てるのは海上民にとって最高の名誉だ。親から引き継ぐお古ではなく、自分のためだけに作る新しい魚舟！

僕の、私の魚はいつ戻ってくるのと、みなが口々に訊ね始めた。老人は、おまえたちが第二次性徴期に入る頃が目安だと答えた。ただ、ごくまれにその時期を外して帰ってくる魚がいる。少し早かったり、だいぶ遅れたり。だからおまえたちは、これから毎日のように海を観察しておくんだぞ。自分の魚――〈朋〉がいつ戻ってきてもわかるように、見つけたらすぐに手懐けられるようにな。

　私はようやく、自分がここへ呼ばれた理由に気づいた。私たちが残酷に虐めた魚、あれは誰かの魚舟候補――〈朋〉だったのだ。美緒の顔を盗み見ると、案の定、真っ青になっていた。もはや誰の言葉も耳に入っていないふうに、がたがたと震えていた。

　自分の船へ戻るとき、私がいくら気にするな、済んだことだからと慰めても、美緒は動転したままだった。あたしが虐めていたのは自分の〈朋〉だったのね、あんなことをしたらもう二度と帰ってこないわ……。

　それからだ。美緒の横顔に暗い影が滲むようになったのは。罪を恥じ、人間的に深みを増したと言えば聞こえはよいが、私はどこか納得できなかった。だからことあるごとに美緒を慰めた。ヒトの兄弟姉妹だか何だか知らないが所詮は魚じゃないか。負い目を感じる必要はないよ。第一、あれがおまえの〈朋〉だったと、はっきりわかったわけじゃないんだし。

　美緒は反論しなかった。だが、魚舟を持つ機会を永遠に失ったと、もうすっかり落ち込んでいた。なお悪いことに、あの魚が流した血の分析結果は、まぎれもなくあれが美緒の〈朋〉だったと断定した。

　大人たちはそれを罪に対する罰だと言った。私はそういう価値観になじめなかった。そんなことは私たちの一族が勝手に決めたことだ。魚舟を産まない陸上民から見れば、魚舟などただの魚類にすぎない。居住殻がなく、人が棲んでいなければ、何のためらいもなく天然資源として食うだろう。いや、飢えていれば、海上民から奪ってでも食うかもしれない。

私はこのとき悟った。自分がはみ出し者であることを。海上民でありながら、海上民として生きることができない人間なのだと。私は海上生活を捨てることにした。両親に意志を告げ、陸上民になるための移住手続きをした。それはまだ見ぬ自分の魚舟との契約を、自分から放棄することでもあった。だが後悔はなかった。

美緒に魚舟がいないのに、自分が持つわけにはいかない……。

私の選択を美緒は笑った。同情、友情、愛情。何でもいいが愚かなことだと。美緒の嫌味に沈黙で答え、私は海上民のコミュニティを後にした。たまたま雨が降っていた。天から落ちてくる銀線の向こう側、美緒がいつまでも見送ってくれたのをいまでも鮮やかに思い出せる。雨は私たちを隔てる壁だった。もし、もう一歩踏み込む気さえあれば、容易に打ち破れる壁ではあったが、そこまでするにはお互い、まだ冷たく臆病すぎたのだ。

私は美緒の拘束具を解かなかった。椅子を勧め、天幕の隅に置いてあった水のボトルを握らせた。

そばまで近づくと、彼女からは甘い果実の匂いがした。覚えのない香水。高そうな品だ。誰に教えられ、誰にもらったのか。怖くて訊けなかった。知った途端、自分のプライドが砕かれそうな気がした。

ここまで来るのは大変だったろうと言っても、美緒は何も答えず、褐色の喉をのけぞらせてボトルをあおった。だが、少し落ち着いたのか表情が穏やかになった。

その獣舟が君の〈朋〉だという証拠はあるのかと訊くと、美緒はもちろんだと答えた。

「獣舟を追跡調査している非営利団体があるの。データベースを作るために採取したサンプル中に、あたしのゲノムと一致する個体がいて……」

「で、お節介にも、君に通報したわけだ」

「自分から頼んでいたのよ。もし見つかったら連絡を下さいって。あのとき、もっと早くあの話を聞いていれば、あたしは自分の〈朋〉を失わずに済んだ……」

「もう過ぎたことだ」

「そういう問題じゃないわよ」美緒はからになったボトルを投げ捨てた。「ここの仕事は何年になるの？」

「一年ほどだ」

「楽しい？」

「自分で選んだ仕事じゃない。無理やり出向させられただけだ」

獣舟とは、何らかの事情で〈操舵者〉を持たなかった魚舟が、成長しきった後、陸へあがるようになったもののことだ。どことなく両生類の雰囲気がある魚舟と違って、その姿は少し爬虫類に似ている。三十年ほど前に内陸部の峡谷で偶然発見され、以後、陸上民の間で問題になってきた。数こそ少ないものの、生きていくために陸の資源を食い荒らすからだ。獣舟は魚舟と同様に生殖能力を持たない。環境が整ったからといって爆発的に増えることはないが、それでもここ数年は、環境から排除すべきという意見が主流になっていた。限りある土地に棲む民族にとっては死活問題に繋がるからだ。

国費で討伐隊が結成された。私が派遣されたのは、そのひとつだ。

美緒は私に訊ねた。「これまでに何頭の獣舟を殺した？」

「二頭ほどだな」と私は答えた。「ここは閑職なんだ。人間の勤務者は私だけで、あとは射手も含めてすべて人工知性体だ。あいつらは、中央司令部と常に繋がっていて……」

そんなことに興味はないと美緒は私の言葉を遮った。「自分の〈朋〉が獣舟になって上陸してくるかもしれない——と考えたことはないの？　実の兄弟姉妹を撃つことになるのよ」

「考えないでもなかった。だが、私はもう海上民じゃない。たとえ自分の〈朋〉でも、命令ならばためらわずに撃つさ」

「あいかわらず薄情なのね」

「君は情が深すぎる」

美緒は溜息をついた。「……獣舟が、なぜ陸を目指すのかわかる？」

「さあ」

「陸にニッチを見出したからよ。海洋だけでなく、陸地を生存に利用できることに気づいたの」

「何のために？　あの巨体では、浮力を利用できない陸上はむしろ不便だろう？」

「陸へ移住するというより、〝陸も利用する〟という方向にシフトしたんだと思う」

「餌に困らないのかな」

「当然、食性も変わっているわ。陸地の資源が荒らされたからこそ、討伐隊が作られたんでしょう？　でも、それだけでは終わらないかもしれない」

私はからかうように言った。「ヒトでも食い始めるとか？」

「あらゆることを想定しておいたほうがいいわ。人類は、それだけのものを作ってしまったんだから」

何かを考え込むような素振りを見せた後、美緒は続けた。「……生物としての複雑さが、遺伝子の総数に依存しないことは知っている？」

「詳しくは知らないが、何かで聞いたような覚えはあるな」

「たとえば線虫の細胞数は千個、ヒトは六十兆個。でも、遺伝子の総数は前者が二万、後者は二万三千。つまり生物の複雑な差異は、限られた数の遺伝子を、どうやって・何回・どんな組み合わせで使い回すかで決まるの」

「おもちゃのブロックが、組み立て方によって、家にも車にもなるようなものか？」

「いいたとえね――。西暦二〇〇三年にヒトの全ゲノムが解読されたとき、タンパク質をコードする遺伝子領域や発現制御部分は、全体の数パーセントにすぎないことがわかったわ。残り九十八パーセントは用途がよくわかっていなかった。それからたった二年後、生物の姿や機能の複雑さを決定するのは、かつてジャンクと呼ばれていた領域から転写されるｎｃＲＮＡである可能性が示された。それまではごく限られた用途しかないと思われていたＲＮＡが、実は、生物の形態発現や進化にすら関係しているとわかったの。姿・形が違う別種の生物でも、使っている遺伝子は同じ――ってことなのよ。この仕組みを応用すれば、ヒトと同一のゲノムから、ヒトとは全く形態の異なる生物を作り出すことができる。この技術を応用して作った生物が魚舟なの。文字通り、彼らはあたしたちの〈朋〉なのよ」

「いま、そういう仕事に就いているのかい」

「専門家じゃなくても、これぐらい調べればわかるわよ」

美緒の本業が何なのか、私には想像がつきかねた。唯一わかったのは、彼女が昔よりもさらに深く、失われた自分の〈朋〉に固執しているらしいということだった。

美緒は話を続けた。

「ブロード型遺伝子調節領域の突然変異発生率が高いと、生物は急速に進化するというデータがある。だから、プロモーターやｎｃＲＮＡを人為的にいじり、変異を起こしやすい性質にしておけば、外圧――つまり環境の変化にすみやかに反応し、活発に進化と退化を繰り返す生物を作れるはず。そう考えた過去の誰かが、あたしたちの体を、こんなふうにいじったのね。陸地の大半が水没した世界でも、ヒトが生きていけるように」

「獣舟は？　あれも何かの目的に沿って、魚舟から変異しているのか」

「そこまではわからない。でも、何となく、あれは予想外の方向へ変異した生物のような気がする。どんな状況で、誰の役に立つ生物なのか、全然わからないし」

「あいつらは監視班がいても平気で浜へあがってくる。陸上民は自分たちを殺す、だから近づいてはいけない——そんな簡単なこともわからない生物だよ」

「生物の賢さを人間が勝手に判定するのは間違っているわ。ハンディキャップ理論というのを知っている？」

「いいや」

「生き物が、一見、生存の可能性が低くなるような行動や形態をとる理由について説明した理論のこと。たとえばある種の草食動物は、敵の姿に気づくと、わざと高く飛び跳ねて自分の姿を相手にさらす。これは一見愚かな行為に見えるけど、実は自分がものすごく健康で、めったなことでは追いついて倒せないぞとアピールしているのだそうよ。獣舟も、何かの理由で変わり始めているのだとしたら……」

「気の回しすぎだ。それより、せっかく久しぶりに会えたんだ。もっと別のことを話そう」

「いま、獣舟のこと以外、何が最優先事項だって言うのよ」

「君の頭には獣舟や〈朋〉のことしかないのか。お互い、十二年ぶりなんだぞ」

「——あたしの何を知りたいの？」

「何って……いまの生活とか、家族のこととか……」

「昼間は海洋観測の手伝い。夜は歌手をやっているわ」

「歌手？　プロの？」

「あんまり売れてないけどね」美緒は寂しそうに微笑した。「これでも、ちょっとはファンがいるのよ。おかしい？」

「いや、少し意外だったから……」

「家族はいない。いまは人工浮島で暮らしてる。夕方から酒場に顔を出して、一晩いくらで歌声を売るの。仕事疲れでどんよりした人たちが、あたしの声を聴いた途端にぱっと目を輝かせて生き返る、あの瞬間はいいわね。ときどき、小さなホールでコンサートもやっているわ。あなたは？」

「君と比べるとぱっとしない人生だな……。これでも公務員なんだよ。なかなか上級職へ昇れなくて、このありさまだ」

「家族は」

「陸上民と結婚して、いまは子供がふたりいる」

「よかったじゃない。だったら、あたしの人生に興味を持つ必要なんてないでしょう」

「——陸へ来て、歌う気はないのか」

美緒は嘲笑するように口の端を歪めた。私は返事を待ったが、彼女の目は遥か遠くを見つめていた。「……あたしの話を、もう少し聞いてくれない？」

「喋るのは勝手だが、要求は聞かないよ」

「あたしの〈朋〉が現れたら、五分ほど砲撃を待って欲しい。うまく誘導するから」

「海へ連れ戻す気か」

「本当は無人島にでも連れていってやりたいけれど、いまの陸地の割合では、獣舟が棲む余裕なんてないでしょう。だから、海での生活に戻してやりたいの」

「どうやって誘導するんだ。あんなでかい生き物を」

「光と音を使う。心配しないで。他で試したことがあるから」

「それで連れていけなかったら？」

「遠慮なく撃っていいわ。殺されるしかないのなら、それをきちんと見届けたい。それで、あたしの魂は完全に解放される」

　私はしばらく黙っていた。

　美緒はゆっくりと、もう一度両手を前へ差し出した。「外してちょうだい」

　私は首を左右に振った。「君のことを知っているからこそ信用できない。君はすぐに海へ帰るか、ここで報告を待つんだ」

　美緒はおとなしく手をおろした。うつむくと、それっきり口をきかなくなった。帰るのか、待つのか、と訊ねたが答えなかった。足元に視線を落としたまま、石のように固まっていた。私はロープで美緒を椅子にくくりつけた。それから彼女の正面へまわり、仕事が終わったら改めてつき合ってくれ、うまい朝食を摂れる店へ案内するから、と言った。

美緒はそれには応じなかった。つぶやくように言った。「いまここで獣舟を殺しても、彼らがあたしたちの〈朋〉であることに変わりはない。いつか必ず、それを思い知らされるときが来るわよ」

仮設テントの外へ出て空を仰ぐと、月の位置が少し高くなっていた。部下をひとり美緒の監視役にまわしてから、私は再び浜辺を歩き始めた。

あれは情熱というよりも狂気だ、と美緒の喋りっぷりを反芻しながら思った。彼女を海に残したまま陸へあがったのは間違いだったのかもしれない。私がずっと側についていれば、あるいはあそこまで狂わなかったのではないか——と考えるのも、こちらの傲慢か。

自走砲の側まで行くと、操作台に射手が腰掛けているのが目にとまった。人工知性体の肌は本物の人間よりも青白く設定されている。ヒトの社会に違和感なく溶け込ませると同時に、本物のヒトではないことをいつも周囲に意識させておくためだ。

端正なその横顔を眺めながら私は思った。こいつにはヒトの遺伝子は全く含まれていない。人工のタンパク質と無機質で作られた自動人形だ。なのに私には、こちらのほうがヒトに近く見える。ヒトと同一のゲノムから構成される魚舟や獣舟よりも、遥かに親しみを感じるのだ。それはなぜだ？

ヒトにとってヒトの定義とは何なのだろう。形態なのか、ゲノムなのか。それすらも、個人の価値観によって違ってしまうのだろうか。

異状はないかと訊ねると、射手は柔らかな声で《異状ありません》と答えた。

おまえは自分のことを何だと思っているんだ？　と訊いてみたかったが、人工知性体はそういう質問には答えないように作られている。問うことに意味はなかった。

私は砲の傍らにしばらく立っていた。射手は私に何も訊ねようとしなかった。そういうふうに作られているのだ。余計なお喋りをしないこの機能はありがたい。美緒とは正反対の性質だ。

ふいに、射手の声が耳へ飛び込んできた。《一二〇度の方角に生体反応を示すオブジェクトを視認。距離は五〇です》

「獣舟か？」

《確認中です。上陸と同時に撃ちますか》

「任せる。仕留めたらまた連絡をくれ」

《了解》

私は接続のレベルを上げると、全射手の情報網と繋がった。脳の中で自走砲の全配置が把握され、海辺の風景がある一範囲に固定された。

果てることなく打ち寄せる波が、容赦なく礁に砕かれている場所だった。礁の隙間で蠢(うごめ)く影が確かに見える。内陸部から届く仲間たちの鳴き声に応えるように、そいつはふいに身をよじり、浅瀬に躍り出すと波打ち際に全身をさらした。

魚とワニが混じり合ったような独特の姿——完全に変異し終わった獣舟だ。全長は十七メートル近い。海棲だった頃の名残の胸鰭(むなびれ)は掌状に変異し、先端に五本の長い爪が見てとれた。前方へ突き出した口吻(こうふん)の隙間からは鋭い歯がのぞいている。尻鰭も形態が変化し、岩や崖を簡単によじ登れる形になっている。

鋼のように艶やかな身をくねらせながら獣舟は砂地を進んだ。ときどき止まって首をもたげ、仲間たちの声がどこから響いてくるのか探るように頭をゆらゆらと振っていた。射手がロックオンしたのが私の脳にも伝わった。

そのとき、小さな影が獣舟に向かって一直線に走っていった。右手に刃物の閃(ひらめ)きが見えた。どこに隠していたのか拘束具を切ったのだ。大量の人工血液で染まった彼女の服に、私は彼女がやったことを瞬時に悟った。

やめろ！　戻れ！　と叫んだ私を、美緒は一度だけ振り返った。

彼女の目を見た瞬間、私はその意志の強さに圧倒された。と同時に、自分には彼女を止めることは不可能だと悟った。闇の中の星のように彼女は輝いていた。少なくとも私にはそう見えた。燃えさかるその魂にじかに触れ、自分には彼女を止める力はない、無理に止めようとすれば殺されるだろうと直観した。彼女を見張っていた人工知性体が斬りつけられたように。

美緒はよく通る声で叫んだ。「ほんの少しだけ！　少しだけだから！」

高くかかげた左手に強烈な光がともった。獣舟は光に反応し、美緒のほうへ体を向けた。獣舟の気を引いたことを確認すると、美緒は海の方角へじりじりと移動し始めた。同時に再生機のスイッチを入れ、録音してあった別の獣舟の鳴き声を流し始めた。私には意味を聴き分けられなかったが、たぶん、それはまだ海にいるときの獣舟の声に違いなかった。仲間同士で遊んでいるような、どことなく楽しそうな鳴き声だった。

だが獣舟は、それ以上はなかなか動かなかった。

声のせいだと私は気づいた。美緒が流している声ではなく、内陸部から響いてくる仲間の獣舟たちの肉声——美緒の〈朋〉は、あきらかにそちらに引っ張られているのだ。

このままでは埒（らち）があかないと思ったとき、だしぬけに美緒が、ほとばしるような声で歌い始めた。流行歌や古典歌ではない。ヒトと魚舟を——おそらくはヒトと獣舟をも繋ぐ可能性のある唯一の言葉、〈操船の唄〉を。

それは美緒が海上で歌うことを許されなかった唄、一族から禁じられた唄、罰として奪われた唄だった。これほど完璧な〈操船の唄〉を私は聞いたことがなかった。熟練者の唄は魚舟だけでなくヒトの心も動かすが、それは毎日魚舟を操っているがゆえの力だ。美緒のように魚舟を持たない者が、ここまで至るにはどれほどの努力が必要だったのだろうか。誰からも学べず、ただ自力で覚えるしかなかったはずなのに——唄を奪われた女は歌手となり、日々の生活で喉を鍛え続けたのだ。ただ、この瞬間のためだけに。〈朋〉と再会するときのためだけに。

夜を切り裂いて獣舟たちの呼び声が響いてくる。早く陸へあがれと促している。美緒の声はそれよりも遥かに大きかった。一緒に海へ帰ろうと、〈朋〉をなだめる旋律は優しく力強かった。

獣舟が頭部の動きを止めた。美緒をじっと見つめた。成功させたのか？　そう思った瞬間、獣舟は胸鰭で美緒を殴り飛ばし、地面に叩きつけた。

気がつけば私は美緒に向かって走り出していた。無意識のうちに発砲命令を出していたのか、こちらが辿り着くよりも先に、自走砲の射撃が獣舟の頭と胸をとらえた。

熟した実がはじけたように、獣舟の頭と体軀からどす黒い体液が噴出した。獣舟は酔っぱらったように体を傾がせ、地響きをたてて砂地へ崩れ落ちた。

私は獣舟の下から美緒を引きずり出した。体中が獣舟の生臭い血でべとべとになったが構わなかった。救命措置をしようとしたとき、美緒はようやく目を開き、私の服に爪をたてた。私が顔を近づけると、喘ぐように耳元で言った。

ありがとう……わがままをきいてくれて……。

「黙っていろ！」と私は怒鳴った。美緒に怒るというより、自分自身に怒っていた。なぜもっと早く飛び出さなかった？　彼女以上に熱くならなかった？　そうすれば助けられたのに！

一体の人工知性体が、私たちを助けるために駆けてきた。指示を出そうとして顔をあげたとき、視界の隅に入った異様な光景に私は全身を粟立たせた。

獣舟の死骸がざわざわと蠢いていた。まるで道端にうち捨てられた動物の死体が、内部で孵化した蛆虫の動きで波うつように。

やがて獣舟の横腹は勢いよく裂けて、内側から黒い小動物がどっと大量にこぼれ落ちた。そいつらはずんぐりと丸い体に関節のある長い六本の脚を持ち、獣のようにも蜘蛛のようにも見えた。何匹かが二本の脚で直立し、残り四本の脚を、腕のようにゆらゆらと持ちあげた。目や口がどこにあるのかはわからなかった。チチッ、チチッと鳥のような鳴き声をたてた。私にはそれが笑い声のように聞こえた。

私が美緒の右手からナイフを奪い取ったのと、そいつらが向かってきたのはほぼ同時だった。片膝をついたままの姿勢で私はナイフをむちゃくちゃに振り回した。刃は何度か相手を切り裂いたが、致命傷を負わせているのかどうかは定かではなかった。無数に押し寄せてくる黒い塊を相手に、私は際限なく腕を振り続けた。黒い生物たちは、私の盾となってくれた人工知性体を容赦なく引き裂き、嚙り取り、しかし相手をし続けるには無理があると気づいたのか、ふいに潮が引くように一斉に退いた。私たちが食糧にならないと察したのかもしれない。自走砲のある方向へ群れになって走っていくと、仮設テントの背後に広がる斜面をものすごい速度で這いのぼり、ハマヒルガオの葉を蹴散らしながら内陸部へ向かって姿を消した。

私はナイフを握ったまま、その場にへたり込んだ。ボロボロになった人工知性体は、私たちのためになおも警戒モードを維持し、センサーを光らせていた。

美緒の言った通りだった。陸へあがるのに不利な巨体を、獣舟がいつまでも保持するわけがない。海の中で徐々に体のつくりを変えたのだ。十年もあれば充分に変化できたのだろう。最初にあがってきたのはただの袋。中身を運ぶための鞄。〈操船の唄〉など最初から聴いていなかったに違いない。感情移入したのは私たちの勝手だ。これはその報いだ。

横たわった美緒はもうすっかり目を閉じていた。揺すっても叩いても声をかけても、二度と起きようとはしなかった。人工知性体が蘇生措置を講じても、生体反応は消えたままだった。

突然、現状報告を求める上司の声が無線で耳の奥へ届いた。別の人工知性体からの通報で、早くも異状に気づいたらしい。被害の状況、犠牲者の数、仮設テント内の惨状、私は適当に答えた後、一方的に通信を遮断した。

傍らの人工知性体にテントへ戻るように指示した後、しばらくの間、仰向けになって砂浜に倒れていた。

涙は流れなかった。

どうしようもない敗北感だけが、ぎりぎりと胸を締めつけた。

明日から上陸する獣舟は、きっと今日のと同じやつだろう。攻撃されればあっけなく倒れ、体内から分身を放出する。

ハンディキャップ理論――美緒は確かそう言っていた。獣舟は上陸のたびに砲で狙われることを知り、覚え、自分の分身をばらまく方向へ進化したのだ。何のことはない。私たちは駆除しているつもりで、彼らに単体生殖の手段を教えてしまったのだ。きっとあいつらは、分裂の際に出会った生物を最初の餌として――食う。

あの六本脚の生物は、いずれ内陸部でヒトの似姿へ変異するのだろうか。己の内部に設定された進化のプログラムに従って。それはあるべき姿への進化なのか？　あるいは彼らを作った者たちから見れば退化になるのだろうか？

あれはヒトなのか？　ヒトと呼ぶべきものなのか？　彼らは私たちと同じヒトに戻るのか？

それともヒトゲノムをベースに別種の生物に変わるのか？　永遠に変異し続けるのか？

ずっしりと重たい体を、私はのろのろと起こした。

傍らの美緒をもう一度見た。いくら眺めても、美緒は起きあがってこなかった。わかっているくせに、私は長い間、美緒の手をじっと握りしめていた。

監視班の責任者としては、美緒の死を家族に連絡し、遺体を引き取ってもらうべきだった。彼女がいまどこのコミュニティに属し、誰と暮らしていたのかは、手の甲から読み取った個人データを照会すればすぐにわかる。美緒から聞きそびれた十二年の私生活を、データは雄弁に語ってくれるだろう。

だが――。

私は獣舟の残骸に歩み寄った。鰭の一部を苦労して切り取り、それを彼女の胸に抱かせた。そして、手首に残っていた拘束具で、彼女の体にしっかりと結わえつけた。

美緒を抱きあげ、波打ち際まで運んだ。海辺には離岸流と呼ばれる、沖へ引き込む強い海水の流れが生じる場所がある。水筒を放り投げて離岸流頭を見つけ出すと、私は美緒を抱いたまま海の中へ入った。海中で遺体から手を放し、沖へ向かって強く押しやった。

見えない神の手に摑まれたように、美緒の体はたちまち海中へ引きずり込まれた。燻銀のように輝く波にのまれ、またたくまに岸から遠のいていった。姿は見えずとも、彼女が確実に岸から離れていくのが、なぜか全身ではっきりと感じられた。

私には、このほうが相応しく思えたのだ。〈朋〉と共に海へ帰ることこそ、美緒が最も望んでいたことなのだから。信じるものと一緒に渡っていけばいい。もう誰も、おまえの罪を責めはしないから。おまえが知っていた〈朋〉は、今夜、おまえと共に死んだのだから。

離岸流はやがて、かつて黒潮と呼ばれた猛き流れと合流し、陸地から遠く離れていくはずだった。その先にあるのは幾万もの魚舟と獣舟が回遊する壮大な外海、いまなお生物が変化し続ける可変の園である。

私はもうそこへは戻らない。生涯を陸で過ごすだろう。一生獣舟を激しく憎み、最後の一頭まで殺し続けるだろう。

内陸部からは、まだ獣舟の歌声が聞こえていた。

それは、すべての人類への挽歌のように――いつまでも流れ続けた。

くさびらの道

気候まで病気に味方しているのか、ウィンドウ越しに見える空は鼠色に曇っていた。雲の底はいまにも落ちてきそうだった。ほどなく降り注ぐ大量の雨は、都市全体をくまなく洗い流すだろう。

だが、それは浄化の雨ではない。

被害を拡大させる災厄の雨だ。

「もうすぐ検問所です」運転席の三村雄司が言った。「そこからは徒歩になります。車が汚染されてしまうので」

全身を覆う防疫服を着た職員たちが、バリケードの前で退屈そうに足踏みしているのが見えてきた。三村が手前で車を止めると、職員は横手へまわった。私たちは窓を開けて、二人分の身分証を提示した。職員はあらかじめ連絡を受けていたようで、すんなりと通行を許可してくれた。

ドアを開けて車外へ出た瞬間、防疫服の中に生あたたかい空気が流れ込んできたように錯覚して、背筋がざわりと震えた。自分自身に言い聞かせる。怯えるな。マスクもスーツも完璧のはずだ。恐れることは何もない。

三村が言った。「行きましょう。僕の立場では、視察に許されている時間はわずかです」

私たちは国道四十三号線を横断し、北へ向かって十五分ぐらい歩いた。やがて阪神電鉄の駅に辿り着いた。周囲は無人だった。ターミナルにはバスもなく、商店街は凍りついたように静かだった。信号機の灯りは消え、広場のプラタナスには雀一羽いない。街は完全に死んでいた。時が止まったように冷えびえとしていた。道路には細かく砕けた何かが堆積し、歩むたびに白い粉が舞い散った。陰鬱極まりない昼下がり。ここは故郷だったのに。道端に茶色い塊がふたつ転がっているのが目にとまった。もとは猫か小型の犬だったのだろう。くしゃくしゃに丸めた包み紙のように干からび、表面には白斑のある茸がぽつぽつと生えていた。

三村は憎悪で歪んだ眼差しを塊に向けた。「このあたりは、もう処理が済んでいるはずなのに」

「どこかに隠れていたのが、いまごろになって出てきたんでしょう」と私は言った。「作業している人を責めるのは気の毒だ。皆、必死なんだし」

「そうですね」気を取り直すように三村はつぶやいた。「急ぎましょう。防疫服を着ていても、長居はしたくない場所です」

国道をもう一本越え、マンションや一戸建てが建ち並ぶ区域へ入った。家屋のひとつに視線を向けたとき、誰かが塀の上からこちらを睨んでいることに私は気づいた。庭側から塀に両手をかけ、こちらをねっとりと見すえている。男女の区別はつかない。年齢もよくわからない。目は赤黒く濁り、肌はオパールの鱗をはりつけたような奇妙な色に輝いていた。初めて見た。こいつが『幽霊』というやつか。

ふと鼻の奥に、清涼感を含んだ甘い香りをかすかに感じた。煮つめた飴の鍋に薄荷（はっか）のエッセンスをひと垂らし落としたような、ひどく懐かしい匂い。

「目を合わせないで」三村が鋭く言った。「何を言われても黙ってやり過ごすんです」

塀のそばを通過すると、頭と手だけの幽霊は、そのままの姿勢ですうっと横方向へ移動して私たちについてきた。追い討ちをかけるように、私の耳元で低い声が響いた。

(助けて、助けて……)

振り向きそうになるのを我慢して、前方に続く建物を見つめながら歩いた。

「急いで」三村が促（うなが）した。「数が増えてきました」

返事をしようと視線を動かしたとき、塀の上に嫌なものを見てしまった。無数の白い塊が、全身を伸ばしたり縮めたりしながら、引きつった笑みを唇の端に浮かべて走っていたのだ。響いてくる言葉はただひとつ。それだけを執拗に繰り返す。

(助けて、助けて、助けて……)

「走りますか」三村が訊ねた。「気持ち悪ければ」

「それで振り切れますか」

「ある程度距離が開けば。あいつら、誰に見えますか」

「誰とも特定できない。いまのところは」

「親しい人の姿になったらすぐに教えて下さい。危険信号ですから」

一ヶ月ほど前、私は東京で、国立感染症研究所に勤めている旧友の松岡と会った。久しぶりのことだった。お互い忙しい身なので、もう十年ぐらいは直接顔を合わせていなかった。銀座あたりで呑もうと提案した私に、松岡は「悪いがうちへ来てくれ」と言った。「内緒の話があるんだ。たとえ個室でも街中ではまずい」

私は松岡のマンションを訪れた。手土産として持参したふぐのみりん干しを肴に、京都産の地酒を一緒に呑んだ。

たわいもない雑談はすぐに尽きた。話は仕事関係に移った。

松岡が訊ねた。「君の会社では、オーリ症についてどれぐらいわかっている?」

「うちは薬屋だからな」と私は答えた。「何が効くのか調べているだけだ。それ以上のことはたいして」

「耐性菌が出たのは知っているな」

「ああ」

「今度のはやばい。たぶん国内の有機化合物系の薬は全部効かない。海外の未承認薬もどうかわからない」

「じゃあ、あとは新薬待ちか。それまで、あんまり被害が広がらないで欲しいな」

「余裕があるうちに、海外へ脱出したほうがいいかもしれない」

「なんだって？」

「できるだけ乾燥した土地へ。オーリの発症条件と合致しない街を探すんだ。場合によっては、日本での生活をあきらめたほうがいい」

私は、ぐいのみを弄びながら微笑した。「そんなことを外へ漏らしていいのか」

「君相手だから話している。無駄によそへは喋るまいが、マスコミに売りたければ好きにしていい。いずれ誰もが気づくからな。おれは君を、少しだけ有利にしてやりたいだけだ」

「君は逃げないのか」

「逃げるよ。日本と心中なんて、おれの性には合わない。家族は東京か」

「ああ」

「実家は御影で、持ち家だったな」

「うん」

「じゃあ、売れるうちに売って活動資金にするよう、ご両親に言っておいたほうがいい。取り返しのつかないことになる前に」

「正気か」

「九州を視察してきた。ひどいものだったよ。だが、いまに日本中がああなるぞ」

私は国内の製薬会社に勤めている。出身は兵庫だが、いまは東京本社付属の研究開発センターに通う身だ。

オーリ症は、新種の真菌によって引き起こされる。病名は、キクラゲの学名を英語読みしたときの頭三文字からつけられた。日本語による正式名称は「木耳様全身性真菌症」。文字通り、キクラゲに似た寄生茸に体を食い尽くされる病気だ。

寄生茸は、人間の耳に似た白斑のある褐色ゼリー状の傘を形成し、胞子を飛ばして次々と増える。栄養源としてタンパク質を好むので、人間をはじめとするほ乳類が感染しやすい。感染者の全身には皮膚も見えないほどにびっしりと茸が生え、放置すれば四日ないし七日で死亡する。菌糸は目蓋（まぶた）を貫いて眼球にまで根を下ろし、茸は口腔内や腸内や肺にまで容赦なく群れる。外科的に完全除去することは不可能だ。

この病気が日本で初めて確認されたのは一年ほど前。成長の早さとグロテスクな生態に、生物兵器ではないかという噂も立ったが、各国政府はこれを即座に否定。現在は、東南アジアや南米でも患者が出ている。

治療には抗真菌剤を使う。単体では効かないので多剤併用療法を行う。私の仕事は、既発のどの薬剤を組み合わせれば最も効果があるのか調べることだ。

幸い、多剤併用療法はよく効いた。当初のパニックはすぐに下火になった。だが、専門家は楽観していなかった。多剤併用療法は薬剤耐性菌を生みやすい。早急に新薬を投入する必要があった。

新薬として最も期待されているのは抗菌性ペプチドだ。抗菌スペクトルが広く、真菌の細胞膜に孔をあけたり、ＤＮＡを標的にして攻撃するので抜群の効果がある。ただ、現行の抗菌性ペプチドは外用薬にしか使えない。血中投与すると毒性を持ってしまうので注射や飲み薬にできない。内外の製薬会社は、この改良にしのぎを削っていた。

やがて心配されていた通り、九州地方で多剤併用療法がまったく効かない耐性菌が出現。新薬完成のニュースは、まだどこからもなかった。

松岡は、国立感染症研究所の生物活性物質部第一室に所属している。第一室は真菌を扱う部署だ。茸は真菌類なので、第一室にオーリ症専門の研究班が新設されたらしい。

「おれは臨床からの転身組だからな」と松岡は言った。「すぐに現場の様子が気になる。それで視察に参加させてもらった」

「九州は、そんなにひどかったのか」

「ああ」

「茸の焼却処分が済めば、いずれ立入禁止も解除されると聞いたが」

「あんな状態ではいつになるかわからん。戦時中みたいに焼夷弾でもばらまかんことには。それに、あの街はもう『幽霊』でいっぱいだ。あの光景に、人間のように知性に寄りかかっている生き物が、どれほど耐えられると思う？」

あの頃、九州でどれほど被害が出ても、東京はのんびりしたものだった。街頭インタビューや井戸端会議で「怖いわねえ」「もし東京に来たらパニックだな」と口にしても、本当に怖さがわかっている者は少なかった。

むしろ皆が興味を持ったのは「オーリ症にかかって死ぬと幽霊になる」という、怪談じみた噂のほうだった。

「あれって本当なの?」と私は妻からも訊ねられた。

「なんだ。いい歳をして幽霊なんて怖いのか」

「私は平気だけど子供が怖がるから。小学校じゃ大変みたいよ。こっちでも見たなんて噂がぱーっと広がって、家から出られなくなった子もいるんだって」

九州の感染者は立入禁止区域に隔離され、非感染者は区外へ退去を命じられた。家族や友人をあとに残し、後ろ髪引かれる想いで街を振り返ったとき——柿の実色に染まった夕暮れの中、非感染者たちは街の上空に奇怪な光景を見たという。まるで燃え立つ陽炎(かげろう)のように、無数の透明な人影が空を漂っていたのだ。長い紐で街そのものにしばりつけられた風船か、あるいは海底にがっしりと根を下ろした巨大な海草が揺れるように、幽霊たちは夕空を飛び交いながら人々に呼びかけていた。助けて、助けて、助けて——と。

うなり声は頭上を越えどこまでも地を這った。同時に、見えない誰かが街を去る者たちの首をつかみ、肩を揺さぶり、体にすがりついて耳元に息を吹きかけた。人々はやめてくれと叫び、頭をかかえ、許してくれと泣きながら、耳を塞いで駆け出した。引きつった笑いを頬にはりつかせ、悪態をつき続ける者もいた。

この現象は取材に来ていたマスコミ関係者にも見えたので、またたくまに衝撃ニュースとして全国に知れ渡った。幽霊は写真にはうつらなかった。録画もできなかった。にもかかわらず、その場にいた全員が見たという事実が、噂の伝播（でんぱ）に拍車をかけた。

茸に寄生されて死ぬと幽霊になる。

お祓（はら）いも効かず、成仏できないまま、死んだ場所にしばりつけられるそうだ――。

そんな噂が急速に広がっていった。

馬鹿ばかしいにもほどがあると私は思っていた。医療関係者は不眠不休で治療薬を研究中なのに、世間では幽霊話で盛りあがっているのか、気楽なもんだなと。

国営放送は幽霊のことを幽霊とは呼ばず、浮遊体と言い換えた。人間の目がこれを感知するのは科学的に説明がつく、くれぐれも、これをネタにした霊感商法に引っかからないようにと、特別番組の中で注意を促した。

「解説のベースになったのは、うちの研究成果だ」と松岡は教えてくれた。「あの寄生茸は、感染者が死亡して二十四時間以上経過すると、大気中に揮発性の化学物質を放出する。ニューロペプチドに似た化学構造を持つ物質だ。人間の脳内でシナプスに過剰に働きかける。海馬、側頭葉、後頭葉18野・19野がこの物質の刺激を受けると、『人の姿』が記憶の底から呼び起こされる。幽霊の姿はランダムに選択されるようだが、印象に残っている記憶、最近接した人の記憶、特別愛着のある人物は幽霊として見えやすい。つまり、死者の姿であるとは限らないわけだ。声が聞こえたり、触られたように感じるのも同じ理屈だ。聴覚野と触覚野が刺激されるんだ」

「反応の強さに個人差はあるのか」

「もちろんだ。脳内の錯覚だからな。茸が放出する物質の濃度も関係する。それから、これらの反応と同時に、飴を煮つめたような甘い匂いと、薄荷のような清涼感を鼻の奥で感じることもある」

「飴と薄荷?」

「嗅覚野が刺激されて、そんな匂いを嗅いだように錯覚するんだ。屍臭を隠すためかもしれんね。別の匂いを感じる人もいる」

「でも、研究室で実験用に茸を育てても、幽霊も出ないし匂いもしないよ」

「あたりまえだ。寒天培地やマウスで育つのと、人体に生えるのは違うさ。養殖のふぐが毒を持たないのと同じだ」みりん干しを食いちぎりながら松岡は続けた。「真菌は人間を丸ごと養分にしている。その結果生成される物質の複雑さは実験室の比ではない。シャーレの茸は無毒なんだよ。これは立入禁止区域に出入りできて、実際に遺体を調査する権限を持つ、国立系の研究機関でしか突き止められない事実だ。防疫上の理由から、いま一般の家庭や施設では、遺体なしの葬儀しかできないからね」

「でも、知能もない茸が、なぜこんな化学物質を……」

「食虫植物の反応に近いんだろうな。脳みそがなくても、驚くべき形態・反応で虫を捕まえる植物はたくさんいる。茸が幽霊を見せる理由はただひとつ、感染者と非感染者を接触させることだ」

「胞子を付着させるためか」

「その通り。毒素の拡散範囲は、胞子の放出範囲よりも広い。離れた場所にいる人間に幽霊を見せ、相手を引きつけ呼び寄せる」

「その方法だと、怖がって寄ってこない場合もあるだろう？」

「何回かに一回騙される奴がいればいい。人間は恐怖と同時に好奇心をも感じる矛盾した生き物だ。茸のやり方は、そこを突いた巧妙なものだよ」

松岡は、しばらくのあいだ黙って杯を重ねていた。が、やがて、おもむろに口を開いた。

「政府の説明は一見もっともらしい。だが、それだけでは説明がつかないこともある」

「というと？」

「おれは視察で焼却処分の現場も見た。感染者の遺体は区域外には持ち出せない。内部で処理を済ませる。火葬場だけではとても追いつかないから、広い場所に集めて一気に焼却する。感染防止の名目から遺灰の持ち出しは禁止だ。どんな処理の仕方でも許されてしまう」

「その件は、かなり抗議があるらしいな」

「デリケートな問題だからね。政府と個人で妥協点を見つけるのは難しい。——現場は幽霊だらけだった。助けて助けての大合唱だ。防疫マスクは胞子を除去できないらしい。遺体に火が放たれたときのことだ。それまで助けてとしか口にしなかった幽霊たちが、一斉に悲鳴をあげ始めた。それぞれに違う言葉を叫びながら激しく身悶えた。やめてやめてやめて熱い火が来る熱いお父さんお母さん熱い熱い助けて熱いやめてやめて燃えてしまうからやめて！」

松岡は目を閉じてうつむいた。苦渋に喘ぐように、指先で鼻の付け根をおさえた。

こんなに感傷的な奴だったかなと、私は不審に思った。長年臨床医をやっていたような人間が、この程度のことで心がぐらつくだろうか。あるいは、私が想像している以上のことが現場であったのか。

松岡の話は続いた。

「大気がごうごうと揺れていた。おれが立ち尽くしていると、処理班の職員がぽんと肩を叩いた。彼は言った。気にするな。これも幻覚だ。みんなとっくに死んでいるんだ。熱いはずがないだろう。——けれども、おれは感じてしまったんだ。すがりつく手の感触を。炎の中でゆらめきながら、助けて助けて、まだ死んでいないいんだと絶叫する声を。茸の毒素がおれの脳みそをまさぐり、勝手な幻覚を与えている……そう割り切れれば、どうということのない光景だ。だが、もし、幽霊たちの言葉が『本物』だとしたら。あの茸は人間を殺すのではなく、ただ仮死状態にして、共生しているだけなのだとしたら」

「どういうことだ」

「一見死体に見えても、オーリ症の患者の脳は、実は一部が生きているんじゃないだろうか。人間として生きているというより、茸の菌糸と神経細胞が絡み合い、情報伝達を行っているのかもしれない。だからこそ幽霊たちは、あんなに敏感に、生きているおれたちに反応できるんじゃないか？　感染者を生体センサーのように使い、おれたちの接近を感知し、放出する毒素の成分や分量を加減し、『最適の幻覚』を見せているんじゃないか？」

「証拠があるのか」

「いまのところは単なる妄想さ。だが妄想と呼ぶには、焼かれる幽霊たちの声は生々しすぎた」

もっとも、証明できたとしても黙殺されるだろうがね、と松岡は付け加えた。「君は九州に知り合いがいるか」

「いいや」

「そうか。だが、いずれ別の場所も立入禁止になる。そのときは、おれが見たのと同じ措置を取るだろう。覚悟しておいてくれ。知ったからといって、何もできないがね」
松岡は信頼できる男だ。それでも、今回の忠告にはさすがに迷った。国外脱出は大ごとだ。すぐには決断できない。それに抗菌性ペプチドの研究は世界中で進行中だ。新薬が完成すれば莫大な収益が見込めるから、大手の製薬会社はどこも必死になっている。国内での承認には手間取るだろうが、輸入薬なら使えないこともない。もう少し待ってみようか。これ以上は、ひどくならないかもしれないし。

……いまにして思えば、このときの私は、仕事疲れで勘がひどく鈍っていたに違いない。生物として生き延びるための本能的な勘が。せっかくの松岡の言葉を、保留にしてしまったのだから。

松岡と呑み合った直後、九州で食い止めると厚生労働省が宣言していた耐性菌が、突然、近畿地方に出現した。
飛び火の原因については、さまざまな憶測が流れた。強風が耐性菌をよそへ飛ばした、感染した鳥類が本州に飛来した、立入禁止区域外へ持ち出したものに菌が付着していた――。どんな可能性もそれらしかった。広がるのは時間の問題と思われていたからだ。二番目の発生が近畿地方になったのは、たまたまでしかない。

だが、そのせいで私の両親と妹がオーリ症に感染した。私の立場では、立入禁止区域には入れなかった。両親は私に電話をかけてくると、何度も何度も、せめて妹だけでも連れ出せないかと懇願した。家族だろう、何とかならないのかと。区域内の病院はすでに満杯で、ほとんどの人々は自宅での治療・待機を命じられていた。三人にも、すでに感染の初期症状が出ていた。

私は医療関係のあらゆるつてを頼った。特別措置が取れないかと画策した。だが、関係者であればあるほどオーリ症の凄まじさを実感しており、特例など不可能だと一言のもとに切り捨てられた。

やがて実家からの電話が突然途切れた。情報管制が行われているようだった。気が狂いそうになった。実家のことを巡ってしばしば妻と言い争った。まだ死んでいないのに焼かれる両親と妹――毎晩のように悪夢を見た。

立入禁止区域で焼却処理が始まってしばらくたった頃、突然、感染対策本部の職員だと名乗る男から電話がかかってきた。何をいまさらと私は憤った。だが、職員からの提案に一瞬で心を奪われた。

「非公式にですが、僕なら街へ入る手段を整えられます。遺品を持ち出すことはできませんが、ご自宅をもう一度見るぐらいなら可能です」

それが、三村雄司との出会いだった。

私はこのとき初めて、彼が妹と結婚するつもりだったことを知った。ふたりは三年前からつきあっていた。将来のことを両親に打ち明ける直前、今回の事件が起きたのだ。妹がもう死んでいるのはわかっている、だが最後に何か書き残している可能性が高く、それを私の実家まで見に行きたいとのことだった。

三村はひどく冷静だった。救出のためにあらゆることに手を尽くし、しかし何ひとつ叶わず、絶望し、涙も涸れ果てて、針が振り切れてしまった人間特有の冷たさ——素直に共感できた。

私は三村に、妹のどこが好きだったのかと訊ねた。

「少し似て、少し違っていたところでしょうか」と三村は答えた。「彼女と話していると、心のどこかで窓が開くような気がした。窓そのものの存在を教えられるような……。高野さんから見た絵里花(えりか)さんは、どんな感じでしたか」

「こましゃくれた妹だったよ。兄を兄とも思わないような。妹を殴ったり罵るわけにはいかないから、隠れて泣いていたのは、いつも私のほうだったな。子供の頃は、どちらが年上なのかわからないと、周りからよく言われたものだ」

「結構、気の強いところがあったんですね」

「君の前では猫をかぶっていたんだ。結婚したら本性を現していたはずだよ」

三村は乾いた声で笑った。「見たかったな、そういう絵里花さんも。でも、もう永遠にだめなんだ……」

実家がある区画はすでに消毒済みらしい。それでも、入るとなると防疫服が必要とのことだった。私が「じゃあ、そのあたりにはもう幽霊は出ないんだね？」と訊くと、三村は怪訝そうに言った。「幽霊が怖いんですか」

「以前は平気だった。だが、いまは少し怖い」

「出会っても、たいした害はありませんよ」

私の言葉の真意は、三村には伝わらなかったようだった。さりげなく探ってみると、三村は現場の処理担当ではないことがわかった。上級職の視察に同行したことがあるだけで、だから幽霊に対する恐怖が希薄なようだ。

幽霊の正体が松岡の話した通りなら、茸の毒素に曝されたとき、私が見る姿や聞く声は容易に想像がつく。自分の内面が外側に反転する瞬間、私はそれに耐えられるのだろうか。

調査目的と偽れば、自分の権限でも立入禁止区域に入れると三村は言った。ただし時間は制限される。せいぜい二時間か三時間。だが、一番近い検問所を選べば、実家まで行って戻るには充分な時間だった。誰に止められても僕は行きますと三村は言い切った。熱意に引きずられるようにして、私も同行を決心した。最後にもう一度実家を見れば、あきらめがついて、夜毎の悪夢と訣別できるような気がしたのだ。

街はどこまで進んでも、ぽつりぽつりと幽霊の姿があった。最初に見たような派手な現象はなかったが、電柱や塀の陰から、等身大の人影がよくこちらをうかがっていた。茸の毒素の分布具合によって、こちらの認識も変わるのだろうか。

「いやに出ますね」と私は三村に言った。「変じゃありませんか。消毒は済んでいるんでしょう」

「茸が生えやすい環境なのかもしれません。庭付きの一戸建てが多いし、たぶん湿った場所には遺体がなくても生えるでしょうし」

「でも、気になるね」

「ここまで来て、引き返せって言うんですか」

「そうは言わないが」

気になるものは気になる。用心するに越したことはない。だが、喧嘩はごめんだったので私は口をつぐんだ。

私たちはやがて実家に到着した。外観は変わっていなかった。ひどい強奪や略奪を心配していたが、大きな金柑(きんかん)も南天(なんてん)もそのままで、あまりの変化のなさにかえって涙が滲んだ。

私は三村に訊ねた。「ここへ来るのは初めてですか」

「ええ。思い出になるものが欲しかったけど、防疫上の理由で禁じられていますし」

「遺灰の一部は流出しているそうですね。遺灰をダイヤモンドにしてくれる会社があるでしょう。ああいうところが、遺族の頼みでこっそりダイヤ化しているのだとか。どうやって禁区へ入るのかわからないが」

「深夜になると無断侵入する連中がいるそうです。無人になった家から金品を盗むために。入る手段はいくらでもあるんでしょう。そういう連中に付着して、胞子が外へ漏れたりもするんでしょうね」

玄関の錠は壊されていた。両親と妹の遺体を確認する際、職員が切断して中へ入ったのだろう。

中へ入ると、思い出がさざ波のように押し寄せてきた。いまとなっては年に数回、子供を連れて帰省するだけの故郷。廊下や和室の畳の感触を、もう一度素足で味わいたかったが、汚染された地域で靴を脱ぐわけにはいかない。命を守るためとはいえ、数年前にリフォームされたばかりの室内を靴で歩くのは気が重かった。

一階の台所や客間はきれいに片づいていた。声をかければ、いまにもどこかから両親や妹が顔を出しそうだ。居間にも寄りたかったが、三村が妹の部屋はどこかとせっつくので先に二階へまわることにした。

子供の頃には細くて狭かった階段も、いまは手すりがつき幅広く、滑り止めまでついていた。登ろうとしたとき、三村があっと声をあげた。指さされた方向を見あげた私は息を呑んだ。

両親と妹が上段框に並んで立っていた。表情は穏やかで優しく、ここへ来るまでに見た、あの気味の悪い幽霊たちとは全然違っていた。

「絵里花……」つぶやきながら手すりを握りしめた三村を押しのけ、私は一気に階段を駆け登った。両手をさしのべて三人の体に触れようとした瞬間、その姿は空気に溶け込むようにかすんで消えた。

清涼感を含んだ甘い匂いが鼻の奥でかすかに香った。煮つめた飴の鍋に薄荷のエッセンスをひと垂らし落としたような、ひどく懐かしい匂い。

私は階下で固まっていた三村に声をかけた。「あなたのいる場所から、まだ三人の姿が見えますか」

「三人……って」

「私の両親と妹です」

「僕に見えたのは絵里花さんだけです。ご両親の姿は見えませんでした」

妹だけ？

奇妙な引っかかりを覚えたが、すぐに納得した。三村は私の両親を知らない。知らない者の姿は幽霊に見ようがないのだ。

私は続けた。「そこからは、どんなふうに見えましたか」

「高野さんと絵里花さんの姿が一瞬重なって、でも、すぐに消えました。そちらでは、いまも見えますか」

「いや。もう誰もいない。あがってきて下さい。部屋の中を見ましょう」

三村があがってくると、私はまず妹の部屋を開けた。八畳の洋室は階下と同様きれいに片づいていた。三村は本棚に駆け寄ると、日記やアルバムの類を片っ端から引き出し、もどかしそうにめくり始めた。防疫服の手袋ごしでは作業がうまくいかず苛立っていた。まるで強盗のような必死さに、なぜか正視できず、私はしばらく室内の壁紙をひとりで見つめていた。

やがて三村は私に声をかけ、一冊のノートを差し出した。涙が両目からこぼれ落ちていた。防疫服の内側ではぬぐうこともできず、頬を濡らすにまかせていた。

「見つけました」三村はかすれた声で言った。「僕と高野さんに、書き置きが残っています」

私は受け取り、ページに視線を落とした。

書き置きは両親と妹それぞれが残していた。特別なことが書かれていたわけではなかった。最後に会えなくて残念だ、でもあなたたちにはしっかり生きて欲しい、と綴られていた。

ノートを返すと三村は胸に抱え込み、両膝を折って泣き崩れた。すまない、僕は間に合わなかった、許してくれと、絞り出すような声で嗚咽（おえつ）し身をよじった。

私は三村をぼんやりとながめていた。来るべきではなかったのかもしれない、と思った。自分で望んだことではあったが、これでは悲しみが増すばかりだ。泣いたって、もう何にもならないのに。

三村を残したまま、私は廊下へ出た。

階下に降りようとしたとき、廊下の隅に人影を見つけた。

父の幽霊だった。

黒っぽい和服に羽織姿で、ふすまの前にたたずみ、こちらを見つめていた。片手をゆっくりとあげ、上下にふらふらと揺らした。私が駆け寄ると、またしても姿を消した。

私は、ふすまの前で逡巡した。

いまのは、この部屋にいるという意味なのだろうか。

二階のもう一室は来客用だ。もとは私の部屋だったが、いまは整頓され、子供たちを連れて帰郷したときに寝る場所になっている。

なぜ、この部屋の前で幽霊を見たのだろう。

私は引き手金具に指を入れた。ふすまは動かなかった。敷居に粘つくものが詰まっているような感触があった。まるで入るなと言わんばかりに、びくともしない。

おかしなもので、こうなると、ますます開けたくなった。

理性では危険を感じていた。すでに遺体が運び出された家で幽霊を見るということは、別の何かに寄生した茸の塊があるのだ。飼っていた猫か、処理しきれなかった食品やゴミにでも生えているのだろうか。タンパク質に寄生したなら、放出する毒素の成分も似ているだろう。ここを訪問し、両親や妹のことばかり考えている私に、家族の幽霊が見えても不思議ではない。

　それでも、見切りをつけて立ち去ることができなかった。松岡の言葉を思い出した。人間は恐怖と同時に好奇心をも感じる矛盾した生き物――まさにその通りだ。心の隅で警報が鳴っているのに、足がその場から離れなかった。

　私は引き手金具にかける力を強めた。いつのまにか背後に三村が立っており、一緒にふすまに手をかけた。彼はもう泣いてはいなかった。私に合わせて、勢いよくふすまを引っぱった。

　どん！　と、大きな物音がして、ふすまが外れた。室内から、どっと白い埃が噴き出した。胞子だと直感した私は、反射的に身を引いた。次の瞬間、これまで感じたことがないほど強烈な清涼感を含んだ甘ったるい匂いが、鼻の奥いっぱいに広がった。煮つめた飴の鍋に薄荷のエッセンスをひと垂らし落としたような、ひどく懐かしい匂い。同時に、室内に横たわるものの姿に目が釘づけになった。三村の悲鳴が鼓膜を打った。和室に並べられた三組の布団にぎっしりと寄生茸が群れていた。点々と白斑が散らばるぬめぬめとした褐色の傘、人間の耳に似た歪んだ形――それは、いまにも禍言（まがごと）を吐き出しそうな邪神の唇にも思えた。

　頭の芯が猛烈に痺れた。近づいてみなくても、はっきりとわかった。そこに横たわっているものが何なのか。

——なぜ、運び出されなかったのだろう。両親も妹も。

茸に寄生され食い尽くされたあとも、何の処理もされず、ここに放置され——。

収容ミスなのか。職員たちが、手がまわらないほど忙しかったのか。

あるいは別の事情があったのか。

放置された遺体は茸の格好の苗床となり、部屋中に胞子を飛ばしながら繁殖し続けたのだ。ふすまの敷居を胞子で詰まらせるほどに。

布団の上に両親と妹の幽霊が現れた。母は藤色のしじら織の浴衣を、妹はひまわり模様の白いワンピースを身にまとっていた。あれはいつかの夏の思い出だ。貴史、貴史、三人が私に呼びかける。父が微笑む。よう来たよう来た、早うここへおいで。

三村がふらりと前へ出た。私は彼の腕をつかみ引き戻した。

「だめです。騙されちゃいけない」

「絵里花さんが、来てくれてありがとうと言っている」三村は泣きそうな声で言った。「来てよかったな。甲斐があった」

「何を言っているんです。私にはそんなこと聞こえない」

「僕は、ここに残ります」と三村は続けた。「日記を読み、アルバムを見て、絵里花さんの声を聞き、もう、ここから離れられないと悟りました」

「馬鹿を言っちゃいけない。残るということは死ぬことです」

「わかっています。でも、もうだめなんだ」

「これは全部幻だ！　ただの幽霊なんだぞ！」

「そうかな。僕にはそうは思えない。布団に横たわっている皆さんが、まだ生きているように感じられます。高野さんもご両親と話をしたらどうですか。きっとわかりますよ。皆がまだ死んでいないって。茸の菌糸と脳の神経が繋がり、全身の細胞が絡み合い——別の生き物に変わっただけだ。僕たちと意志が通じる別の生き物に」

「しっかりしてくれ！　私たちはこの部屋で、信じられないほど大量の毒素を浴びたんだ。見えるもの聞こえるもの、全部自分の内側から湧いているものだ。外側から呼んでいるんじゃない！」

突然、三村が私の腕を振り払った。自分の防疫服の密閉ファスナーを引き下ろすと、頭をあらわにし、破り捨てるように袖から両手を引き抜いた。命を守る防疫服は、蛇の抜け殻のように三村の足元に投げ捨てられた。

私は呆然となった。なのに彼は魂が救われたように清々しい表情で微笑み、私に言った。

「帰り道は、わかりますね？」

三村は妹の幽霊に駆け寄り両腕で抱きしめると、茸だらけの布団の上へ、うつぶせに倒れ込んでいった。夥しい量の胞子があたりに舞い散った。時の流れがゆるやかになったように感じられた。妹は私の知らない顔で笑っていた。父も母も笑っていた。私は激しい怒りにとらわれ、三村を布団の上から突き転がした。足元の茸を片っ端から踏み潰していった。靴底から嫌な感触が這いあがってきたが、ひるまず、息があがるまで狂ったように踏み続けた。三村が私の脚にしがみついた。やめて下さいと絶叫した。あなたはわかっているんですか！　自分が何を踏んでいるのか、何を踏み潰しているのか！　と。

わかっているとも。そんなことぐらい、わかっている。けれども――。仕掛け花火のように記憶が炸裂する。頭の中で弾け飛ぶ。夏の思い出、子供の頃の思い出、茸の毒素ですべてが鮮明に甦(よみがえ)る。悲しみや後悔すらも金色の糸で美しく縁どられる。それが嫌だ。死ぬほど嫌だ。痛みは痛みのままでいい。虚飾に彩られた嘘などいらない。

邪魔になる三村を蹴飛ばした後、私は茸を踏みにじるのをやめた。もう何も見る気になれず、話す気にもなれず、吐き気を覚えながら部屋を飛び出した。階段を駆け降り、玄関から外へ転がり出た。道路に両膝と両手をついて喘いだ。目の前で黒い雲がぐるぐると回っていた。金縛りにあったときのように、声にならない声を必死になってあげ続けた。

地面についた掌の隙間から、人形のように小さな妹の姿がにょろりと生えた。お兄ちゃん、と子供の声で呼びかけた。私は弾かれたように立ち上がり、蛾を追い払うように両手で妹の姿を追いやった。すると今度は、防疫服の内側に巨大な人間の頭部がゆっくりとせりあがってきた。それは三つに分かれると、両親と妹の顔に変化した。父と母と妹の両手が私の頬を撫でまわし、体をつかみ、揺さぶった。同じ言葉を繰り返した。貴史貴史、どうして助けてくれないんだ、家族だろう家族だろう家族だろう。

強烈に香る飴と薄荷の匂い。

私は全速力で、わが家の前から逃げ出した。


すぐに息が続かなくなり、私は道路に倒れ込んだ。両親と妹の幽霊はいつのまにか消えていたが、触覚が何度も全身に甦り、そのたびに背筋が震えた。

来た道を振り返った。わが家はもう見えなかった。

三村はあそこで茸になるのだろう。凄まじい勢いで菌糸に体を食われ、いずれは別の誰かを呼び寄せるため「幽霊の苗床」となる。彼はそれでもいいのだろう。妹の血肉を吸って育った茸だ。ある意味、妹とひとつになれるのだ。

ここへ来るまでに、やけに幽霊が多かったことを、いまさらのように思い出した。周囲に建ち並ぶ家の中には、三村のように引き込まれて死んだ者の遺体が、かなりあるのかもしれない。もう一度わが家を見たい、遺品を取りに戻りたいと感情に溺れた者たちが、何かに生えた茸の幽霊に誘い込まれ、茸に食われ――。

そのとき私は、あの茸と幽霊の本当の恐ろしさに気づいた。

松岡が言及しなかったことがひとつある。

茸が作り出す幽霊は、個人の記憶に基づいているがゆえに強く誇張され、強く理想化されている。不気味なものはさらに不気味に、恐ろしい思い出はさらに恐ろしく、そして愛しい者はさらに愛しく。親兄弟、恋人、婚約者。人間である以上、彼らには必ず許し難いほどの欠点や醜さがあったはずだ。私たちは日々のつきあいの中で、それを嫌というほど熟知していたはずだ。

けれども思い出の中では、すべての物事が誇張され理想化され、フィルターがかかる。若い頃や青春時代はよかったと、多くの人間が無条件に錯覚してしまうように。茸は新しい餌を呼び寄せるため、脳のその機能を利用するのだ。

松岡、おまえはあの日何を見たんだ？　炎の中でもがいていた幽霊たちは、おまえにとって誰だったんだ？　きっと、私には言えない相手だったんだろうな。いまならわかる。おまえがなぜ、あれほど動揺して苦しんだのか。

寄生茸はいずれ、風や雨を利用して日本全土に拡散するだろう。そうなったら立入禁止区域の設定など無意味だ。茸の毒素が淀むところ、必ず幽霊は出現する。日本中が幽霊でいっぱいになる。人は幽霊の呼びかけに引きつけられ引き寄せられ、どんな危ない区域でも入り込んでしまうだろう。三村のように茸の寝床に飛び込むことすら厭（いと）うまい。

私はうつむいたまま歩き始めた。立入禁止区域から逃れるために。東京で待つ妻と息子のもとへ帰るために。

だが、高濃度の毒素を浴びてしまった以上、無事に帰るには少しばかり気力が必要だった。なぜなら帰り道のあちこちには、再び、大勢の幽霊たちがひしめいていたからだ。まだ雨粒の落ちてこない暗雲のもと、こちらへ向かって両手をさしのべ、「助けて、助けて」と繰り返しながら。

彼らはすべて、私の両親と妹と三村と、そして妻と息子の顔をしていた。

饗応

貴幸(たかゆき)は出張のとき、いつも同じビジネスホテルを使う。ＪＲの駅から徒歩八分。特に使い勝手がよいわけではない。飛び抜けて安いわけでもない。ただ、別のホテルを探すのが面倒なだけだ。出張費内で収まるという利点もあった。

爽やかな若葉の匂いが風に混じるようになった季節、貴幸は本社の会議に出席するため上京した。いつものホテルでチェックインしようとしたとき、フロント係から「大変申し訳ございません。こちらの手違いで本館の部屋をお取りできませんでした。代わりに別館の和室をご用意させて頂きました」と言われた。

別館のことを貴幸は何ひとつ知らなかった。フロント係の説明によると、本館よりも部屋のグレードが高いらしい。宿代はこのままでよいという。いまからよそを探すのも面倒だ。貴幸は言われるままに従うことにした。状況に応じて最適の選択をすることも、貴幸に課せられた義務のひとつだった。

別館へ続く長い廊下を渡りきると、やがて視界が開けて、格子戸がずらりと並ぶフロアに出た。戸の脇には「桔梗」「紅葉」などの表札がある。貴幸は鍵の名札を確認し「百日紅(さるすべり)」の引き戸に手をかけた。玄関に入ると畳のいい匂いがした。靴を脱ぎ、部屋にあがった瞬間、ほう、と感嘆の声を洩らした。

二十畳ばかりあるだろうか。本来は数人用らしい。家具が埋め込み式になっているせいで、一層広々と見える。床の間には水墨画の掛け軸がかかり、金色のスケルトン置き時計が穏やかに時を刻んでいた。

庭に面した大きな引き戸の向こうには縁側があった。そこへ出ると庭が一望できた。庭園と呼んだほうがいいほどの広さだった。目を凝らすと、庭木の隙間を通して、彼方に水面の煌めきが見えた。庭園の奥には人工の池か川があるようだ。

室内へ戻り、箪笥に背広をおさめたところで、置き時計が午後六時を知らせた。食事の前に風呂に入っておこうと思い、貴幸は脱衣所に入り、裸になった。

タオル片手に風呂場の扉をあけた瞬間、彼は再び唸り声を洩らした。シャワーのついた風呂場に置かれていたのは檜の風呂だった。室内の奥には簾が下りている。そこから庭へ出られるようだ。

簾をたくしあげてみる。一段低くなったところで露天風呂が湯気を立てていた。庭園に露天風呂とは何とも優雅だが、不思議なことにその風呂は縁が完全には閉じていなかった。両端に一ヶ所ずつ、人が通れそうな切れ目があり、二本の溝が庭の奥へと続いていた。湯を引き込んだり排出するためのものだろうか。それにしてもあまり見かけない構造だ。

シャワールームで体を流した後、貴幸は露天風呂へ向かった。檜の風呂は寝る前の楽しみに取っておくつもりだった。庭へ出ると空はすでにかなり暗く、星がちらちらと見え始めていた。風呂の湯はぬるめで、貴幸にはちょうどよい温度だった。庭木の高さのせいで、風呂の底にしゃがんでいるとホテル以外の景色は何も見えない。ここが東京とは信じられなかった。地方の温泉地へ瞬間移動したのではないかと思えるほどだ。心なしか大気の匂いまで違うような気がした。

風呂の縁にタオルを置くと、貴幸は立ち上がり溝へ移動した。足を伸ばして探ってみると、外へ向かう湯の流れが感じられた。溝は意外と深かった。底へ降りると肩のあたりまで湯に沈んだ。ふいに流れが貴幸の体を押し上げた。溝の中に浮く格好で、貴幸はそのまま流されていった。

流れは庭の奥へと続き、青々と繁る金木犀（きんもくせい）や山茶花（さざんか）の合間を蛇行していった。松の香りが鼻の奥まで染みてくる。流れの脇に咲いた花菖蒲の鮮やかな群青が、薄暮の中でも目に焼きついた。

やがて湯の道は湖のように広々とした場所と合流した。縁側から見えていた水面はこれらしい。あたりはもうすっかり暗かった。空には見慣れた星座が昇っていた。貴幸はすでに、湯に浮いているというよりも水底へ静かに沈みつつあった。指の関節がばらりとほぐれた。手首がはずれ、肘がはずれ、肩がはずれ、両脚の関節もはずれて、最後に胴と首もはずれた。ほぐれたパーツは四散することもなく、見えない糸で繋がれたようにひとかたまりに漂っていた。その断面が優しく洗われると、体の内側に溜まった悪いものがすべて排出されていくように感じられた。

貴幸はふと、自分が生まれたときのことを思い出した。触覚だけが覚えている記憶。ヒトに似た、しかしヒトではないものとして生まれた自分。人工知性体。かすかに残る生誕の記憶は、ひどく懐かしかった。

しばらくすると貴幸の体は再び繋がり、湯面に浮きあがった。いつのまにか、湯の湖から溝まで戻っていた。前方に見覚えのある露天風呂が見えてきた。どうやら一周して戻ってきたようだ。風呂の縁に置いていたタオルをつかむと、貴幸は湯船からあがった。

脱衣所で体をよく拭き、紗綾形（さやがた）文様の浴衣に袖を通すと、彼は畳の間に戻った。座卓に夕食が用意されていた。山菜や刺身や味噌汁や焼き魚。香ばしい匂いが胃を刺激する。リモコンでＴＶのニュース番組をつけ、卓の前に座り込んだ。

飯櫃の蓋をあけたとき、背後に生き物の気配を感じた。振り返ってみると、部屋の隅に一匹の猫が座っていた。とろけるような蜂蜜色の体に、焦茶色の縞模様が尻尾の先まで刻まれている。まさか、と貴幸は目を見張った。シマ。おまえなのか。

シマは貴幸の飼い猫だった。法律で家族を持つことが許されていない貴幸にとって、唯一同居を許されている存在だ。だが本物の猫ではない。人工知性体が飼う猫は、自分と同じ素材で作られた人工知性猫である。

貴幸は部屋の隅まで行くとシマを抱きあげた。座卓の前へ戻りあぐらをかいた。シマが突然姿を消したのは二週間ほど前だ。車にでもはねられたのか、戯れに殺されたのか。人工知性体を見ると殺意を顕わにする人間はいまでもいる。貴幸は気が気ではなかった。シマが生きているのか死んでいるのか、貴幸の探査機器では捕捉不可能だったのだ。だが、ここで目にしているということは、シマもどこかで、いまおれと「同じ状態」にあるわけか。

シマはおとなしく丸くなっていた。焼き魚をほぐして口元へ持っていったが、いやいやをして食べなかった。貴幸が食べようとすると、止めるように前脚で貴幸の腕をぴしゃりと叩いた。腕の間をすり抜け、部屋の入り口まで走っていった。背を伸ばし、格子戸に爪をかけてばりばりと引っ掻いた。

爪を研いでいるわけではない。外へ出してくれという意味だ。外へは出られないんだよ、と貴幸は声をかけた。せっかくだからここでゆっくり休もう。おれには長年の疲れがたまっている。わがままな人間相手に、何十年も文句も言わずに働いてきた。だから、もう休んだっていいじゃないか。そう思わないか。

シマは爪を立てるのをやめなかった。貴幸を振り返り、何度も激しく鳴き声をあげた。それは一緒に来てくれと言っているように聞こえた。貴幸は突き刺すような痛みと寂寞とした感情を覚えた。

どうしても、そちらへ戻らねばならないのか。このまま、ここにいてはだめなのか。

忠実に写し取られた猫の本能で、シマは命を燃やし尽くそうとしていた。生きている限り生き延びることを選択する。黄泉比良坂（よもつひらさか）でのもてなしに全力で抵抗する。その激しさは、貴幸の選択に対する非難にも感じられた。

ＴＶではニュースキャスターが喋り続けていた。アジアの火薬庫と呼ばれる海峡で、ふたつの大国が大規模な軍事衝突を起こしたことを。その余波が次々と周辺諸国に広がっていることを。日本の主要都市でもテロが発生し、すさまじい惨事に見舞われたことを。

貴幸の記憶の片隅で何かが閃光のように駆け抜けた。最も新しい記憶。このホテルへ来る直前の出来事。崩れ落ち、燃えあがり、灰になって消えていく諸々（もろもろ）。眼を焼き、肌を焦がし、底のない暗黒へと落ちていく。

戻りたくない、と貴幸は思った。人間が勝手に始めた戦争と陰惨な現実に、なぜおれたちが戻らねばならないのか。戻ればおれたちは、今度は戦争のために改良されるだろう。会社員バージョンを上書きされ、戦時下に特化した機能に変更されてしまうだろう。人間の法律は、おれたちのような人工知性体の権利を守ってはくれない。

ならばここに留まり、湯につかっていたいではないか。目を閉じ耳を塞ぎ。別の部屋にいるはずの本物の人間たちも、きっと同じことを考えているに違いない。自分たちの現実に、もう戻る価値など何ひとつないのだと、一番よく知っているのは彼ら自身だ。

ここで休み終えたら、自分たちは遥か遠くへと続く河を渡る。最後まで人間と同じ道を通っていくのは少々腹立たしくもあったが、露天風呂が気持ちよかったので善しとしよう。

シマは格子戸を引っかき続けていた。激しく、休むことなく。貴幸はシマをその場に残したまま、再び夕餉に向かった。おいしそうな香りを放つ料理に、静かに箸をつけた。

シマと一緒に行けないのは悲しかった。だが、あんなに必死になっているのを引き留めるのは忍びない。シマはシマの生き方を選べばいい。おれはおれの生き方を選ぼう。

地の底から、遠雷のように貴幸に呼びかけ、助けを求める声が湧きあがってきた。

だが彼は答えず、沈黙を守り続けた。

真朱の街

眠れない。やっと、一息つく場所が見つかったのに。

安ホテルの貧弱なベッドで、邦雄は何度目かの寝返りをうった。闇の中に心をなだめるものは何もなかった。洗いたてのシーツの肌触りすら、いまはひどく神経を苛立たせた。隣のベッドでは五歳の少女が安らかな寝息をたてていた。それだけが救いだった。この街なら追手はかからない。誰もが恐れ、忌み嫌うこの街ならば安心だ。

だが、先のことを考えると、いまさらのように暗い思いに囚われた。五歳の子を連れて仕事から逃げ出した三十前の男を、世間は絶対にいいようには言わないだろう。もう元の職場へは戻れまい。では、どこへ行く？　この先、どこへ逃げる？　答のない問いに悶々としていると、遠くから奇妙な音が響いてきた。錆びついた蝶番が軋むような神経にさわる音——。表の通りから聞こえてくる。

邦雄はベッドをそっとおりた。カーテンを細くあけ、数十メートル下の歩道を見おろした。薄暗い真夜中の道路を、奇妙なものが進んでくるのが見えた。巨大な木製の車輪がひとつ、ゆっくりと暗い道を転がってくる。輪には蛇のように青白い炎が絡みつき、車輪が回転するたびに彗星の如く尾を引いた。

輪の上には女の姿があった。古風に髪を結い、金襴の着物を身にまとっている。青い炎に全身をなぶられても平気な顔をしていた。それどころか、炎と一体となって戯れているようにも見えた。

背筋を冷たいものが這いあがるのを邦雄は感じた。直後、女の視線がこちらに向けて矢のように放たれた。

紅を塗った唇の端にゆるりと笑みが浮かぶ。耳元で、女の艶めかしい声が直接響いた。

〈我見るよりも我が子を見よ〉

瞬間、邦雄は弾かれたように室内を振り返った。ベッドで眠っていたはずの子供の姿がなかった。どこを探しても見つからなかった。もう一度窓辺に駆け寄ったが、輪の女はすでに姿を消していた。

邦雄は部屋から飛び出し、一階のフロントに駆けこんだ。卓上ベルを拳で叩くと、中年男性がパーティションの奥から顔をのぞかせた。

震えながら自分が見たものについて話し、部屋で寝かせていた子供がいなくなったと告げると、フロント係は顔を曇らせた。「この街ではよくあることです。油断なさいましたね」

「窓からのぞいただけだぞ！」

「彼らには人間の理屈は通用しないのです」

邦雄は両手で頭を抱えこみ、カウンターに突っ伏した。「どうやったら子供を取り返せますか。教えて下さい。この街の方ならご存知でしょう」

「〈探し屋〉に頼んでみることです」フロント係はペンを手にとると、メモ用紙に電話番号と住所を書き留めた。「この店を訪問して下さい。今日はもう閉めていますが、明日の夕方六時以降ならあけているはずです。そこのマスターに、百目(ひゃくめ)に会わせてくれと頼むのです」

「それが〈探し屋〉さんなのですか」

「ええ。必ず引き受けてくれるとは限らないが、報酬を惜しまなければ頼りになる相手です」

フロント係から受け取った用紙を邦雄は握りしめた。それしか方法がないなら、そうする以外どんな道があるだろう。


翌日の夕方まで、邦雄はじりじりしながら自室で待った。後悔ばかりが胸の内を駆け巡った。自分の愚かさに気が狂いそうだった。ＴＶも新聞も見る気になれなかった。食事すら喉(のど)を通らなかった。

ようやく西の空が茜色に染まり始めた頃、邦雄はホテルの外へ出た。高層ビルの谷間に、燃える炉のような色に輝く巨大な太陽が沈みつつあった。その手前に朱色の建物群の一部が見えた。魔除(まよ)けの朱――。それは街全体をぐるりと取り囲むように立っている〈壁〉だ。夕陽を浴びてさらに赤味を増した朱塗りの建物は、まるで血塗られた墓標のように見えた。邦雄はしばらくの間、それをぼんやりとながめた。

生ぬるい初夏の風が街を渡っていく。

行き交う人々と目を合わせないように邦雄は歩き続けた。時間が早いせいか、多くは普通の人間に見えた。だが、昨夜のことを思い出すと、誰かとすれ違うたびに体が萎縮した。

メモにあった雑居ビルまで辿り着くと、地階へ続くステップを降り、店の扉をあけた。直後、湿った苔のような匂いが店内から漂ってきた。眉をひそめるような匂いではないが、奇妙な気分になる香りだった。視線を巡らせると、レジスターの脇に香炉があるのが目にとまった。

店内にはすでに五、六人の客がいた。こちらには目もくれず、談笑しながら泡だつ酒をあおっていた。

邦雄はカウンターの端に座った。

体格のよい強面のマスターが声をかけてきた。「ご注文は」

「百目さんに会いたいのです。取り次いで頂けないでしょうか」

「仕事の依頼ですか」

「はい」

「六時半頃になれば百目は来ます。だが、相談に乗るとは限りません」

「知っています。ホテルのフロントで聞きました」

邦雄はホテルの名を出した。マスターは、誰がこの店を薦めたのかわかったような表情をした。「いいホテルに泊まりましたね。よそでは、ここを教えてもらえなかったでしょう」

何も注文しないで待つのも失礼なので、ビールを頼むことにした。きめ細かな泡に口をつけると、少し安堵（あんど）したせいか空腹を覚えた。串ものを注文し、濃いきつね色に揚がった魚や野菜を口に運んだ。胃にしみ通るようなおいしさに空腹感が増した。追加で注文しようとしたとき、店の扉が開き、カウンターの反対側の席に誰かが近づいてきた。反射的に視線を動かした邦雄は、思わず串を持った手を止めた。

目がさめるようないい女だった。黒地に白銀や青の小花模様がちりばめられた、ノースリーブの丈の長いワンピースドレスを着ていた。立ち襟の縁や胸元には深紅の刺繡がほどこされ、黒い生地とのコントラストが鮮やかだった。ゆるくウェーヴのかかった黒髪は、肩のあたりまで長さがある。歳（とし）は自分より少し下に見えた。彫りの深い整った目鼻立ちと、スツールに滑りこんだ瞬間にドレスのスリットからのぞいた白い脚が、邦雄の心をとらえて離さなかった。

マスターがカウンターの向こうから身を乗り出してきて囁（ささや）いた。「お待ちの方が来られましたよ」

邦雄は「えっ」と声をあげた。「あれが百目さん？」

「男とは申し上げなかったはずです」

手に持ったままだった串を皿に置くと、邦雄は立ち上がり、百目の側まで行った。激しい動悸を覚えながら、ぎこちなく頭を下げた。「相良邦雄と申します。ホテルのフロント係から紹介されてきました。人探しをお願いしたいのです」

百目はたいして表情も変えずに邦雄を見上げた。「そう」とだけ言うと、マスターに酒と料理を注文した。「夕食を摂りたいので、食べながらうかがってもいいかしら」

「ご遠慮なく。私もまだ途中ですから」

邦雄は隣に腰をおろすと、自分の分も追加注文した。

料理を受け取ると、邦雄は事情を話し始めた。奇怪な輪の女に子供をさらわれたこと。子供はまだ五歳で、翔子という名前であること。取り返すには、どうすればいいのかという質問。

小鉢の煮物をつつきながら、百目はガラス製の銚子から自分の猪口に酒を注いだ。透き通った器の中で、とろりとした飴色の酒が小さな海を作る。邦雄の話が終わると、

「さらっていった奴の見当はつくわ」と小声で言った。「見つけるのは簡単よ。でも、報酬は高くつく。よろしいのかしら」

「どれぐらいの額になりますか」

「お金じゃない。寿命で払ってもらうことになる」

「え？」

百目は唇の端にゆるりと笑みを浮かべた。邦雄は寒けを覚えた。「もしかして、あなたは……」

「ご想像の通りよ。私は人間じゃない」

猪口をあおると、百目は続けた。「人間の命は妖怪にとって一番の滋養なの。寿命というのは、ようするに生体内のエネルギーのことね。報酬として、それを適当に吸わせてもらいます。吸われた人間は、細胞分裂の残り回数が減って、本来の予定よりも早く死ぬことになる。あなたも例外じゃない」

「テロメアが短縮するんですか」

「よく知らないけれど、人間の言葉でそう説明がつくのなら、それで納得しておいて」

「文字通り、命を引き替えにしろと言うのですね」

「嫌ならやめたほうがいいわ」

邦雄は少しだけ考えこんだ。自分の命をかけるだけの価値――それがあの子にあるのかどうか。それを決められるのは、いまはもう自分しかいない。

「わかりました」と邦雄は答えた。「あの子には幸せになってもらいたい。その一心で連れ出してきました。他人に奪われたのでは意味がありません。僕の寿命で解決できるのなら、どうぞいくらでも」

百目は表情ひとつ変えず、酒を呑み続けた。「私の仕事は探しものを『見つける』こと。

多少の交渉も引き受けるけれど、最終的な決着はあなたの説得力にかかっている」

「危険があっても、助けてもらえないのでしょうか」

「助力はするわ。でも、妖怪には妖怪の理屈がある。自分だけが正義と思いこんでいると、手ひどい目に遭うわよ。妖怪は意味なく子供をさらったりはしない。身代金目的で誘拐事件を起こす人間とは違う」

「では、何のためにあの子を」

「そういう習性があるのよ。さらっては返し、さらっては返し、それを何百年も繰り返している。本人は悪いことだとは思っていない」

百目はからになった食器を全部カウンターへ戻した。マスターが黙って食器を下げる。

「外へ出ましょう」百目はうながした。「少し歩き回っているうちに、子供をさらった奴が出てくる時間帯になるわ」


陽が完全に落ちたせいか、大通りは店へ来るときよりもにぎわっていた。ウェアラブル・デバイスを装着した半分機械のような人間たちに混じって、角や牙や異様な形の手足を持った黒い影が行き来する。怪しげな存在が、ふたりの側を何度も通り過ぎた。そのたびに邦雄は、獣じみた匂いや生暖かい風を感じて身をすくませた。

邦雄は百目に訊ねた。「百目さんは、外見だけでは人間と区別がつきませんね」

「私はもともと人間に似た容姿だから。でも、よく観察すれば尋常ではないとわかるわよ」

百目は片腕を邦雄の前に突き出した。腕の内側を見せ「よく見ていて」とつぶやく。邦雄が凝視していると、皮膚の下で何かがざわりと蠢いた。次の瞬間、二十個ほどの瑞々しい目が、白い肌の上にびっしりと浮かびあがった。まぶたも睫毛も眼球もある本物の目だ。それがこちらの姿をみとめ、さわさわと一斉にまばたきをした。

邦雄は凍りつき、しばらくの間息もできなかった。

百目は言った。「私の全身には、これと同じものが百個ある」

邦雄はあっと声をあげた。「あなたは文字通り百目――百目鬼なんですね」

「そう」

「ただの苗字だと思っていました。人間でも、そういう苗字の人がいるから」

「私は本物よ。顔にある目も、実はふたつだけじゃない」

「どうやって隠しているんですか」

「この顔は作り物なの。iPS細胞から作り出した生体組織と高分子ポリマーを組み合わせた人工皮膚を、マスクのようにかぶっている。そうしておかないと、普通の人間は、恐怖のあまり私を直視できない」

「不自由じゃありませんか」

「通気性は抜群だし、軽いから邪魔にはならない。人間の技術力はたいしたものね」百目が腕をひとふりすると、目玉たちは皮膚から消失した。まるで擬態する生き物のように。「さっきの店のマスターなんか、もっとすごいわよ。なにしろ正体が、牛鬼だからね」

「牛鬼って、蜘蛛の体に鬼の顔がついて、脚が六本ある……」

「そう。怒らせると怖いわよ」

「でも、僕には普通の人間に見えました」

「店の中で〈幻惑の香〉を焚いていたからね。あの店は上品だから、人間が迷い込んできたときにむやみに驚かせないよう、配慮しているの。あそこにいたのは、客も含めて全員妖怪よ。あんな店で、よく飲み食いする気になれたわね」

邦雄は思わず口元を押さえた。では、うまいうまいと食べていた串――あれは本当は、いったい何だったのか……。


やがてふたりは、街のはずれまで辿り着いた。華やかな朱色に塗られた建物が林立する区域である。建物の壁にはびっしりとお札が貼られていた。どのビルも窓に灯りはない。ただ、〈壁〉としての機能だけを担わされた建物である。

百目は建物のひとつを軽く叩いた。「外の人間たちは、これが結界になると信じている。朱色というのは魔除けの色だから。でも、こんなもの、いまどきの妖怪に効きはしない。私たちは、これを自由に越えて行き来できる」

「昔は効いたんですか」

「昔だって効かなかった。効いたように見えたのは、妖怪が人間の面子を立てて、自分から退いていたからよ。昔の人間はいまよりも謙虚だったしね。お供えのひとつでもあれば、おとなしく引っこんだの。共生関係を保って、時々、こっそり寿命を吸わせてもらうためにね」

朱色に塗られた建物にちなみ、この地域はいまでは〈真朱街〉と呼ばれていた。元はそういう名前ではなかった。医療特区と呼ばれる実験都市だった。

二十一世紀以降、飛躍的に発達したサイバネティクスと再生医療の技術は、事故や先天的な欠損で不自由さを強いられている人間の機能を、人工的に補う手段を発展させた。

脳と直結して動く義手・義足。視神経と接続することで視力を回復させるデバイス。再生医療では、iPS細胞から人工器官を作り出し、病変部分と差し替えたり、欠損した肉体を補う技術が発達した。

これらを複合・拡大し、健康な人間の感覚器官をも発達させる研究が、かつてこの街では行われていた。警官や兵士など、命にかかわる仕事をする人間の能力を向上させるための技術だ。視野を拡大・補助するために作られる人工複眼・人工触覚。その情報を処理するための配線を脳に書きこむ人工神経細胞。無重力状態で働く宇宙技師の脚に、腕のようにものをつかむ機能を付加するアイデアもあった。

どれも先進的で倫理的な問題を含む事案だったので、特区は行政指導の下に管理され、厳しい制限内で実験が繰り返されていた。

その街が、ある時点から、奇妙な存在に脅かされるようになった。いるはずのない者が見え、怪しい姿が昼夜を問わず徘徊(はいかい)している……そんな噂が、被験者の口にたびたびのぼるようになった。

最初はデバイスのセンサーエラー、プログラムエラーではないかと思われていた。生体器官移植の場合でも、誤信号が神経を伝わることで、幻覚が生じているのだろうと。

それが違うとわかったのは、異形(いぎょう)の者――妖怪たちが積極的に人間の前に姿を見せるようになったからだった。場合によっては襲いかかり、人間を喰うものすら現れたので、街にはついに特別警戒命令まで出た。

なぜ、この街にだけ大量の妖怪が出現するのか。

ショットガンを持って街を巡回していたある警官が、街角で鵺(ぬえ)と遭遇した際、その年老いた妖怪自身からこんな話を聞かされたという。

〈これまで人間は妖怪の異様な姿を恐れ、自分たちとの間に境界を作ってきた。妖怪側も人間をむやみに驚かすまいとして、必要があるとき以外は姿を見せなかった。だが、科学技術の発展は、人間の外見を急速に変えつつある。奇妙な装置をつけて電脳と接続し、本来見えないものを見たり、その場にいない人間と会話している人間たち……。人工器官で視覚や聴覚や触覚を拡大し、ヒトとしての形態を変容させつつあるおまえたちの外観は、もはや妖怪同様に生物として充分に異形だ。人間の心自体、昔から、妖怪に負けないぐらい凶暴なものだった。外見の差異が縮まった現在、我々とおまえたちの間には、すでに垣根は消失しているのではないかね？　だから我々はこの街へ来たのだ。もはや異形と呼んでも差し支えない人間が闊歩しているこの街へ。この街ならば、我らの姿もよく馴染むだろう〉

その出来事は警官自らの手で文章化され、ネットワークに流され、またたくまに人間社会に広がった。作り話だ、都市伝説だと否定した者も多かったが、信じた者も多かった。

街で増えた妖怪が外へ溢れ出すのを恐れた人間たちは、朱塗りの建物とお札で結界を作った。これが〈真朱街〉という名称の始まりである。

いまではこの街は、人間と妖怪の数がほぼ拮抗し、医療特区としての方針はうやむやになってしまった。研究で蓄積された技術は外部に吸い上げられ、倫理と法律の範囲内で社会に還元されているが。

最終的に〈真朱街〉に残ったのは、妖怪に親近感を持ち、妖怪との共存を恐れない物好きな人間たちと、むやみに人間を襲わず、むしろ利用することを考える計算高い妖怪たちが織りなす奇妙な共生空間だった。

遠くから鐘の音が響いてきた。中央広場のからくり時計が時報を知らせる音だった。

百目は言った。

「じゃあ、そろそろ始めましょうか」

しばらく私に話しかけたり触ったりしないでね、と言い置くと、百目は朱色の壁にもたれかかった。

百目の両腕に、再び複数の目がざわりと浮かびあがった。服に隠れて見えない部分も含めて、すべての瞳が、百目の白い肌の上で裂けるように開いたところを想像すると、邦雄は体に強烈なざわめきを覚えた。

百目の表情が、どこか遠くを見ているような虚ろなものに変わった。おそらく、全身の目を使って何かの作業を行っているのだろう。だが、いったい何をして、何を見ているのか。

好奇心に駆られた邦雄は、百目の側までゆっくりと近づいた。眠っているように動かない百目の指先に、そっと触れてみた。

その瞬間、強い衝撃とともに、無数の景色が邦雄の中に流れこんできた。濁流に脳を押し流されそうな感覚に声にならない叫びをあげたが、景色の奔流は止まらなかった。さまざまな光景に翻弄されているうちに、それが真朱街のあちこちで展開されている物事であることに邦雄は気づいた。百目の百の瞳は、真朱街の百ヶ所を同時に見ているだけでなく、探す相手を求めて、次々と空間跳躍を繰り返しているのだった。

映像の濁流に少し慣れてくると、邦雄にも、百目が見ているものを落ち着いて観察できるようになった。

妖怪と馴れ合い、利益を得ようとしている人間の姿が見えた。力の弱い妖怪を追い回し、叩き殺そうとしている人間の姿も見えた。妖怪とともに、一夜限りの快楽を求めて過ごす人間の姿も見えた。妖怪を家族や友人の代替品として、ほのぼのと日常を過ごしている人間の姿もあった。神のように崇め、願いを聞き入れてもらおうとする欲深い人間の姿もあった。

人間を襲う妖怪の姿も見えた。獣のように襲いかかり、人間から大量の寿命を吸い取っている妖怪の姿があった。眠りこけている人間の首筋や喉の奥へ、長い舌や口吻を差しこんでいる虫のような姿の妖怪もいた。人間と妖怪が互角に闘っている姿も見えた。

これら諸々の係争が、真朱街の人間と妖怪の共存を可能にしているのだった。抜き差しならない緊張感が、人間と妖怪の生存のバランスを維持し、両者の関係性を刷新し続け、街を活気づけている——。

突然、頬を叩かれたような感覚があり、邦雄は我に返った。気がつくと、風景の濁流から解放され、百目から悪戯っぽい目つきでにらみつけられていた。「触っちゃだめって、言ったでしょう」

「すみません。つい気になったので……。でも、おかげであなたが、なぜ〈探し屋〉と呼ばれているのかわかりました」

百目は自嘲するような笑みを浮かべた。

邦雄は訊ねた。「どういう仕組みで、あんなことができるんですか」

「どうやってと言われても……自然にできるんだから説明のしようがないわ」

「僕、百目鬼にはどうして目が百個もあるんだろうと、ずっと不思議に思っていたんです。自分の周囲をくまなく見るためにしても、生物としては、それほどの眼球は必要ないはずだし」

百目は嫌そうに顔をゆがめた。「バイオ系の話をするのはやめて」

「どうして？」

「人間たちは私の性質を知ると、必ずその話を出して実験をしたがる。百の目が集める視覚情報を、妖怪の脳がどうやって並行処理しているのかとか何とか。でも、私には頭が痛いだけの話」

「……失礼しました。でも、好奇心がくすぐられるのは確かなんです」

「相良さん。人間と妖怪の違いはどこにあるのか、知っている？」

「外見……ではありませんよね」

「そう。まず、妖怪は人間に幻影を見せることができる。私たちは昔から、虚実入り混じった姿を見せて人間との距離を保ってきた。人間が書物に残している私たちの姿は、目くらましの幻影であることも少なくないの。それからもうひとつ、妖怪は異空間を利用できる」

「どんなふうに？」

「私の百の目は、異空間を経由して、この世のあらゆる場所に出現できる。目だけではなく、この体もね。輪の女も、この能力を利用して空間的な距離を縮め、子供を手元に引き寄せたのよ」

空間的な距離を一瞬で縮められるとは、まるでワームホールでも使っているようだ。詳しく調べたら、科学的に説明がつくのかもしれない。邦雄がそう言うと、百目は、そう？　と気だるそうに返事をした。「だったら、この経験を基に論文でも書くといいわ。私は手伝わないけれどね」

百目の探索によると、翔子はいま、輪の女と一緒に街の南側にいるらしかった。百目は腰のポケットから記録プレートを取り出すと、電子ペンで何かを書きつけた。邦雄に渡し、「これを上衣に貼りつけておいて」とうながした。

邦雄はプレートに書かれた文章に視線を落とした。

罪科は　我にこそあれ　小車の　やるかたわかぬ　子をばかくそし

邦雄は訊ねた。「何のおまじないですか」

「役に立つかどうかわからないけれど、子供を返してもらうための呪文。寛文年間の頃には、これが効いたらしいから」

「寛文って……」

「一六六一年頃」

邦雄は眩暈を覚えた。だが、いまは百目に従うしかなかった。

南の通りは早々と店を閉める区域だった。ふたりが辿り着いたときには、青白い街灯以外、灯りは皆無だった。店舗にはすべてシャッターがおりていた。野良猫やネズミの姿すらなかった。

百目は「ここで待っていれば、向こうからやって来るわ」と言い、路地の奥にある非常階段に腰をおろした。

邦雄は座る気にはなれなかったので、立ったまま道路をにらんでいた。

やがて、聞き覚えのある音が遠くから響いてきた。錆びついた蝶番がたてるような耳障りな音――。

百目はすっと立ち上がり、邦雄の隣に並んだ。

巨大な木製の車輪と、金襴の着物をまとった女の姿と、それらを包みこむ青白い炎が見えてきた。女の腕の中には少女の姿が見えた。まぶたを閉じ、すやすやと寝入っていた。まるで、母親の胸で安心しきっている赤子のようだった。

それを見た瞬間、邦雄の内部に嫉妬にも似た激しい感情が湧き起こった。邦雄は車輪に向かって駆け出した。百目は舌打ちをし、後を追った。

輪の女が、ふたりに気づいて車を止めた。ねめつけるように邦雄を見る。

百目は自分から声をかけた。「こんばんは、一ツ輪の姐さん」

「あら百目、久しぶりねぇ」輪の女は艶然と微笑し、邦雄が胸元につけた記録プレートを一瞥した。「これはまた、古風な呪をかけたものね」

「罪科は姐さんを見た者にあり——子供は関係ありません。返してやって下さいませんか」

「まじないの手順に従うなら返すべきでしょうね。でも、今回はだめよ」

「どうして？」

「これは理想の子供なんだもの」輪の女は、腕の中の少女をぎゅっと抱きしめた。「こんな子供が欲しいとずっと思っていたわ。私は長い間、人間の子供をさらっては返すということを繰り返してきた。でも、それもおしまい。やっと、望みのものを手に入れた」

邦雄が叫んだ。「あなたはその子の親じゃない。勝手に連れていかないでくれ」

輪の女は喉をのけぞらせて笑った。「あなただって、この子の本当の親じゃないでしょう。だからそのプレートに書かれた呪も、今回は効かないのよ」

百目は驚いて邦雄を振り返った。問い詰めようとすると、邦雄のほうが先に答えた。「すみません。特に訊かれなかったから……。でも、僕にとっては、もはや我が子と同じなんです」

邦雄が一歩踏み出すと、輪の女はすごんだ。

「それ以上近づくと、炎が、あなたを焼き焦がすわよ」

邦雄は返事をしなかった。正面をにらみつけたまま、輪の女に向かって歩み続けた。

輪の女は大声をあげた。「後悔するがいいわ」

直後、白熱する炎が狂った大蛇のように邦雄に飛びかかった。だが、灼熱の牙は邦雄には届かなかった。寸前のところで空を切り、お互いを噛み合い、もつれあいながら歯ぎしりするように身悶えた。

輪の女の怒号が響いた。「邪魔をするんじゃないよ、百目！」

邦雄は、はっとなって百目を振り返った。いつのまにか、百目と邦雄の距離が縮まっていた。輪の女が翔子をさらったのと同じ方法で、百目が自分を引き寄せ、炎から遠ざけてくれたのだと邦雄は悟った。

百目はおもむろに口を開いた。「私は邪魔はしていない。仲裁に入っただけです」

「話し合いなど無駄なこと」

輪の女は勢いよく着物の袖をひるがえした。先ほどよりもさらに激しい炎が、輪の周囲に呼び出される。青い炎は、掌を閉じるように輪全体を包みこんだ。炎ごと、輪の女と少女の姿が徐々に消え始めた。

邦雄は思わず叫んだ。「逃げられる！」

すると百目は邦雄の腕をつかみ、自分の脇へ強く引き寄せた。「遠くへは飛べないはずよ。追いかける。しっかり、つかまっていて」

周囲の風景が一瞬にして後方へ退いた。完全な闇があたりを支配した。文字通り何もない空間に邦雄は叩きこまれた。耳の奥で鋭い音が鳴る。足元が頼りない。突如、すさまじい落下感に襲われた。邦雄は思わず悲鳴をあげた。

「着いたわよ」

百目の声で我に返ると、そこは先ほどとは別の通りの真ん中だった。百目は肩で息をしていた。邦雄は、へなへなと座りこみそうになるのを何とかこらえた。「いまのは……」

「異空間経由で距離を飛び越えた」

「こんなことができるなら、南通りまで歩かなくてもよかったのに」

「無茶を言わないで。人間を連れて飛ぶのは気力も体力もいるの。当然、別料金よ」

別料金――ということは、いまのでまた余分に寿命が縮んだわけか。

うっかり礼を言わなくてよかったと邦雄は思った。やはり百目は妖怪だ。人間側の都合など何も考えていないのだ。

邦雄はあたりを見回した。人間を連れて飛ぶのが大変なら、輪の女もそれほど遠距離は飛べなかったはずだ。

近くに小さな公園があった。木立の隙間（すきま）から青い炎の色が見える。輪の女に違いない。

「行きましょう」と邦雄がうながすと、百目が訊ねた。

「あの子とあなたの関係を、もう少し詳しく知りたいわ」

「知って、どうするんですか」

「あなたがただの幼女誘拐犯なら、私には手伝う理由がなくなる」

邦雄は溜息を洩らした。「……僕は大学の研究室で働いていました。人間の脳が幻覚を見る仕組みを調べていたんです。真朱街に妖怪が姿を現して以来、妖怪は実体があるものとわかりました。しかし、人間の五感がそれ以外の怪異——たとえば〈幽霊〉と呼ばれる現象を実感してしまう仕組みは、まだよくわかっていない。大脳生理学からの仮説はありますが、それに当てはまらない現象も多いのです。僕たちは、それを科学的に説明できる完璧な説を探していた。怪異を感知できる人の脳をリアルタイムでスキャンし、データを解析すれば何かわかるのではと考えたのです。あの子——翔子ちゃんのお父さんは、いわゆる〈拝み屋さん〉でした。なので、調査に協力してもらっていたんです」

「なるほど……」

「翔子ちゃんは、いつもお父さんと一緒に研究室へ出入りしていました。父子家庭なので預ける先がなかったんです。お父さんが急死したとき、あの子にも、ちょっと変わったところがあると気づいて……」

「どういう部分が？」

「未来を見る能力があるんです」

「人間なのにそんな力が？」

「ええ。翔子ちゃんには、未来からの情報を受け取る能力がある。脳の中に量子的な『窓』のようなものが開いていて、未来のイメージが一方的に流れこんでいるらしいのです。こういう力は他人に利用されやすい。どこから聞きつけたのか、政治や経済の関係者が参考情報として買いたいと持ちかけてきた。環境シミュレータを運営している人からの依頼もありました。いまは、連結階層シミュレータなんてのもありますけれど、地球環境の未来を予測するのはとても難しいので……。研究室としては拒めませんでした。お金が欲しかったんです。研究を続けるには、どうしてもスポンサーが入り用なので」

「それが、どうして逃げる気になったの？」

「翔子ちゃん自身が逃げたいと言ったんです。検査には画像診断装置を使っていただけですが、翔子ちゃんの体には、それが痛みとして知覚されていたようで……。皆は、絶対に痛くないはずと、毎回なだめていたのですが」

百目は嘲笑するように目を細めた。「なんて勝手な言い草。研究に使われていたのが喋れない動物だったら、あなたは平気で協力し続けたんでしょう？」

「否定はしません。でも、仮定の話をしてもしかたがない。目の前にいたのは本当に五歳の少女で、僕は自分の気持ちに逆らえなかっただけです」

邦雄は百目から視線をそらし、うつむいた。「あの子の父親は、僕の友人でした」

「……遺言でもあったの？　律儀なことね」

「そんなのじゃありません」

邦雄は口をつぐみ、自分の記憶の中に沈みこんだ。

青白く痩せた友人・和磨の顔が、一瞬だけ浮かんで消えた。あの日、和磨は邦雄に言ったのだ。研究に協力するのは金のためだ、翔子に貯金を残したい、そのためなら何でもすると。

そのとき邦雄は和磨を蔑んだ。拝み屋などという非科学的なことをやっていたせいもある。だが、我が子のためなら何でもできるなんてきれいごとだ、耐え切れないほど苦しくなったら、こいつだって絶対に逃げ出すに違いない――と。

和磨は人づてに、研究室の協力者集めを知ったようだった。高校時代以来の再会だった。和磨もかつては、邦雄と同じ分野を目指す学生だった。しかし、あるとき突然、「おれ、受験するのやめるわ」と言い出したのだ。

自分よりも成績のいい和磨が、進学をあきらめると口にしたことに邦雄は驚愕した。家庭の事情なのか、それともおまえ自身が病気か何かなのか。そう訊ねると、「最近、変なものが見えてしかたがないんだよ」と和磨は気だるそうに答えた。

「子供の頃からそんな傾向があった。大人に近づけば消える能力だろうと思っていたが、年を追うごとに〈見える力〉が強くなる。一日中、得体の知れないものから追われたり、それを追い払ったり。とてもじゃないが気力も体力ももたない。受験勉強にも集中できない。そういうことだから、おれは別の道を選ぶよ。追い払う技術を鍛えて、〈拝み屋〉にでもなろうかな」

そんな理由があるもんか！　と邦雄は叫び出しそうになった。だが、口には出さなかった。自分の成績では無理な大学へも、和磨なら易々（やすやす）と入れるだろう。なのにその道を捨てるというのか。自分がどんなに望んでも得られないものを、こいつは「拝み屋になるから」というふざけた理由で、惜しげもなく切って捨てるのか……。

「そりゃ大変だなあ」とだけつぶやいた。だが、胸の内は激しく揺れていた。

能力のある人間がそれに相応（ふさわ）しい道を選ばない――その判断に、自分の努力を嘲笑されたように邦雄は感じた。和磨の余裕に嫉妬した。こんな屈辱的なことはないと歯ぎしりした。だから、和磨が本当に拝み屋になって自分の前へ戻ってきたとき、邦雄の心には抑えがたい感情が再びじわりと湧き起こった。

それは邦雄が、いまの自分の立ち位置に不満を持っていたからでもあった。

邦雄は努力の末に、大学に付属する研究室で脳を調べる仕事を勝ち取った。だが、配属されたのは研究の本流から少し外れた部門だった。人気のあるテーマは希望者も多く、邦雄の実績では、ひと足届かなかったのだ。

和磨なら――そこにも楽々行けたのではないかと邦雄はいまでも思う。だが、現実には彼は本当に拝み屋になってしまった。そして、余裕綽々といった態度で自分の前に再び現れた。拝み屋の体を調べるなんていう、いかがわしい研究をするのがおまえの仕事なんだろう？　と、だめ押しするかのように。

実際に、和磨が邦雄をそんな言葉でなじったわけではない。馬鹿にしたこともなかった。だが、和磨の存在自体が、いまの邦雄にとっては、自分の劣等感を強烈に刺激する棘だった。

それでも、そんな感情をひとかけらも見せず、邦雄は和磨を実験室へ連れて行った。画像診断装置もベッドもなく、椅子がひとつあるだけのからっぽの部屋。眉をひそめて室内を見回した和磨に、邦雄は説明した。「ここは以前病室だったそうだ。改築で、いまは研究室の棟になったけれどね。協力希望者には、この部屋でデータを取らせてもらっているんだ」

「ここで何をすればいいんだい？」

「君の〈拝み屋〉としての能力が本物なら、この部屋に何がいるのか見えているはずだ」

和磨は頰にかすかに笑みを浮かべた。「なるほど。そういうことか」

邦雄は続けた。「君以外の拝み屋さんの話によると、この部屋には変な〈穴〉があいているらしい。そこから妙なものが、どんどん溢れているそうだ。病室だった頃には、それが原因でいろいろトラブルがあった。怖いものが出てくるから部屋を替えてくれ、と訴える患者が後を絶たなかったそうだ。それで改築のときに、研究室の棟として譲り受けた」

「君らは平気なのか？」

「うん。病気で弱ったり敏感になったりしていると見えるらしいが、健康で鈍感な僕たちには何も見えないんだよね。ところで、ここにいるのは妖怪なのかい？　それとも幽霊か何か？」

「妖怪じゃないのは確かだ」和磨は即座に答えた。「妖怪なら、何らかの形で、人間との接触や交流を望むものだからな。こいつらは幽霊というよりも――そう、エネルギーの塊というか……。移動すると空間がゆがむのが見えるね」

「空間がゆがむ？」

「重力波というのを知っているだろう。ブラックホールや中性子星のように、膨大な質量を持った存在が光速に近い速度で運動すると、周囲の空間がゆがむ。重力波はそのときに観測される波だ。これと似たような感じで、おれの体は、連中が移動するときに出す〈波のようなもの〉を感知して、空間のゆがみを脳内で立体視しているようだ。つまり、空間のへこみ方から、へこませている存在の形を知るわけだね。ここには確かに、そういうものがうじゃうじゃいる」

部屋に入るときに和磨にワイヤレス・センサーをはりつけ、脳波や筋電図をリアルタイムで調べてみると、面白い測定結果が出た。検査機器上では脳全体が激しく活動している状態が表示され、体温も二度ほど上昇する。和磨がじっとしているときでも、全身の筋電図の数値が大きく揺れる。それは自分に触れてくる何かを、全力で払いのけるような仕草をしているときの運動状態に近かった。

和磨に訊ねてみると、実際、それは何かとの〈格闘〉らしかった。エネルギーをぶつけてくる何かを鎮め、よその空間へ解き放ったり、ときには自分の力と相殺して消滅させる——。それが、拝み屋の仕事の基本なのだという。

もちろん、その際には、和磨自身も体力と気力を消耗していた。脳全体が活動し、体温が上がり、筋電図の数値が揺れるのは、和磨自身から〈対処のためのエネルギー〉が奪われている証拠だった。

邦雄は感心すると同時に、暗い感情を覚えた。この実験を利用すれば、和磨をぎりぎりまで追いつめ、体と心を責め苛むことができる。「子供のために……」などと、りっぱなことを言った和磨が、泣いて許しを乞い、プライドを捨てる姿を見てみたいと邦雄はふと思った。拝み屋なんてものになったことを後悔させてやる。自分に頭を下げさせてやる……。

邦雄は和磨を、実験部屋に何度も連れ出した。データを取る必要があるという口実で、研究室の要求をはるかに上回るスケジュールを和磨に課した。和磨は「きつい作業だ」とぼやきながらも、邦雄が「でも、翔子ちゃんのためにお金が欲しいんだろう？」と囁くと、必ずすべてを受け入れた。疲れたといって倒れる回数が増えた和磨を、邦雄はそれでも測定に誘い続けた。もうやめてくれ、休ませてくれと泣き出したら、許してやるつもりだった。だが、和磨は一度も逃げなかった。邦雄は和磨を体力的に追いつめながら、逆に、自分のほうが追いつめられているような気持ちになっていった。それが、ますます邦雄を苛立たせた。

気分が悪いと言って仮眠室で横になった和磨に、邦雄は一度だけ訊ねたことがある。「子供っていうのは、そんなに可愛いものなのかい。どんなことをしても育てたいほど」

和磨は穏やかに答えた。「それは人によるね。自分の子供だからこそ殺したい、そう思って実行してしまうのもまた人間だ。ただ、おれは翔子が可愛くてたまらない。妻をすぐに亡くしたから、よけいに可愛い」

「僕も、結婚できたら、そう思えるようになるのかな」

和磨は屈託のない表情で微笑しながら言った。「そんなこと保証できるもんか。でも、どんなときでも、子供を呪ったり憎んだりするよりは、子供と一緒に笑って過ごす毎日のほうが、楽しくていいんじゃないかな……」

そして——。

悪夢のような記憶が邦雄の中に甦る。鳴り響くアラーム。駆けつけた救急医。主治医からの説明。ベッドに横たわり目を閉じたままになった和磨のやつれた姿。証拠となるスケジュール表を破棄しろと怒鳴った研究室の責任者。うちのせいじゃないからな。本人に持病でもあったんだろう。この程度の実験で、人が死ぬはずはないんだからな。

邦雄はそのとき震えながら思った。

違う、違う。自分はここまで、やろうと思ってやったわけじゃない。ただ、格好のいいことを言う和磨を、からかってみたかっただけだ。彼に頭を下げさせれば、自分の気持ちがすっとするはずだと思っただけだ……。

――それがただの言い訳であることを、一番よく知っているのは邦雄自身だった。これから先、自分は、どんな顔をして翔子に会えばいいのか。和磨の最期を話して聞かせればいいのか。とうてい背負えないと思ったその告知を、邦雄は同僚の女性職員に押しつけた。

あとで怖々様子を見に行ったとき、翔子はいつもと変わらない態度で邦雄に近づいてきた。邦雄の服の端をそっとつかんで訊ねた。「お父さんは、いつ帰ってくるの？　みんな、もう帰ってこないって言うの。そんなの嘘だよね。おじちゃんはお父さんと一番仲がよかったから、お父さんがどこにいるのかも知ってるよね……」

邦雄はその場にしゃがみこむと、翔子を強く抱きしめた。いや、自分のほうから倒れこむように抱きついた。喉の奥で叫び声を押し殺した。

泣きはしなかった。

自分には、泣く資格などないのだと、繰り返し強く言い聞かせた。

百目は邦雄の胸元に指先を伸ばした。上衣につけたままだった記録プレートを、ゆっくりと引き剝がしながら訊ねた。「では、なぜあの子を助けようとしたの？　見て見ぬふりをしてもよかったのでしょう」

読んだのか……と邦雄はぼんやりと思った。百目は百の瞳のひとつで、いまの自分の心をのぞいたのだろうか。妖怪なら、そこまでできても不思議ではない。いまさら、どうでもいいことではあるのだが。

邦雄は静かに答えた。「わからない。父親の死後、毎日、痛い痛いと泣いている姿が、なぜか耐えられませんでした。お父さんはどこへ行ったの？――その問いに僕は『お父さんは、お母さんに会いに行ったんだよ』と答えた。そして、あの子を連れて逃げ出したんです。『もう、痛いことをしなくていい街へ行こうね』と言って。……僕は、頭が変なんでしょうか」

「妖怪から見るとかなり変なのは確かかね。たとえ深い事情があるのだとしても」

ふたりは公園に足を踏み入れた。樹木の蔭（かげ）から輪の女と少女をそっと見た。輪の女は百目以上に疲れているようだった。輪からは炎が消えていた。女は輪から降り、地面に座りこんでいた。翔子はジャンプしたときの衝撃で目をさましたのか、不安そうに輪の女に寄り添い、何か話しかけていた。どうしていいのかわからず、うろたえているようだった。

邦雄はふと、輪の女は見かけよりもずっと年老いているのではないかと思った。何百年も子供を求めて彷徨（さまよ）っていたなら、外見は若くとも命は尽きかけているのかもしれない。

邦雄が近づき「翔子ちゃん」と呼びかけると、少女は驚いたように目を丸くした。「あ、おじちゃん、いままでどこへ行ってたの？」

「一緒に帰ろう」邦雄は怒りを押し殺して続けた。「もう夜だろう。ベッドに入って寝ないと」

「嫌。帰らない。だって、お母さんが会いに来てくれたんだもの」

「それはお母さんじゃないよ」

「ううん、本物のお母さんだよ」

邦雄の背後に近寄った百目が、耳元でそっと囁いた。「あの子には、本当に自分の母親に見えているのよ」

「なぜですか」

「妖怪は人間に幻影を見せることができる。店で会った直後に説明したはずよ」

息を呑んだ邦雄に、百目は続けた。「行かせてやったらどう?」

「…………」

「あの子に、実の母親の姿を見せられる者——それは妖怪以外には有り得ない」

「でも、ただの虚構だ!」

「人間には、ときとして真実よりも虚構のほうが必要なときがある」

輪の女がゆらりと立ち上がった。女は翔子を抱きあげると、すさまじい笑みを浮かべながらふたりに向かって告げた。「私、この子を通して未来を見てしまったのよね」

「え?」

「――そう遠くない将来、とんでもない未来がやってくる。この事実を知れば、誰もがパニック状態に陥るでしょう。だから私は、この子を連れていくことにした。誰にも知られないよう――未来からの情報を封印するわ」

百目が訊ねた。「かけらほども教えてもらえないのかしら？」

「だめよ」輪の女は答えた。「それぐらい酷い未来なの」

「私たちにも、知る権利ぐらいあると思うんだけれど」

「この子がいなければ知りようもなかったことでしょう。だいたい、知ったところでどうにもならないのよ」

輪の女は翔子を抱いたまま後ずさった。ひらりと輪の上に飛び乗った。「この子が未来を見られるのは、未来の人間が、過去に向けて情報を送る技術を獲得したからかもしれないわね。受け取った情報を基に私たちが行動を変えれば、未来はもっといいものに変化するのかも。でも、私にはそんなことどうでもいい」

輪の女と翔子の体が末端部から白く変化し始めた。ふたりはいまや凍てつく白い彫像のようだった。

「さようなら」と輪の女は言った。「私は理想の子供を得たから、もうこの世には姿を現さない。ふたりだけで幸せに暮らせる場所へ行くわ」

邦雄は百目が止めるのもきかず輪に突進した。女から無理やり翔子を引き剝がそうとした。

だが、強引につかんだ部分から、翔子の体は砂のようにさらさらと崩れて散った。

それなのに翔子は痛がりもせず、ゆっくりと手を振りながら邦雄に向かって微笑した。

「おじちゃん、この街へ連れてきてくれてありがとう。私、やっとお母さんに会えたわ。お母さんって温かい。お父さんが言っていた通りの人だった。これからお母さんに、お父さんがいるところへ連れて行ってもらうの。そこへ行けば、いつまでも三人で暮らせるんだって」

「翔子ちゃん……」

「私、先に行ってるね。向こうで、おじちゃんが来るのを待っているからね」

直後、輪の女と翔子は、大波に打ち倒された砂山のように崩壊した。ばさりと地面に落ちた白い灰は、生ぬるい風に掻(か)き乱されると、あっというまにあたりに四散していった。

邦雄は崩れ落ちるように地面に両膝(りょうひざ)をついた。両手で灰を握りしめ、しばらくの間、声をあげて泣いていた。

行ってしまった。自分を裁いてくれるはずの少女は、もう永遠に消え去った。裁かれないということは、いつまでも罪が許されないということだ。自分はこのまま、一生、罪の棘に苛まれ続けるだけなのだ――。

やがて百目は、邦雄に静かに訊ねた。「……これからどうするの？」

邦雄はうつむいたまま答えた。「どうしようもありません。僕にはもう、行く場所も、帰る場所もなくなってしまった……」

「だったら、ここに住んだらどうかしら」

涙と灰で汚れた顔をあげた邦雄に、百目は言った。「あなたのような人間はこの街によく馴染む。いえ、こういう街こそが、いまのあなたには相応しい」

邦雄はしばらく呆然（ぼうぜん）としていたが、やがてよろめきながらゆっくりと立ち上がった。それがいいのかもしれないと思った。妖怪にも人間にもなれない自分は、もうここで、彷徨うように生きていくしかないのかもしれない。

邦雄が小さくうなずくと、百目は邦雄の手を取った。手の甲に口づけし、うやうやしくお辞儀をしつつ、艶然と微笑しながら言った。

「歓迎します、相良さん。——ようこそ、真朱の街へ」

ブルーグラス

O県M岬沖の海域が、近々、立入禁止区域に指定される——。

伸雄(のぶお)はそのニュースを、浅葱(あさぎ)建設に勤めている遠藤から知らされた。

「うちで開発した海洋ドームを使って、かなり広い海域を囲い込んでしまうらしい」と遠藤はメールで書いてきた。「着工は今年の冬頃。大きな仕事になるから会社は儲かるが、おれたちにとっては寂しい話だな」

M岬はダイビング・スポットとして有名な場所である。だが、ここ数年、環境悪化による珊瑚の激減が問題になっていた。

観光地として本土の人間に門戸を開き続けるのか、閉鎖海域に指定して保護に全力を挙げるのか。

最終的に出された結論は「保護」だった。

このまま放置すれば、あと数年でM岬の珊瑚礁は完全に消失する。

やがて、魚影も消える。

ならば保護海域に指定し、別の形で海洋環境をアピールしていこうと地元の住民は考えたのだ。

観光潜水船での海中観察、島に巨大な水族館を建設して珍しい魚を飼育する――。新しい観光計画などいくらでもあった。新型潜水具で自由自在に海を泳ぎ回り、平気でゴミやタバコの吸い殻を海に投げ捨て、珊瑚や海洋資源を盗んでゆくマナーの悪いダイバーには、もう来て欲しくないというのが住民たちの本音だった。

岬を訪れるダイバーが、皆、悪質な人間だったわけではない。普通のダイバーは、海でゴミを見つければ拾って陸へ上がる。ボランティア・グループを組んで掃除をしてまわったりもする。呼吸器に障害があると潜水に差し支えるので、喫煙はなるべく避けて、喉や肺を大事にする。潜ったときに「とる」のは写真だけで、珊瑚や魚には一切触れない。潜水中に、むやみに海洋生物を殺したりもしない。身勝手な振るまいをしていたのは、ほんの一部の観光客だった。

観光客が岬に押し寄せるようになった一因は、新型潜水具の普及にあった。

伸雄がダイビングを始めた頃、その機材は、二十世紀に開発されたものとはがらりと様相を変えていた。昔のように重い空気タンクを背負う必要のない新型潜水具――閉鎖循環式潜水具(リブリーザー)の機能改良と小型軽量化、価格低下が進み、大量生産がなされていた。

リブリーザーは、一度吸った空気を何度も利用する仕組みの潜水具である。装備するタンクは、開放式潜水具のタンクと比べると驚くほど小さく軽い。装置の内部には、呼気に含まれる二酸化炭素を処理する吸着剤が装塡(そうてん)され、窒素と酸素だけを循環させて呼吸を保持させせる。昔は専門のトレーニングを受けなければ使えなかった機材が、技術の進歩によって誰にでも使えるようになったのだ。

手軽さは参加人口を増やした。それとともに参加者のマナー低下が問題になった。何度も注意が呼びかけられた。対策が講じられた。だが、決定的な効果を得られないままにM岬の海域は荒れていった。その結果の保護運動の高まりだった。

もちろん、海が荒れたのはダイバーのせいだけではない。陸から海へ流れこむ生活排水や産業廃棄物をはじめ、もうはるか昔から、地球の海洋は汚染され続けている。一万メートルを超える深海底ですら、地上のゴミが吹き溜まっている状態なのだ。人間による被害を受けていない海域など、いまどきどこにも存在しない。だが、M岬で何度も目立つ違法行為を繰り返していた観光客は、はっきりと目に見える分、かっこうの批判の的になった。

地理的にも心理的にも遠くなってしまったM岬の海中地形を、伸雄はぼんやりと思い出した。

苦い記憶が一緒に甦る。

——あの海域には「あれ」が置いてある。思い出の詰まった、未完成の「ブルーグラス」が……。

あのグラスを沈めた場所は、さほど深いところではなかった。確か、ビーチ・エントリーして十五分ほど泳いだ先、水深八メートルほどの、太陽光がよく届く浅い海の一角だ。

ダイバーが餌付けした、大きなウツボが近くに棲みついていた。難しい潮の流れがあるところではない。極端に海中地形が変化していなければ、いまでもひとりで辿(たど)り着けるだろう。行くか。久しぶりに、あの海へ。

伸雄は事務机のカレンダーをめくり、都合のつきそうな週を探した。

胸の奥に、不思議なときめきが湧き起こった。もう何もかも遠い日の出来事なのに、すべてが、昨日のように脳裏に閃いた。

伸雄の知っている「ブルーグラス」は、グッピーの一種でもなければ、音楽ジャンルのひとつでもない。それは、化学反応を利用して成長する、インテリア・オブジェの一種である。全体の高さは二十五センチほど。直径十二センチぐらいの台座の上に、先端がドーム状になった円筒形の透明な容器がかぶさっている。容器の中には特殊な溶液が充塡され、外部からの刺激に反応して、その中で毎日、少しずつ樹木状のオブジェが成長していく。観葉植物のように「成長の過程を楽しめる商品」なのだ。

原理は簡単である。台座に組み込まれた音響センサーが、外部の物音、つまり、人の声や音楽や生活上の音を拾って、それを電気信号に変える。電話の仕組みと同じだ。音の強弱によって、台座内部の装置に何秒電気が流れるか決まる。

発生した電流は、容器の内部にセッティングされた細い電極に伝達される。溶液の中に漬かっているのは、人間の目では視認できないナノ・スケールの幅を持つ極細の電極だ。

そこに電気が流れると、容器内の溶液が電気分解を起こし、化学物質の一部が電極に引き寄せられてその周囲に付着する。物質は電気が流れた時だけ電極に集まるので、外部からの音声の強弱によって、付着したりしなかったりという反応を繰り返す。これが「少しずつ成長してゆくオブジェ」のキモとなる部分だ。

この極細の電極は、樹木が枝を伸ばしているような姿にデザインされている。そのため容器内の物質は、最終的に樹木状のオブジェを形成する。溶液中に珪酸化合物が含まれているため、できあがったオブジェは青いガラス状の外観を持つ物体となる。

「ブルーグラス」という商品名は、そこからつけられた。音に反応して育つ青いガラス。それは音という目に見えない存在を、目に見える形で定着させる——という遊び心から生まれた商品だった。

妻と結婚する前、伸雄は一時、ブルーグラス作りに凝っていた。一人暮らしの室内にグラスを置き、それが毎日少しずつ成長していくのを楽しみにしていた。

ブルーグラスが成長した姿は、イソバナと呼ばれる海の生物によく似ていた。

イソバナは珊瑚と同じで刺胞（しほう）動物だが、石灰質の外殻を持たない。堅くしなやかな、骨軸と呼ばれる筋を芯に、枝を伸ばした樹木状の姿に成長する。色は真紅。全長は、小さなものだと十〜十五センチ、大きくなる種類だと、二メートル余りにも達する。

当時、ダイビングに熱中していた仲雄は、店頭でブルーグラスを見た瞬間、すぐにイソバナを連想した。色こそ違うが形の似たオブジェに、地上の樹木ではなく、海中に棲む生物の姿を重ね合わせたのだ。

同じ頃、仲雄はひとりの女とつき合っていた。あちこちのダイビング・ツアーに参加していたときに知り合った、麻莉絵という名の若い女だった。

惹かれた理由は、たわいもないことだった。どこの海が綺麗だったとか、好きな魚は何だとか、こんな馬鹿な失敗をして危うく溺れ死にそうになったとか。そんな会話を繰り返しているうちに、お互い、ピンと引き合う何かを感じて、やがて一緒に海に潜るようになった。

レジャー・ダイバーは、必ず二人一組で海に潜る。トラブルが生じたとき、お互いを助け合うためだ。麻莉絵のスキルは、仲雄にちょうどよいレベルだった。麻莉絵と一緒なら余計な心配や気づかいをせずに、海の中を楽しめた。

その頃は二人ともまだ二十代だったので、情熱に駆られるままにお互いの体を求め合い、魂までも貪り合うような勢いで関係を深めた。

仲雄はブルーグラスを、チェストの上からベッドサイドに移動させた。その理由を知ったとき、麻莉絵は頬を赤らめた。頼むからやめてくれと言いつのった。

だが、仲雄はやめなかった。どこがいけないのか。何が恥ずかしいのか。僕たちの声に反応して育つグラス——それは、この世でひとつしか存在しない形を持ったオブジェだ。僕たちの交わりが生みだす思い出のひとつだ。僕は全然恥ずかしいとは思わない。君の声が、喘ぐような溜息が、抱き合ったまま交わす寝物語のひとつひとつが、青いガラスになって定着した姿を僕は永遠に残したい。それが、どうしていけないのか。

　伸雄の執着に、麻莉絵はやがて降参した。枕元で自分たちの声を吸って少しずつ成長していくグラスに、厳しい文句を言うことはなくなった。

　それでも麻莉絵は、時々、思い出したように伸雄に言った。「変な趣味」「変な人」「あなたは変わっている」「物事にのめりこんで溺れやすい性質の人だ」「好きなもののためなら、いくらでも危なくなれる人なのかも」

　何と評されようと、伸雄は気にしなかった。どんな言葉も、自分に対する愛着から出た揶揄だと信じていた。だったら、どんな男なら安心できるのかと逆に問いかけたとき、麻莉絵は、さあ……と言って首をひねり、彼から視線を外した。

　紺碧の大海原で、お気に入りのカフェで、彼女はたびたび同じ言葉を繰り返した。あなたは変わっているわ。本当に、変わっている。

　麻莉絵の体は、全身の筋肉が引き締まり、夏の熱い陽射しをストレートに吸い込んだような生命力に溢れていた。ダイビングという、少しばかり死の危険と隣り合わせのスポーツを楽しんでいる分、積極的で勇敢だった。赤と紫の配色のウェットスーツを好んで着た。長い漆黒の髪を、いつも後ろで束ね、ばらけないようにアメリカピンで留めていた。

誰も来ないひんやりとした岩場で、泡立つ波の音を聞きながら、伸雄は何度も狂ったように彼女を求めた。湿った磯の香が立ちこめる中、押し潰すように両手でくるみ込んだ麻莉絵の胸の柔らかさ。海水に濡れた肌と肌をぴったり重ね合わせたときの奇妙な熱っぽさ。遠くに、からんとした青空と積乱雲を臨む場所で、下半身がぐらぐらするような解放感を味わっていた頃、伸雄は自分が彼女と別れることになるとは想像だにしていなかった。

終局は、唐突にやってきた。

麻莉絵が、いつのまにか他の男ともつき合い始めていると知ったとき、伸雄は愕然(がくぜん)とし、道に迷った子供のように混乱した。自分のどこに欠点があってそうなったのか、何が悪くてそうなったのか。脳ミソの中を総ざらえし、必死になって理由を探しまわった。

やがて、どう考えても、自分の側に落ち度はないはずだという結論に達した瞬間、体中がバラバラになりそうなほどの怒りを、自分の内側だけで爆発させた。

そのとき伸雄の中に湧き起こったのは、麻莉絵を殴りつけ、監禁してでも自分の手元に留めておきたいという真っ黒な感情と、いやむしろ、素直に彼女の自由意志を認め、浮気の虫がおさまるまで静かに待ったほうがいいのではないかという、相反するふたつの感情だった。

どちらを選んでも、さらに事態を悪化させるだけに違いない愚かな選択しか思い浮かばなかったのは、何をすれば一番いいのか、彼がまったく理解していない証拠だった。

なじみの喫茶店に寄ったとき、伸雄は膝と手の震えを押し殺しながら、麻莉絵に本心を訊ねた。麻莉絵は彼に問い詰められると、普段とはうって変わった弱々しい調子で、そっとつぶやいた。

「――好きなの。どうしようもなくなってしまったの。ごめんなさい」

何も言えなかった。何もできなかった。泣くことも、彼女を責めることも、取り繕った笑顔で彼女を送り出すことも。

ここへ来るまでの間に燃えさかっていた凶暴な感情は、あくまでも彼の内部のみで吹き荒れていたもので、それを、なりふり構わず外部へ放出するための気力も性根も、自分には全く備わっていないのだと仲雄は痛烈に思い知らされた。

仲雄はただ、自分たちの前に置かれた真っ白なマイセンのコーヒーカップを、ぼんやりと眺めていた。店内には、明るくて調子のよいヒットソングが流れていた。馬鹿げたほどに今の場面に似合っていると仲雄は感じた。突き抜けたような明るさと、スピード感溢れる曲想。すべてが壊れ、終わっていくときに、ぴったりの曲だ……。

麻莉絵が去った後、彼の手元には、いくつものブルーグラスが残された。二人の喘ぎ声と、すすり泣くような呻き声と、いくたびも繰り返された歓喜の声を吸い尽くした何台ものブルーグラスは、今では生命を失い枯れ果てた樹木のようだった。

青いガラスの無機的な輝きに耐えられず、仲雄は、それらをすべて叩き壊して捨てた。

だが、ただ一台、成長の途中だったグラスにだけは、振り上げたハンマーを打ちおろせなかった。

それを最後にベッドサイドに置いた日を、伸雄は、はっきりと覚えていた。何もかも順調だと思っていた。何もかも、これまで通りにいくと思っていた。あの純粋な気持ちを思い出すと、どうしても壊せなかった。

迷ったあげく、彼は、それをM岬の沖合に沈めた。誰にも知らせず、たったひとりで海に潜り、海底に置いてきた。

その場所が、今、環境保護対象として、立入禁止のドームに覆い尽くされようとしているのだ。

ゴールデン・ウィークが訪れた。

夏期休暇まで待てないダイバーは、こぞって旅行に出かけ始めていた。

伸雄がM岬を訪れたとき、浜には何人ものダイバーの姿があった。インストラクターに従って講習中の初心者もいた。ぎこちない動きが懐かしかった。

伸雄はひとりだった。単独潜水は、レジャー・ダイビングでは厳禁だ。常識的に考えても、何かあったときの危険の大きさは計り知れない。

だが、個人的な思い出の形を確かめに行くのに、第三者を立ち合わせるわけにはいかなかった。バディに事情を話して一緒に潜ってもらうなど、とてもではないが恥ずかしくてできない。

M岬の沖へ潜る方法は二種類ある。ひとつはボートをチャーターして沖合まで出て、そこからダイブする方法。もうひとつは、ビーチ・エントリーといって、浜から自力で泳いでいく方法だ。

伸雄は後者を選んだ。近くの休憩所でウェットスーツに着替え、サンダルを脱いで足首までの短いブーツを履いた。体温保持と掌の保護のため、ダイビング用の手袋をはめる。ウェットスーツの上から浮力調節用ベストを着こみ、リブリーザーを背負った。フィンと、シュノーケルをつけた水中眼鏡（マスク）を持ち、ごつごつした岩肌を伝って浜へ降りた。

M岬は砂浜の海水浴場と違い、長く急な斜面を降りなければ海へ入れない。慎重に崖をつたい、潮に満たされた平らな岩場に降り立った。

他のダイバーから少し離れた場所へ移動する。

打ち寄せる波に体をさらわれないよう、手際よくフィンを履き、マスクを装着した。二本のホースの中央に配置されたマウスピースをくわえる。そして、静かに海中へ身を沈めた。

大気中の開放的な雰囲気が瞬時に遠ざかった。ひんやりとした圧迫感が全身に広がる。

人間にとって海中は一種の閉鎖環境である。だから閉所恐怖症の人間は潜水を楽しめない。あっというまにパニックを起こす。また、深みへ潜るたびに、じわじわと増してくる水圧に押される鼓膜を、鼻の奥から空気を通して外側へ押し戻す「耳抜き」と呼ばれる行為ができなければ、鼓膜を破損してしまう。

仲雄の妻・冬実は、この耳抜きができない。技術的に下手なのではなく、体質的に抜けにくいのだ。

だから仲雄は、冬実とは、ごく簡単なシュノーケリングしかしない。大型のオレンジ色のベストを装着し、海面に、ぷかぷかと浮かびながらマスク越しに海中を覗く、あの初心者向けのシュノーケリング。それなら潜らないから、安全だった。

新婚旅行は絶対に南半球のリゾート地へ行こう、そこで思いっきりダイビングするのだと考えていた仲雄も、冬実の体質を知ってからは行き先をヨーロッパ観光に変えた。

冬実は「私のことなんか気にせずに、ひとりで潜ったらいいのに」とか「私はビーチで、トロピカル・ジュースでも飲んでいるから」と言ってくれた。だが、新婚旅行で、新妻をほったらかしてダイビングに興じるわけにはいかない。それに、海外で赤の他人と組んで潜ったところで面白くもなんともない。

それなら、冬実と一緒に豪華な美術館を巡ったり、本場の欧州料理でも食べたりしたほうがいいと思ったのだ。

どうして、ダイビングのできない女と結婚しようと思ったのか、自分でも不思議だった。だが、所詮ダイビングと結婚とは別物である。仲雄は冬実自身が気に入ったから結婚したのであり、海に潜るのが得意な女を、結婚相手として探していたわけではないのだ。

あるいは麻莉絵との苦い思い出が、無意識のうちに、海とは関わりのない相手を選ばせたのかもしれない。

冬実は麻莉絵とは対照的に、ふっくらとした体型をしていた。結婚してからはますますぽっちゃりとなり、子供を産んだ後は、なお一層、フグにも似た愛嬌のある顔立ちに変わっていった。

寄せてくるすべてを受け入れるような情の深い女ではあったが、ひとたび言い争いになると、何日も口をきいてくれなくなる頑固さも持ち合わせていた。だが、それで何かが決定的に壊れてしまうほどには、二人はもう若くはなかったし、お互い、相手に過剰な期待を抱いているわけでもなかった。長男は今三歳で、活発に暴れ回っているが、まだまだ可愛い盛りだ。

勤務先の電器店の給料がいまいちなのを除けば、生活に気に入らないところは何もないはずなのだが——あのブルーグラスのことを思い出すと、若い頃、何度も足繁く通った海が立入禁止区域に指定されると思うと、心の奥から、何かが、ざわざわと立ち昇ってくるのだった。

甘ったるい感傷だとは思う。誰かに話せば、苦笑とともに、やや批判めいた視線を投げかけられるに違いない感情。

それでも、行かずにはいられなかった。

いまさら何が欲しいのか。何を望んでいるのか。別段、麻莉絵とよりを戻したいわけではない。麻莉絵と一緒に、もう一度潜りたいと思っているわけでもない。冬実とは正反対の、あの、すらりと引き締まった肉体が恋しくなったわけでもない。

だが、体が海を求めているのだ。子供を連れ、海水浴場の浅い浜で波と戯れるのではなく、呼吸装置がなければ確実に溺れ死んでしまう深い領域まで潜りたい。ひっそりと、息を殺すようにして生き物を観察し、ぞっとするほどに青くどこまでも落ちこんでいく海中の深い淵を覗きこんでは畏怖の念を抱いていた、あの頃の興奮をもう一度味わいたいだけなのだ。

ゲージで深度と方角を確認しながら、伸雄はフィンで海水を蹴り続けた。進むたびに、記憶の底に封じこめられていた地形が鮮明な記憶となって甦った。本能に火がついたような快感が、全身の血管を駆けめぐった。

保護工事が予定されているだけあって、記憶に残る珊瑚礁は、いくつかが完全に消失していた。白化した珊瑚の死骸があちこちに広がり、ぎっしりと密生していたはずの海草もイソギンチャクも、どこにも見当たらなかった。海底を這うように泳ぐ魚の数も少なく、同じ種類の生物ばかりを見かけた。

体をひねって頭上を見回した。陽光が無数の針のように海面から射しこみ、青い背景の中で揺れていた。

浅葱建設のドームは、この頭上を完全に覆い尽くす。海水に腐食されない素材で作られた骨格が、巨大な竜の肋骨のように何本も腕を伸ばし、その隙間を、九十九パーセントの透過率を持つ透明な保護膜が埋め尽くす。

保護ドームの循環システムは、海水中の汚染物質を濾過し、浄化された海水のみをドーム内へ導く仕組みになっている。ドーム内部では、自動制御の海中監視システムが常時巡回を行い、水温・水質の変化は言うに及ばず、内部で保護される海洋生物のデータをリアルタイムで陸上の管理施設へ送りこむ。

閉鎖環境内で生物のバランスが崩れないよう、二十四時間体制で監視し続けるのだ。ドームの内部へは、訓練を受け、生物の知識を持った専門ダイバーの立ち入りだけが許される。

従来の「自然環境保全法」は、保護海域を指定し、保護の対象となった生物に触れたり危害を加えたりする行為に罰則を与えるだけだ。環境そのものから完全に、人間を閉め出すのは無理だった。

だが、海洋ドームを使えば、保護海域を完全に封鎖できる。密漁や無断侵入とは無縁の、海洋生物の楽園を作れるのだ。

「いまどきの建設会社は、環境保護とも共存しているのさ」とは遠藤の言葉だった。工事計画を立てるのは環境省と地方自治体で、浅葱建設は、それを公共事業として受注する形になるという。浅葱建設の施工法が今回の事例で有名になれば、これからは、あちこちの海域がドームで封鎖されるだろう。

そのとき、人間が自由に泳ぐのを許される海域は、日本に、いやこの地球上に、どの程度まで残されるのだろうか。

ドームで保護し、内部の環境を元に戻せても、それを再びドームの外へ解き放てなければ、人間は、もう二度と自然の海との繋がりを持てない。内部を箱庭のように育てていくしかない。そう考えると、遠藤たちのやろうとしているのが、本当に正しいことなのかどうか伸雄にはわからなくなる。

もちろん、今ドームで覆わなければ、M岬の珊瑚礁は完全に消失する。それを手をこまねいて見ているわけにはいかないのだ。しかし、どこかに割り切れない気持ちが残るのも確かだった。

それは、ダイバーとしての身勝手な未練なのかもしれない。あるいは、地球上に棲む生き物の感情として、何か、納得できないものを感じているのかもしれない。

自分たちはいったいどこで道を間違えたのか。いや、そもそも正しい道などあったのか。人類の本質が、海洋を利用し尽くし、汚染し続けることにこそあるのだとすれば、なぜ自分たちは、この厳しくたおやかな世界が失われるのをこれほどまでに惜しむのだろう。どうして海を、ただの資源として割り切って見られないのか。宇宙空間を漂う鉱物資源と同じ感覚で見られれば、これほど苦悩はしないだろうに。なぜ自分たちは、海という存在を、これほどまでに愛してしまうのか。

やがて伸雄は、砂地にどっしりと腰をおろした、高さ五メートル、差し渡し二十メートルほどの「根」まで辿り着いた。

「根」は、海底から盛り上がった岩礁や珊瑚礁である。魚やエビの住み処になっている。肺に溜めこむ空気の量で中性浮力を維持しながら、伸雄は、まだ少しだけ珊瑚が残っている岩肌の表面を、じっくりと調べ始めた。深い裂け目や細長い溝は、魚の逃げ場や隠れ家になっていた。鋭い歯で嚙みつかれないように、岩礁をゆっくりと見て回る。

ブルーグラスは、この根のどこかにあるはずだ。容器ごと防水ケースにおさめ、岩場のへこみに隠しておいたのだ。

海の中に置いたのは、二つの理由があった。

ひとつは、単に、ここが思い出の場所だったから。

そして、もうひとつは――海中の物音をグラスに拾わせるためだった。

海は静寂の世界ではない。さまざまな音で満ちている。イルカやクジラの鳴き声、無数の生き物たちのざわめきとつぶやき、海底がみしりと撓む音、ダイバー同士がナイフでタンクを叩いて出す信号音――。

水は空気よりも音の振動を伝えやすい。大気中の約四倍の早さで伝わる。海の中にいると、はるか遠くの物音でも間近に聞こえる。小さな音でもよく届く。

成長途中のブルーグラスを海中に置けば、きっと、それらの音を拾って育つに違いなかった。海の音で成長していく青いガラス――それならば許せるような気がしたのだ。自分の部屋で孤独に物音を拾うよりは、海の生き物の囁きを拾わせたほうが、ずっとよいものができるように思えたのだ。

どんな姿に成長しただろうか、あのグラスは。あるいは年月の経過でケースが壊れ、もうどこかへ流されてしまっただろうか。海のつぶやきを拾って成長したグラス。それはいったい、どんな姿になったのか。

胸の高鳴りを覚えながら、伸雄はグラスを探し続けた。

だが、見つからなかった。

場所を間違えたのかと、反対側にも回りこんでみたが見当たらなかった。珊瑚やイソギンチャクに隠されているのかと、岩の隙間に手を突っ込んでみたが、それらしい感触は得られなかった。

失望感が全身にじわりと広がった。

記憶違いをしているのだろうか。確か、ここだと思ったのだが。

ダイブ・コンピュータで潜水時間を確認する。リブリーザーを使っているとはいえ、マッコウクジラのように一時間も潜っていられるわけではない。ぐずぐずしている暇はなかった。休暇は今日しかないのだ。

た。

視線を彷徨わせているうちに、ふと、岩陰に小さな黄色い生物が付着しているのを見つけた。

形はイソバナに似ている。だが赤くはない。鮮やかな黄色だ。全長は三十センチほど。八方に伸ばした枝の上に、柔らかい、鳥の羽根のようなものがびっしりと生えている。カナリヤから毟り取ってきた羽毛を、一枚一枚、枝の上に貼りつけたような変な生き物だった。羽根一枚の長さは十センチ程度。その全貌は、少し離れて眺めると、葉の茂った樹木のように見えた。秋になって黄葉した、小さなカラマツの樹のようにも見える。

まさか――。

手袋をはめた両手で、伸雄は、金色の樹木の根元をそっと掻き分けた。

見覚えのある人工物が顔をのぞかせた。ブルーグラスの台座だった。容器を収めていた防水ケースは、完全に砕けて失われていた。グラスを覆う筒状の容器も破損し、今は、中のオブジェが海中に晒されていた。

そのオブジェの上に、この羽毛のような生物が付着しているのだった。

この黄色い生物は――そうだ、思い出した。これはヒドロ虫の一種だ。クラゲと同じで刺胞を持つ海棲生物。手袋があれば大丈夫だが、素手で触ると痛い目に遭う「海のイラクサ」。毒を持つ生き物だ。

確かこいつはハネガヤの仲間だ。珊瑚の仲間だが堅い外殻は持たず、岩陰に密生して群体を作る。それがブルーグラスに根を下ろして成長しているのだ。

それにしても、何て奇妙な姿だ……。

金色の樹木を見つめながら、伸雄は、その場にじっと浮いていた。ブルーグラスの枝の上で繁殖したヒドロ虫の群れは、彼の思惑など知ったことではないといった風情で、ゆらりゆらりと、ゆるい潮の流れに身をまかせていた。まるで、自分の思い通りにならなかった麻莉絵の姿を見ているようだった。我を張っているときの、冬実の姿を見ているようでもあった。

そう感じた瞬間、これを持ち帰りたくなった。だが、こんなことは予想していなかったので、丸腰で来てしまった。海水ごと密閉できる容器がなければ、ヒドロ虫はあっというまに死ぬ。このままでは持ち帰れない。伸雄はフォト派ではないので、水中撮影用のデジタル・カメラさえ用意していなかった。

胸の底を焼き焦がすような感覚が彼を打ちのめした。何をやっているんだ、自分は。こんなところまで来て、こんなところへ潜って。もう何も戻らない、何もできないとわかっているくせに、日常の暮らしを忘れ、甘ったるい追憶に浸り、ここで何を見つけるつもりでいたのか。

ここにはもう誰もいない。過去のかけらすら存在しない。戻ってこいと叫んだところで、応えるものなど何もないとわかっていたはずなのに、自分は何を探しに来たのか。この潮の流れの底に。死にゆく珊瑚の森の中に。

仲雄はマウスピースの中へ、深い溜息を吐き出した。

やるべきことは、もう何も残っていない。自分はただ、ブルーグラスの成長ぶりを確認し、現在の圧倒的な存在感に心を動かされ、それを己の掌に収められない悔しさを存分に味わっただけなのだ。

これを今、ここで壊してしまうのは簡単だ。腹立ちまぎれに、ヒドロ虫を全部殺していくことも。だが、それで何になるだろう。かえって惨めになるだけだ。

仲雄は顔を近づけ、金色のヒドロ虫を静かに見つめた。

偶然が作り出した芸術品——海の中で自由に生きればいい。他の生き物と同様に。もう二度と見に来ないであろうその輝きを、自分は心の中に閉じこめていこう。誰にも語らず、どこにも書き残さず、この海域がドームに覆い尽くされた後も、ずっと自分ひとりの中で反芻し続けよう。それが自分に許された、唯一の自由なのだ。

ふと、海水が何かの気配を伝えてきたのを感じて仲雄は顔をあげた。

視線の先にダイバーがひとり浮いていた。自分と同じように中性浮力を維持したまま、岩場の反対側で停止している。すらりとした華奢（きゃしゃ）な肢体、ウェットスーツは赤と紫の配色。長めの髪を後ろで束ね、仲雄と同様にリブリーザーを背負っていた。

相手はマスク越しに仲雄をじっと見つめていた。偶然この場所に立ち寄った感じではなく、仲雄だけを見つめていた。

心臓が激しく飛び跳ねた。見覚えのあるデザインのスーツ、体型、髪型。誰だ、まさか——麻莉絵なのか？

仲雄がじっとしていると、相手はフィンを蹴って岩場の上を越えてきた。幽霊にでも遭遇したように仲雄は身動きできなかった。

思わず叫び出しそうになった。なぜここへ来たのだ。どうして、今日ここへ潜ったのだ。たまたま同じ日に潜ってしまったのだろうか。彼女にとっても思い出の場所であるここへ、彼女もまた何かを探しに来たのか。

マウスピースをくわえたまま、仲雄は緊張のあまり口中に湧き出てきた唾液を喉の奥へ押しこんだ。懐かしさと拒絶の気持ちが、すさまじい勢いで混じり合って胸の奥で激しく燃えた。

イルカのように滑らかに泳いできた相手は、仲雄の前に来ると、リングファイル式の大きな水中メモを彼に向かって突きつけた。そこには手書きの文字ではなく、プリンターで印字されたゴシック体の警告文が並んでいた。

《ここは自然環境保全法で指定された「海中特別地区」です。海洋生物を、みだりに捕獲、損壊するのは法律に違反します。ただちに退去して下さい》

相手は、紐で腰に繋いだ身分証明書を仲雄に差し出した。写真付きのＩＤを見せられた瞬間、伸雄は驚いて「あっ」と声をあげそうになった。

写真の顔は、麻莉絵とは似ても似つかぬ若い男のものだった。都合のよい甘い感傷に浸っているうちに、目が腐っていたのだろうか。似たようなデザインのウェットスーツを着ていたとはいえ、男と女を間違えるとは——。羞恥で顔が熱くなった。

こいつは自然保護取締官なのだ。保護ドームで覆われる予定の海域をパトロールしていたのだ。

よく見ると、取締官は、アシスタント用の海洋ロボットを引き連れていた。ハコフグに似た銀色の小型ロボットは、記録用のセンサーを伸雄にじっと向けていた。

《今、珊瑚を獲りましたね?》という文字を取締官は伸雄に見せた。《それが違法行為だと、わかっていますか?》

伸雄は慌てて両手を振り、それだけでは足りないのに気づいて、ジャケットからプラスチック製の水中ノートを取り出した。専用のペンで表面に文字を書き殴り、相手に見せた。

《私は何も獲っていない。ここの様子を眺めていただけだ》

相手は、またページをめくり、新しい文章を伸雄に見せた。何度も同じ場面に遭遇している人間の、手際のよい反応だった。

《あなたの行為は、自然環境保全法第二十七条3の五に違反しています。この法律を犯した場合、六ヶ月以下の懲役、又は三十万円以下の罰金が科せられます》

どうやら取締官は、仲雄を珊瑚泥棒と間違えているようだった。このまま事情聴取されて罰則を食らうなど、とんでもない。

仲雄はノートに付属しているレバーを動かし、砂鉄と磁石の反応で描かれていた文字をさっと消去した。そして、新たに文章を書き綴る。《上にあがって説明したい。浮上していいだろうか?》

取締官はうなずき、仲雄を促した。仲雄は泳いできたルートを戻り始めた。予想もしなかった展開に眩暈を覚えた。

波間に顔を出すと、海上にボートが停泊しているのが見えた。甲板で、年かさの取締官がひとり待っていた。仲雄は二人に促され、船へ上がった。

仲雄は取締官たちから身分証の提示を求められ、事情を説明させられた。若いほうの取締官は、仲雄が何も獲っていないのを知ると、自分の見こみが外れたせいか残念そうな顔をした。

年かさの取締官は、仲雄の単独潜水に対して厳しく懇々と説教をした。もう勘弁してくれと言いたくなるほどに長々と叱責を繰り返した後、その取締官は言った。「M岬が立入禁止になるというニュースが流れて以来、捕獲目的のダイバーが押し寄せるようになりましてね。それで、こうやって巡回しているわけです」

仲雄は訊ねた。「どの時点で、私をマークしたんですか」

「最初からですよ。あなた、ひとりで潜ったでしょう。だからすぐにピンと来て、追いかけたんですよ」

思わず唸り声を洩らしそうになった。迂闊だった。まだ、正式には立入禁止になっていないとはいえ、もうすぐ海洋ドームが作られるような場所に、パトロールがいないわけがない。ましてや、まだ珊瑚が残っている保護区域に。

取締官は続けた。「最近、あなたのような方の来訪が増えていましてね。思い出の海が閉鎖される、だからその前にもう一度この海を見に来た、思い出になるような品を拾いに来た、皆さんそう仰るんだが、だったら貝殻や石ころを拾うぐらいでいいはずなのに、どういうわけか貴重なものばかり狙っていく。大ぶりの珊瑚だとか、珍しい魚だとか。自分の家で飼うのか、アクアショップにでも高値で売るつもりなのか……」

「私は、そんなつもりでは」

「ボランティアのダイバーには、いろいろ助けてもらってきました。だが、もう限界なんだ。観光客が、皆、海を大事にしてくれる人ばかりだったら、ここも、いつまでも綺麗だったんでしょうがね」

仲雄は、それには答えなかった。お手数をおかけして申し訳ありませんでした、とだけ言い、ボートから浜へ戻った。

仲雄が崖の上まで戻ったとき、ボートは再び沖合へ繰り出していた。仲雄は、引きつったような苦笑いを頬に浮かべながら、休憩所へ向かって歩いた。

帰りの列車の中で、仲雄は線路沿いに広がる海を眺め続けた。その紺碧の海原に、さっきまで自分が身を沈めていたことが、まるで夢のように感じられた。

鼻の奥に、微かに潮の匂いが残っていた。久しぶりに陽射しを吸いこんだ肌は、焼かれたように熱かった。かつて重ね合わせ続けた麻莉絵の肌のように。

思い出が遠ざかる。

ドームの中に、永遠に閉ざされる。

答を見いだせないままに、何もかもが消えていく。手の届かない中に封印される。この海を通して知った数々の出来事、触れ合ったものの優美さと残酷さ、それらに対して、ただ、じたばたと足掻いていただけの自分の滑稽さを、仲雄は、苦い果実を嚙みしめたときのように生々しく感じていた。

だが、それはさほど不快な感情ではなかった。

むしろ、爽快感すら覚えていた。

すべてが失われたという実感は、彼にもう一度、日常の世界へ戻るための気力を与えようとしていた。

カラマツが葉を開いたようなブルーグラスの姿を、伸雄は胸の奥の小部屋に閉じ込めた。扉を閉め、鍵をかけ、もう二度と振り返らなかった。

小鳥の墓

狭いアパートのベッドに横たわり、男は汗の滲んだ胸を上下させていた。警察の追跡から逃げる途中でぶつけた脇腹が痛む。ふくらはぎに負った傷にも、精神を苛立たせる疼きがあった。

打撲には冷却シートを貼り、切り傷は消毒して圧迫止血しただけだ。それ以上の処置はできなかった。

あとは体力が尽き、自然に眠りに落ちるのを待つしかなかった。それ以外、体を休ませる方法はない。

男は薬物過敏症だった。ことに神経系に働く数種の薬物に強烈なショックを起こす。だから、どれほど傷が痛んでも、鎮痛剤も麻痺剤も使えない。酒を飲めれば楽なのだが、これもドラッグの一種なので、体に入れるわけにはいかなかった。

その体質は、生まれつきのものではなかった。

男が意図的に、自分の体をそう作り替えたのだ。

神経に働く薬物の構造を読み取り、体内で激しい拒否反応を起こさせる分子機械——アンチドラッグ・モレック。闇医者に金を払い、静脈経由で大量に投入してもらって十年以上経つ。オプションとして、自白剤に対抗するモレックも体内に飼っていた。風邪をひいても、怪我をしても、歯が痛んでも、内臓が腫れても、男は鎮痛剤を使えない。少しでも体内に入れば、薬物ショックを起こして即座にあの世行きだ。

これは警察に、麻酔シートや麻痺剤を使わせないための方策だった。

街を彷徨う野良犬のように、遠距離から麻酔弾で狙撃されたり、麻痺ガスを使われたりすることを、男は激しく嫌っていた。

おれを捕まえたいのなら、直接殴って捕縛しろ。もしくは容赦なく撃ち殺せ。それ以外の方法は絶対に許さない――。

それが男の望みだった。

男の「日常」に遅まきながら警察が気づき、広範囲指名手配をかけたとき――彼は殺した女の傍らに、自分の体質について記したメモを置いていった。血液サンプルと共に。

《麻酔弾や麻酔シートを使って逮捕しようとすれば、アンチドラッグ・モレックが働いておれは死ぬ。裁判にかけたければ別の方法で捕まえることだ。それが嫌なら現場で射殺しろ》

警察が信じても信じなくても、男にはどうでもよかった。地球にも火星にも、犯罪者を撃ちたがっている警官は大勢いる。世論もそれで納得する。撃ちたければ撃てばいい。自分はその瞬間に楽になれる。

己の信条のためだけに、男はアンチドラッグ・モレックの導入を選んだ。その代償として、病気や怪我の際に鎮痛剤を使えず、日常的に苦痛にのたうち回ることになっても、警察の手段に対抗し続けるほうを選択したのだ。

苦行に耐える修行者のように、男は激痛に体力を奪われ、痛みによって精神が破壊されていくほうを望んだ。見舞う人もいない、心配してくれる友人もいない、孤独な暮らしの中で、喘ぎ、呻き、歯ぎしりして耐え抜いた。

自分がまだ生きているのはなぜだろう……。男はベッドの上でぼんやりと考えた。社会に対して何の得にもならない自分。ただ他人を殺し続けるだけの自分。警察は間抜けで弱腰だ。いつまでたってもおれを逮捕できない。裁判を無視して撃ち殺すこともできない。

数日前に買った薔薇が、サイドテーブルに置いた花瓶から男を見おろしていた。火星産の青い花。値段は驚くほど安かった。

花に興味はなかったが、ショップの売り子が可愛かったので、つい声をかけてしまったのだ。

青い薔薇を五本と指定した男に、売り子は「プレゼントですか」と訊いてきた。「リボンをかけて、かすみ草をおつけしましょうか」と。

男は女の気づかいを断った。同時に、自分を見つめる女のまなざしに、独特の色を見てとった。男はこの種の欲望に敏感だった。女に訊ねた。「ここの仕事は面白い？」

「ええ」女は屈託のない笑みを洩らした。

男はたたみかけた。「本当に？　本当は、他にやりたいことがあるんじゃないの？」

「別に、そんなことは」

「君は他の店員さんとは、少し雰囲気が違う。もっと似合う職場があるはずだ。たとえば——」

「雑用だけでは、つまらないでしょう」

「え？」

「下積みはどこの職場でもあるけれど、永遠に変わらないのは……。会社の名前だけで人生を誇れるなら、別だけど」

女の笑みがシニカルなものに変わった。男は追い討ちをかけた。「いたんだね、昔、そういう場所に」

「ええ」

「そっちの仕事は、もうあきらめたの？」

「チャンスを待っている感じかな」女は薔薇の根元に保水シートを巻きながら言った。「私は地球生まれの移民なの。火星へ行ったらやり甲斐のある仕事が手に入るって聞いて、英語も一生懸命に勉強したのよ。そして、大きな会社に入ったの。でも、中で仕事を仕切っていたのは、凄い学校を出ている人たちばかりで……。私程度の人間は、みんな虐められたり、差別されていたわ。追い出されるみたいな形で辞めたの。でも、まだ、人生をあきらめたわけじゃない」

円錐形にラッピングした切り花を、女は男に手渡した。「これからデート？」

「いいや」

「じゃあ、ご家族に？」

「ひとり暮らしだ」

「どうして。あなた、とってもハンサムなのに。映画俳優みたいよ。もしかして、そういう仕事をしているの？」

「いいや。工事現場や、日雇いの仕事を転々としているんだ」

「嘘」

「本当だよ。現場で鍛えた体を見せてあげようか」

「いまはブルーワーカーでも、そんなふうにはならないんでしょう。パワーアシストスーツを使うから」

「よく知っているね」

「TVで見たわ。あれを装着すると、人間がロボットみたいに強くなるのよね」

男は花束を受け取り、代金を支払った。また来るよと言い残し、店を出た。

ベッドの上で喘ぎながら、男は売り子の表情を反芻(はんすう)した。都会で他人と出会うたびに、何度も味わうあの感触。絶望を巧妙に隠したプラスティックの仮面。心の奥に潜む底なしの虚無。

ひたむきな努力と前へ進もうとする意志、その足を引っ張る倦怠感。両者の間で揺れ動き、葛藤し、一歩誤れば谷底へ転落しそうな危うさを持つ人間――男は、そんな人間が何よりも好きだった。

どれほど遠くからでも蜂が花の蜜を見つけ出すように、男はこの種の女を見つけるのが得意だった。仮面に隠された人間的な部分が男には見える。直感的にわかるのだ。

それ自体は悪いことでも何でもない。少し鋭敏な感覚を持っている人間ならば、誰でも得られる能力だった。

男の特殊性は、そこから導かれる答が他人とは違うところにあった。

彼女の本当の望みがわかるのは自分だけだと、男は思っていた。彼女は本当は死にたがっている。努力を放棄したがっている。永遠に休みたがっている。それを認め、受け入れ、反論せずにうなずいてやれるのは自分だけだ。彼女がもし人生のつらさから、一度でも「死にたい」と口にしたなら、自分は、いつでもその望みをかなえてやれる。

長く苦しませはしない。一瞬で天国へ至らせる。絶対に生き返らないように、その肉体は完全に破壊する――。

女を殺すたびに、男はいつも、とてもいいことをしたような気分になれる。手を下す自分自身は薄汚れていくばかりだが、相手の魂を檻から救い出せたという快感と自負だけは、美麗な余韻のように心に残る。女が死んだあとも頭の中で流れ続ける。物悲しく響き渡る二短調のバラードのように。

だから、やめられなかった。

不遇に耐えている健気な女を見るたびに、自分でもどうしようもないほどに惹きつけられた。何とかしたくなった。そして、彼が考える最高の措置は、女たちを現実の社会から永遠に解放してやることだった。

法律的に許されないのはわかっていた。だが彼は、生涯、そういう生き方をすると決めていた。昔、地球の街にいた頃に決めたのだ。

火星産の青い薔薇の花言葉は、「私を捕まえて」だと彼女は教えてくれた。

とてもいい言葉だと男は思った。

次の仕事のあと、自分はあの花を警察に贈ろう。

あの売り子の首に添えて。

疲労によって、ようやく意識が濁り始めた。体が宙に浮き、どこかに流されていくような感覚が襲ってきた。

闇が男を優しく包みこむ。

古い記憶の底へ、意識を引き摺りこんでいった。

*

子供の頃、僕は地球に住んでいた。

日本にいくつかあったダブルE区と呼ばれる街——そこに十歳の頃に引っ越した。

ダブルE区の正式名称は教育実験都市（EEシティ）。子供を健全に育てることに特化した、最先端のプログラムで動いている特殊な街だった。

街の居住権を得るための審査は、とても厳しかった。倍率は馬鹿みたいに高かった。

僕の両親が、いかなる手段をもって、この障壁を突破したのかは知らない。父が、仕事上の付き合いをうまく利用したんじゃないかと思う。教育的な面で優れた街とはいえ、生身の人間が管理しているのだ。腐敗している部分があっても当然だ。

子供の非行を防ぎ、思いやりのある優しい大人になるように育成する——。そのためにダブルE区では、あらゆる事柄に制限がかけられていた。ネットワークへの接続、出入りする業者の質・種類、娯楽や文化。大人を含めた市民全体に、品行方正な態度が求められていた。区内には、夥しい数の監視システムが設置され、これに負担を感じない人間だけが、この街に住み続けていた。

僕はこの街に来たとき、「小綺麗だが生気に乏しい都市」という印象を持った。

街そのもののデザインは美しい。最先端の工法で作られた建築物。穏やかな色合いの町並みだ。色褪せないオブジェの如く剪定された街路樹、親切に設計された道路や歩道。制限速度を守って走るヴィークルの群れ。清潔で白っぽい街。健康的で艶々した顔色の市民たち。犯罪の発生率も、信じられないぐらい低かった。毎年発表される統計は、記録が捏造されたものではないかと疑いたくなるほどだった。

僕がそれまで住んでいた〈外〉の街は、常に汚れていた。整備し、清掃しても、あとからあとから汚されていく感じだった。無断でビルの壁に貼られる電子広告シート。なくならない落書き。絶対に踏みたくない類の道端のゴミ。飲食物の残骸。塀の上で寝ている紫色の野良猫は、不法に遺伝子改良された人工生物だ。ファッション系のウェアラブルデバイスと、金属製の装飾品で着飾った若者たち。荒っぽいヴィークルの運転で街を急ぐ大人たち。身体機能補助ハードウェアの助けで、ようやく安心して街を歩ける高齢者や怪我人——これがないと、邪魔だから街を出歩くなと言わんばかりの目で睨まれる。

いたるところで、人間同士の小競り合いがあった。強盗や殺人や事故が起きるのがあたりまえで、そのことに誰も驚かない世界。お世辞にも上等な土地柄とは言えない。だが、人間という名の「生物」が、確かに住んでいるという実感はあった。

ダブルE区はクリーンな理想都市だった。この街で育った子供は、大人になってもこの街に住める権利さえ有していた。

僕は、ごめんだったけど。


家庭の事情と、同級生より少し成績がいいという理由から、僕はダブルE区に引っ越してきた。人より二年早く小学部を終え、飛び級で、この特殊な街の中学部へ入ることになったのだ。

荷を全部ほどき、新しい家の居間で、一息ついていたときのことだった。

新しい家は、広くはないが二階建てだった。一階の南側に大きなガラス戸があり、そこから庭先の様子がよく見えた。

冬にしては暖かい日だった。柔らかい陽射しが、庭先のサザンカと芝生を照らしていた。赤い花が満開になった枝に、メジロの群れが来ていた。僕はガラス戸にはりついた。

僕は鳥を眺めるのが好きだ。あいつらは自由に空を飛べるから。

高速道路の上空を悠々と越えていくハイタカの羽ばたきに、僕は何度憧れたかわからない。人工飛行物に興味はなかった。宇宙遊泳を楽しみたいわけでもなかった。あくまでも一Gの範囲内で、自分の身ひとつで飛ぶのが望みだった。鳥のように。

だからこの夢想は、一生かなわない夢だった。僕の内面だけで想起され消費される、狂った閉じた夢。


花の蜜を目あてに、メジロは庭先へ集まってくる。花から花へ飛び移り、黄色い雄しべの根元に嘴(くちばし)を突っこんだ。無心に甘味を求める姿は愛らしく、いくら眺めても飽きなかった。

メジロの曲芸に見惚れていたとき、ふいに茶色い小鳥が庭先に飛びこんできた。スズメだった。奇妙に遅いはばたき方で、エンジンが切れた飛行機みたいに、芝生の上に墜落した。翼を激しくばたつかせ、同じ場所でもがき続けた。

僕はサンダルをひっかけて庭へ出た。スズメを、掌(てのひら)でくるむようにしてひろいあげた。温かくて柔らかい生き物の感触に、震えるような感動が背筋を這いのぼった。

どきどきしながら、しばらくスズメを観察した。

本物のスズメを間近で見るのは初めてだった。ＶＲ図鑑や映像番組では見慣れている。だが、掌にのせるのは初体験だ。スズメといえども野鳥だ。普通は、人間をそばに近づけないのだ。墨色と茶色の精緻(せいち)な羽根模様に目が吸いつけられた。やっぱり本物は素敵だ。図鑑で見るのとは全然違う。

スズメの体に傷は見当たらなかった。自力で飛んできたのだから、骨が折れているわけでもないのだろう。では、病気か何かだろうか。

僕はスズメを掌にのせたまま、居間へ戻った。母を呼んだ。自分ひとりでは、どうしたらいいのかわからなかったのだ。

奥の部屋を整理していた母は、スズメを見ると大きく目を見開いた。なすべきことを知らないのは、母も同じだった。

ふたりで困っているうちに、スズメの様子が悪化し始めた。少し前までは身をよじっていたのに、もう指で突かなければ反応しなくなった。どこが悪いのだろう。何が起きたのだろう。母と一緒にうろたえているうちに、スズメの動きはますますのろくなり、やがてゆっくりと目蓋を閉じた。揺すっても突いても、微動だにしなくなった。

衝撃が、僕の心を走り抜けた。

生まれて初めて、僕は、自分の掌の中で温かい命が消えていく瞬間を体験し——その鮮烈さに、体が震え出すのを感じた。

それは悲しいとかショックだとか、そういうわかりやすい感情ではなかった。言葉にするのがためらわれるような不思議な感覚。カブトムシや金魚の死なら、これまでも体験したことがあった。幼い頃には、蟻を嫌というほど虐めたものだ。

だが、自分の掌の中で温かい生命が燃え尽きる——その瞬間の衝撃は、昆虫や金魚の死とは全然違っていた。胸の奥から突き上げてくる生々しさがあった。

母は「かわいそうだから、お墓を作ってあげましょう」と言った。

「庭へ埋めるの？」

「ええ。うちへ飛んできたのは何か理由があったんでしょう。いつも、この庭で餌を拾ったり、休んだりしていたのかもしれないわね。ここが一番安心できる場所だったのかも。だったら、ここへ埋めてあげるのが幸せなのよ」

母は「土の中は冷たいから剝き出しだと可哀想」と言って、スズメをティッシュペーパーでくるんだ。春になったらチューリップが咲く予定の花壇に、深めに穴を掘り、スズメをそこへおさめた。土は僕がかぶせた。

スズメのお墓の前で母と一緒に手を合わせていると、なんだか、とてもいいことをしたような清々(すがすが)しい気分になれた。

洗面所で手を洗っている間も、僕の掌にはスズメの感触がまだ生々しく残っていた。生き物の温もりが徐々に失われていく過程を、僕はなかなか忘れられなかった。

ひろいあげた僕の掌を、スズメ自身はどう感じていたのだろう。命が燃え尽きる寸前に辿り着いた柔らかくて暖かいベッドか。それとも、人間の匂いに満ちた吐き気がしそうな空間か。

あるいは、すでにそこを墓と感じていたのだろうか。

僕は小鳥の墓――。

想像すると楽しかった。

中学部の二年生になったとき、勝原（かつはら）という名前の男子生徒と同じクラスになった。勝原は、普通に小学部から上がってきた奴で、僕より二歳上だった。

上背があり、目鼻立ちのはっきりした大人びた顔だちをしており、いるだけで悪目立ちするような男だった。

そして勝原には、一学期の頃から、ダブルE区の生徒にはあり得ない、暗い噂がまとわりついていた。

ときどき街の〈外〉へ出て、よからぬことをしているというのだ。

教育実験都市に住む子供たちは、簡単に〈外〉へは出られない。外の有害な文化に触れるのを禁じられているから、街と〈外〉の境界上にある審査ゲートを通過できないのだ。〈外〉へ出るには、両親が同伴し、特別な理由があることを記した一時通過許可証が必要だ。たとえば、〈外〉に住んでいる親戚の結婚式や葬式があるとか。そういう正当な理由がないと、ゲートを通過するのは難しい。旅行の際にも、行き先の詳細を、管理局に提出しなければならないほどだ。しかも、行ける土地が限定されている。

それを勝原は不正な手段で抜け、〈外〉で、恐喝だとか暴行だとか、中学生らしからぬ異性との交遊をしている——という、まことしやかな噂が流れていた。

ダブルE区の学校は、他の都市の学校とは違う。とてつもなく校則が厳しい。違反すると即退学だ。この街に住みたがる家族は大勢いるので、学校側は容赦なく生徒を枠の中から追い出す。生徒もそれを知っているので、よほどの事情がなければ愚行には及ばない。

だから僕は、勝原に関する噂は、単なるデマなのだろうと思っていた。本当に悪行を重ねているのなら、噂が立つ前に処分されているはずだ。平然と学校へ来られるのは、噂のほうが嘘だからだ、と。

僕は皆の噂に同調するでもなく反発するでもなく、勝原とは距離を置いていた。

僕も彼と同じく、積極的には友人を作らないタイプの人間だった。他人を避けているわけではないのだが、必要以上には近づかなかった。昼食をひとりで摂るのも平気な類の人間だった。授業でグループを作る必要があるときには、人数が足りない班に適当に入った。そういう班は、寄せ集め的で気力に乏しかったが、全然気にならなかった。

勝原とは、こういうときによく同じ班になった。だが、僕から話しかけたことはない。むこうもそうだった。空気のように無視し合っている感じに近かった。

だからあの日、初めて勝原から声をかけられたとき、僕は一瞬、彼が人違いをしたのではないかと思ったのだ。

それぐらい、彼からの接触は唐突なものだった。

僕は放課後、誰かと遊びに行くよりも、学校の図書館でＶＲ図鑑に溺れているほうが多かった。クラシック音楽を流しながら、鑑賞ブースで図鑑にのめりこむ。

音楽は何でもよかった。ただ、図書館にはクラシックしかなかったのだ。

梅雨の終わりの頃だった。

その日僕は、体感センサーを装着し、鑑賞ブースで、人体解剖図鑑を展開させていた。実寸大の全身骨格を指先でたどり、データが忠実に再現する胃や肝臓を肋骨の裏から取り出し、手触りや重さを確かめた。頭蓋骨を開き、中身を取り出して、脳みそというのはやっぱり重いんだなと感心していたとき、触覚インターフェイスを介して僕の肩を叩いた奴がいた。

識別タグを視野に表示させると、相手が勝原だとすぐにわかった。

勝原は、からかうような口調で訊いてきた。「おまえ、医者にでもなる気なのか」

僕は仮想空間につないだまま答えた。「邪魔をしないでくれ」

「そんなもの見て面白い？」

「面白いよ」

「どういうところが」

「人間というのは、皮を剝いてばらばらにすると、その美しさが一層際立つ」

「へえ」

「筋肉、血管、骨格、神経――全部が調和して、二十四時間休まず人間の体を動かしている。

本人がくだらない考えに囚われて落ちこんだり、死にたいなんてほざいたりしている間もだ。その機能美に比べれば、人間が頭の中でこねくり回している思考など、小賢しいだけだね」

「精神よりも肉体のほうが美しい？」

「あたりまえだろう。人間なんてみんな阿呆なのに、自分だけは賢いと思いこんでいる。そして他人を見下している。阿呆の二乗だ」

「おまえも、そのひとりなのか」

「例外はない。僕も間違いなく、ただの阿呆だ」

勝原は面白そうに笑った。

僕はそれには応じなかった。

すると勝原は唐突に話題を変えた。「実はおれ、おまえの親父さんのファンなんだ。映画監督なんだろう？　デビュー作から全部観ているぜ」

「馬鹿を言うな。あんなものを観て何が面白い」

「男が恋愛映画を観ちゃいけないのか」

「そういう意味じゃないが、僕の父が撮っているのは……」

「知ってるよ。毒にも薬にもならない三文ロマンス。だが、彼は俳優を実に魅力的に撮る。台詞回しの怪しい素人ですら、実に美しく映像として焼きつける。あれは役者を、俳優としてではなく、モノとして見ているから撮れるやり方だ。つまりおまえの親父さんは、人間を、生きた美しいオブジェとしか見ていない。おれが共感しているのはそういう部分だ。映画のストーリーなんぞどうでもいい」

誉めているのか貶(けな)しているのか、よくわからない言葉だった。僕が黙ったままログアウトして体感センサーを外し始めると、勝原は僕の首に腕を巻きつけ、耳元で囁(ささや)いた。「おまえ、親父さんの映画に出たことがあるだろう」

「ないよ」

「嘘だ。何年か前に、一度、出ているはずだ」

「覚えがないね」

「ごまかしても無駄だ。青年紳士を誘惑する美少年の役をやっただろう。まだ、あの頃の面影が残っているぞ」

僕は静かに微笑した。「申し訳ないが本当に出ていないんだ。あの映画に出ていた美少年は、画像合成で作った疑似俳優——つまり虚構の存在だ。僕は、あのキャラクターのベースになる顔データを提供しただけだよ。実際の演技をしたのは俳優学校の生徒。僕は何もしていない」

「なるほど。いまどきの映画なら、そんなこともあるだろうな。だが、噂というのは、面白い話のほうが広がりやすい。おまえがポルノ映画に出演していたという噂を流したら、あっというまに学校中に広がるだろうな。嘘でも、流れているうちに真実になってしまう」

「噂を流したいのなら、好きにすればいい。僕はいつもひとりだから、それでなくすものなんて何もない」

「退学になるかもしれんぞ」

「構わないよ。こんな街、何の愛着もないからね。それより君は、そんな脅迫をしてまで僕に何をさせたいんだ？　僕はむしろ、そちらのほうに興味があるね」

勝原の顔からにやにや笑いが消えた。冷めた表情になると、巻きつけていた腕を僕から放した。「思っていた通りだ。おまえは、クラスの他の連中とは違う。ちょっと、つき合ってくれないか。時間はたいして取らせない」

「何をする気だ」

「退屈しているんだろう。顔を見ればわかるよ」

僕が沈黙していると、勝原はこちらの内面を見透かしたように続けた。「街も学校も面白くない。図書館みたいに面白い場所が、どこかにないかと思っている。図星だろう」

「面白い場所？　そんなもの、この国のどこにもありはしないよ」

「〈外〉にはあるぞ」

「ないない、そんなものは。規制外のゲーム？　法律違反の薬物や飲み物？　どれも、ただの一時しのぎだ。そんなものにうつつを抜かしているのは、脳みその薄い連中だけだ」

「自分で作ろうという気はないのか」

「え？」

「面白いものがないなら、自分で作ってしまえばいい。そのための自由は、少なくともこの街にはない。〈外〉へ行かなきゃ手に入らない。そう言っているだけだよ、おれは」

少しだけ心が揺れた。

僕にはこのとき、勝原の誘惑を蹴るぐらいの自由はあった。場所は図書館。喧嘩沙汰になれば、すぐに司書が飛んできてやめさせる。そうすれば元通り、ＶＲ図鑑に溺れる毎日に戻れる。

なのに僕の耳は、そのまま勝原の言葉に吸いつけられていた。長い間密かに求めていたものに、ようやく巡り合ったみたいに。

「一緒に来てくれ」勝原は低い声で言った。「ひとりじゃつまらない。仲間が欲しい」

「僕は友達なんか欲しくない」

「それはおれも同じだ。だが、誰かと一緒にいるほうが、気持ちが高揚するときもある。競技場で、生の迫力を楽しみたいときみたいにな」

僕がゆっくりと首を左右に振ると、勝原は言った。「図書館通いをやめろとは言っていない。ただ、新しい遊びを、ちょっと試してみないか」

勝原は値踏みするような目で僕を見た。

それが、僕の負けん気に火をつけた。

僕は椅子から腰をあげた。自分の背を押したものが何なのか、自分でもよくわかっていたが、逆らえなかった。

＊

校門を出たとき、携帯情報端末(リストコム)の時刻表示は午後四時半になっていた。どれぐらいかかる？　という僕の問いに、勝原は「門限が厳しいのか」と訊ねた。「友達と一緒だと言えば、九時ぐらいまでは平気だろう？」

僕の両親の生活は、あまり規律正しいものではなかった。ダブルE区に来てから、父の仕事は娯楽映画ではなく教育映画を撮ることに変わっていたが、区内で新しい人脈を作るためにも、羽目を外さない上品な飲み会は必要だった。

母もまたそれに同行し、新しい友達を作るのに夢中だった。ダブルE区の上等な人たちとつき合えば、自分の運勢も上がるはずと考えていた。結構な出費になっても、社交界や教育界との関わりを保とうとした。

僕は夜遅くなった経験はない。だが、両親がそんな感じだから、九時ぐらいまでなら、目くじらは立てられまいと考えた。「時間は大丈夫だ。でも、どこへ行くかは連絡しておかないと」

「じゃあ、早いうちから追跡をかわしておくか」

勝原はリストコムの仮想ディスプレイを開いた。操作パネルを撫で、誰かと回線をつないだ。音声ではなく、文字情報でやりとりをした。やがて画面から目をあげると、僕に命令した。「コムの回線を開いてくれ」

「何をする気だ」

「偽装プログラムを送りこむ。受信して展開しろ」

「誰から？」

「おれの知り合いだ。怪しい人間じゃない」

「そんな言葉だけでは信用できないよ」

「こいつがないと自由に行動できない。これから行く場所の記録を、親にも学校にも全部筒抜けにする気か」

ダブルE区で暮らす子供のリストコムには、外出先での行動をトレースするプログラムが組み込まれている。子供がどの地区を歩き、どの交通機関を利用し、誰と一緒にいたのか――すべてが電子的に記録される。子供が都市の〈外〉へ出ないよう、監視するための措置だ。〈外〉との境界上にあるゲートが、リストコムの情報を読み取り、子供の脱出をブロックする。

偽装プログラムは、リストコムから発信されるこの記録を消去し、偽データを都市の管理装置に送るらしい。

「大丈夫だ。ウィルスなんか仕込んでいない。心配なら、ワクチンソフトで検疫してから機能を有効にすればいい」

それはそうだが、リストコムの防御機能が検知できないウィルスなら、検疫には引っかからない。僕が迷っていると、勝原は苛立ち、声を荒げた。「来るのか来ないのか、どっちなんだ」

「わかった。回線を開くよ」

好奇心のほうが勝ってしまった。なんとなく、勝原の勢いに流されているだけのような気がした。だが、あえて逆らう理由があるわけでもない。

リストコムの操作パネルを撫でた。小サイズのソフトウェアがひとつ、通信衛星経由でダウンロードされた。検疫機能を経由させ、システムの内部に展開させる。寄生虫のように割りこんだ偽装プログラムは、僕の居場所に関する偽情報を、すぐさま管理装置に送り始めた。


クロスショップで新しい服を買い、公衆トイレで着替えた。学校鞄や持ち物を、駅前のレンタルボックスに放りこむ。都市内を走行する列車に、勝原と一緒に乗った。

勝原が選んだジャケットとボトムは、大人っぽいデザインだった。背の高い彼が着ると未成年には見えなかった。僕も上背はあるほうなので、彼が勧めるままに買った服を着て髪をなでつけてみると、わずかに歳上に見えた。だが、勝原ほどではなかった。まだまだ幼い感じで、少し嫌になった。

街の外へ出るには、ゲート付近でいったん列車を乗り換える。僕は自分の容姿が、自動判断装置の年齢チェックに引っかかるのではないかと不安だった。だが何の警告も出ず、僕たちは難なく通過できた。

この程度でゲートを突破できるとは驚きだった。これでは、セキュリティも何もあったものではない。ふと、強い違和感を覚えた。いくら何でもこれは楽勝過ぎないか。偽装プログラムが偽データを送っているとはいえ、こんなに簡単にゲートを突破できるなんて、何かが変だ。

勝原は平然としていた。すでに行き慣れているからか、何の疑問も感じていない様子だった。

僕が不安を口にしようとすると、勝原は先に言った。「どこか行きたい場所はあるか」

「いや、別に」

「バイクは。運転できるか」

「乗ったこともないし、免許もないよ」

「じゃあ、スネイルにしておこうか。とろいけど」

スネイルというのは、低速の電動二輪のことだ。自転車よりは早いが、バイクほどの速度は出ない。専用道路のみ走行可能という制限によって、免許なしで乗れる。

僕がスネイルにも乗ったことがないと言うと、勝原はちょっと軽蔑したような目つきをした。「自転車に乗れるなら大丈夫だ。ＰＨ（パラサイトヒューマン）システムが付いているから、姿勢や速度も制御してくれる。幼稚園児だって乗れるぜ」

「レンタルするのかい」

「ああ」

「足がつかないのか」

勝原はポケットから青いカードを出し、ひらひらと振ってみせた。「ここまで来たら、コムじゃなくてこいつで支払いをする。ここらの大人は、みんなこれを持っているんだ。コムを使うと、個人情報と売買の記録が直結してしまうだろう。記録を残したくない買い物や宿泊は、ブルーカードで済ますんだ」

「簡易通貨？」

「そう。使える場所は限られるけれどな」

〈外〉の駅で降り、無人タクシーのターミナルを迂回して道路を一本渡った。バイクのレンタル屋の扉を、勝原は手慣れた感じで押しあけた。

店員はアルバイトみたいな若い男で、淡々と事務手続きをこなした。勝原は僕の代金も一緒に払ってくれた。

レンタル屋のガレージには、普通のバイクもたくさん並んでいた。さすがに本物は格好いい。間近で見ると、その迫力に圧倒された。艶々のボディと、見ただけでわかるずっしりとした重量感が、僕の知らない広くて深い世界があることを教えてくれた。

スネイルは普通のバイクと比べると華奢(きゃしゃ)な作りだった。イルカのような流線型のボディ。重心を低くとってあるので、二輪だが車体は安定していた。タイヤも太めだ。

スタンドのロックを外して持ち回してみる。自転車より少し重い程度だった。サドルにまたがり、やや前傾姿勢でグリップを握る方法は、自転車よりもバイクの乗り方に近い。エンジンは、手元のレバーでかかるようになっていた。アクセルも同様だ。ブレーキは、ステップと一緒に足元にあった。

僕は青灰色のスネイルを選んだ。回遊魚みたいな外見が気に入ったのだ。勝原は黒いボディに銀色のラインが入ったものを選んだ。いつも使っている、お気に入りの車種らしい。

レンタル屋では、バイクだけでなくライディングウェアも借りた。

ウェアにはＰＨシステムが装着されていた。ＰＨシステムは、スネイルの機能と乗り手の感覚を接続する。走行中の車体の傾きを補正し、乗り手の心拍数や血圧から恐怖感を読み取り、速度の調節までしてくれる。事故を回避し、初心者でも安心して乗れるように組まれたシステムだ。

スネイルを押してレンタル屋を出ると、すぐに専用道路に乗った。勝原は僕に気をつかってか、ずいぶんゆるい速度で走り始めた。彼に合わせて走ると、フルフェイスのヘルメットの内部に表示される仮想ディスプレイに、時速十キロと表示された。これは、自転車が歩道を走っているぐらいの速度だ。

ライディングウェアのおかげで、僕が選んだスネイルは、乗った瞬間から体にとてもよく馴染んだ。仮想ディスプレイには、色とりどりのにぎやかなアイコンが出現し、道順や専用道路の混み具合を記号で教えてくれた。

無線機能を使って、勝原が呼びかけてきた。「カーブを曲がるときには、ハンドルを切る必要はない。曲がりたい方向へ、体をちょっと傾ける。曲がりたいほうへ視線を移動させると、ＰＨシステムが働くから、それに素直に従うといい。体が引っ張られる感覚があるが、怖がってはだめだ。姿勢が安定しないと、システムが頻繁に微調整をかけてくるから、なお怖くなる。無駄な動きはしない。それがうまく乗るコツだ。あとはＰＨ任せでいいよ。ちょっと練習してみようか」

カーブにはまださしかかっていなかったが、勝原は直線走行から、数回、蛇行してみせた。きゅっきゅっと、小気味よく車体が左右に揺れる。後ろから見ていると、勝原とスネイルは、完全に一体化したひとつの存在のように見えた。

僕は道路の前方を見つめながら、左側へ視線を動かした。体を少しだけ傾ける。次の瞬間、車体が同じ方向へ軽く傾き、スネイルは斜めに走り始めた。体を持ち上げ、反対側へ視線を動かすと、今度は右側に傾いてそちらへ走り始める。怖いという感じはなかった。さらに大きく体を傾けると、車体のほうが角度を調整して、僕の体を引き起こしてくれた。転倒防止機能が働いたようだ。

無線で勝原に「面白い！」と伝えると、彼はスネイルの速度をあげた。僕もそれに合わせた。仮想ディスプレイの速度表示が二十まであがった。

専用道路の両側を流れていく街の姿には、とても懐かしい猥雑さがあった。十歳まで〈外〉で暮らしていた僕にとって、よく見知っているはずなのに、しばらく完全に忘れていた光景だった。

高層ビルと、背の低い安アパートや店舗が狭苦しく身を寄せ合い、その隙間をぬうように電動ヴィークルが低速で走っていた。間近に夏をひかえた夕空は、この時刻でもまだ明るい。雲はたくさん出ていたが、雨粒が落ちてきそうな気配ではなかった。天気は帰るまでもちそうだ。

〈外〉の街は、昔からこんなに乱雑だったろうかと僕は思った。あるいは、そう感じてしまうのは、僕の感性が、教育実験都市の均質な景観に慣れてしまったからなのか。

突然、耳元で音楽がはじけた。勝原がヘルメット内で流していたＢＧＭが、こちらへもリンクしてきたのだった。

軽快なピアノの伴奏と、エレクトリックギターの重厚な響きが絶妙に絡み合う。濁声に近い男性歌手の声が、おどけた調子で被さっていった。狼男のハウリングみたいによく伸びるメロディーを口ずさみながら、勝原はさらにスネイルの速度を上げた。

みるまに車間が開いた。

僕は機械任せで彼を追尾した。


専用道路から降りると、勝原はスネイルの専用駐輪場へ入っていった。スタンドを立て、スネイルを固定した。ヘルメットを外し、収納ボックスにおさめた。ライディングウェアは脱がなかった。すぐにここへ戻り、別の場所に行くつもりなのだろう。

僕も彼の隣にスネイルを停め、ヘルメットのロックを開いた。息が楽になった。冷却層があり通気性にも優れているとはいえ、フルフェイス型だ。この時期には蒸し暑い。駐輪場の生ぬるい空気に触れただけで、ほっとするような解放感を覚えた。

勝原は、すぐに繁華街へは向かわなかった。

徒歩で向かった先は公園だった。子供が遊ぶような狭い公園ではない。カップルが待ち合わせをしたり、ベンチで恥ずかしげもなく抱き合ったりしそうな場所だった。

友人と待ち合わせをしているのだと勝原は言った。

少し歩いた先に噴水があり、三人連れの女の子がベンチに腰をおろしていた。歳は僕たちと同じぐらいに見えた。勝原の姿を見つけると、はじかれたように立ちあがった。

「新しい仲間をつれてきたぞ」と勝原は言った。僕は自己紹介をしろとうながされたので、女の子たちに苗字を告げた。

女の子たちも口々に名乗ったが、フルネームではなく、恵、由紀代、瑠奈とだけ答えた。三人は、ファッション雑誌から抜け出たような華やかな格好をしていた。薄生地のワンピースや、膝まで丈のあるロングセーター、細い紐だけで肩に引っかかっているキャミソール。リボンやレースが縫いこまれた黒いスパッツで脚を包み、踵の低い靴をはいていた。鞄はポシェットやベルトに吊すタイプのポーチで、化粧品以外のものは何も入っていそうにない。耳たぶや首まわりで、小さな模造宝石が輝いていた。

恵は三人の中で一番整った顔立ちだった。だが、そのわりには生気がなかった。何かに怯えているような様子があった。由紀代は背は高かったが、ひょろりと痩せていた。大人しい女の子というよりも、自信なさげな弱々しい目つきが気になった。瑠奈は丸顔にくるんとした大きな目の女の子で、明るくて安っぽい印象が、ちょっと僕好みだった。長い黒髪をふたつに分け、きっちり編みこんで両サイドで丸くまとめていた。恵や由紀代と比べると、ややぽっちゃりした体型で色白だった。

三人の笑顔は、ぎこちなかった。僕は自分が歓迎されていないことに気づいた。女の子たちは、たぶん勝原だけを目当てに来たのだ。見知らぬ僕は邪魔者に違いない。

勝原が口を開いた。「おれたちスネイルで来たんだ。だからふたりまでは乗せられるが、三人目は無理だ」意味深な表情で女の子たちを見回した。「誰が残るか、そっちで決めてくれ。おれは誰でも構わない」

「ひどいわ！」真っ先に声をあげたのは恵だった。「三人で来いって言ったのは、あなたじゃない」

「予定が変わったんだ。不満があるなら、おまえが遠慮してくれてもいいんだぞ。ひとりがあきらめれば、自動的に、あとのふたりが決まるからな」

女の子たちは顔を見合わせた。誰もが、残るのは嫌だという目つきをしていた。公平に、くじやジャンケンで決めようと言い出す者もいなかった。呼び出された以上、このまま帰るなど恥だと言い出さんばかりだった。

「さっさと決めてくれよ」勝原が追い立てるようにせかした。「ひとりのせいで皆が困るだろう。それとも全員、行くのをやめるか」

「勝原くんが決めて」と由紀代が言った。「それなら、みんな納得できると思うから」

「おれに指図をするな。決めるのはおまえらだ」

あの、と僕は横から割りこんだ。「どこへ行くつもりか知らないけれど、スネイルは駐輪場へ置いたままにして、列車で移動したらどうかな。そうすれば、五人一緒に行けるだろう？」

次の瞬間、僕は鳩尾に、勝原の拳を食らっていた。冗談で小突かれたのではない。容赦のない強烈な一撃だった。

僕はその場に崩れ落ち、地面に両膝をついた。腹を押さえて、痛みに身をよじった。息ができなかった。こめかみに汗が滲んできた。僕はしばらくの間、まったく動けなかった。ダブルE区へ来て以来忘れていた、他人から何のためらいもなくふるわれる暴力に対して、意外なぐらい対応不能になっていた。

小学部の頃、〈外〉でやり合っていた殴り方とは質が違った。程度によっては、相手に重傷を負わせることのできる殴り方だと、はっきりとわかった。

勝原は僕の耳元に顔を寄せると、優しい声で囁いた。「おれに指図をしたら、おまえでも殴る。わかったか」

僕から視線を上げると、勝原は再び女の子たちに言った。「話し合いで決められないなら、喧嘩で決めるのはどうだ」

「喧嘩？」由紀代が怯えた声で訊ね返した。

勝原はうなずいた。「そう。殴り合いで決めるんだ。勝ったふたりが、おれたちと一緒に来る。負けたひとりは家へ帰る」

由紀代が呆然（ぼうぜん）としていると、直後、背後から彼女を突き飛ばした者があった。瑠奈だった。最も小柄な瑠奈から攻撃されて、由紀代はショックを受けた様子だった。背が高いとはいえ由紀代は痩せぎすだ。自分の体力のなさに気づいたらしい。表情が険しくなった。思い切り、瑠奈の胸を強く突き返した。だが、瑠奈は少しよろけただけだった。

ふたりの様子に恵が狼狽えていると、

「ふたりでひとりを叩くと早いぞ」と勝原が笑いながらアドバイスした。「楽だし、時間の節約になる。さあ、誰と誰が組むのがいいか、よく考えてみな」

恵は喘ぐように顔をゆがめた。決心したように瑠奈の隣に並んだ。由紀代がふたりを睨みつけた。その瞳には、闘争心よりも恐怖のほうが強く見て取れた。

勝原がまたしても口を出した。恵と瑠奈にではなく、孤立した由紀代に向かって。「二対一じゃ、普通の殴り方では勝てないぜ」

「じゃあ、どうすればいいの」

「頭を使え、頭を」

勝原は僕から離れると、女の子たちに近づいていった。歩きながらリストコムのロックを外し、銀色の装着帯を拳に巻きつけた。操作パネルを掌に握りこむ。由紀代の横をすっと通り過ぎると、魅入られたように勝原を見つめていた恵の顔を、リストコムを巻いた拳でいきなり殴りつけた。

僕に放ったのと同じく容赦のない一撃だった。どうやら勝原には、相手の性別によって、暴力の質に差をつけるという発想がないらしい。

恵は吹っ飛ばされたようにその場に尻餅をついた。口元と鼻を押さえた両手の隙間から、くぐもった泣き声と、鮮血が洩れ出した。首筋まで流れ落ちた血が、みるまにワンピースの襟（えり）ぐりを赤く染めていった。

勝原はライディングウェアの表面でリストコムの汚れをこすった後、元通りに装着しながら由紀代と瑠奈に言った。「ほらほら。手本を見せてやったんだから、早く決着をつけろよ」

突然、恵がうわあっと叫び声をあげた。血と涙で汚れた顔をゆがめながら立ちあがり、由紀代と瑠奈に飛びかかっていった。

そこからあとは、もう凄絶としか言いようがなかった。

女の子たちは髪を振り乱しながら、お互いを殴り合った。ふたりが手を組んで効率よくもうひとりを倒すような、そんな悠長な雰囲気は皆無だった。手に触れるものすべてを引っ掻き、殴り、蹴りつけた。何度も転んだので服は土で汚れ、お互いの流す血が衣服に染みを作っていった。色とりどりの羽衣をまとった若い天女が、悲鳴をあげながら毟（むし）り合いをしているみたいな光景だった。

僕は呆然とその光景を眺めながら、よろよろと立ちあがった。なすすべもなく三人を見つめ続けた。

なぜだ。なぜ彼女たちは、一気にここまで「入りこんで」しまったんだ？　こんなことをしてまで、勝原と遊びに行きたいのか？　喧嘩するよりも、誰かひとりがあきらめたほうが合理的なはずなのに。なのに、なぜ血まみれになってまで、勝原の歓心を買おうとする？

――薬物依存症なのだろうか。勝原と行かなければ、自分の薬をもらえないとか。だとすれば、納得はいくのだが……。

僕は勝原を横目で見た。

勝原は静かに笑みを浮かべていた。女の子たちの喧嘩を、楽しそうに眺めていた。

悪寒が僕の背筋を這いあがった。

その瞬間、自分が、なぜ今日この場に呼ばれたのか気づいたのだ。

勝原はたぶん、この状況を作り出したくて僕に声をかけたのだろう。予定になかった男友達をひとり連れてくる、スネイルでの移動に変更する。そのことを理由に、女の子をひとり、わざと仲間はずれにする――。

女の子たちが納得しないのを、勝原は当然知っていたはずだ。そして、納得しないと同時に、自分に逆らわないであろうことも。

普通の友人関係ならば、約束を破った勝原のほうが放り出されるはずだ。女の子は、したたかだ。特に複数でいるときには。勝原と僕を放り出し、女の子たちだけで遊びに行く選択だって、できたはずなのだ。

だが、彼女たちは違った。理由はわからないが、勝原に精神を支配されているのだ……。

最終的に、地面に崩れ落ちたのは恵だった。脇腹が動いているのが見えたから、死ぬほどの傷を負わされたわけではないのだろう。だが、すでにまともな状態ではなかった。最初に勝原に殴られたのが効いたようだ。

由紀代と瑠奈も惨憺(さんたん)たる有様だった。勝原のほうを向くと、肩で息をしながら言った。

「済んだわよ」

勝原はうれしそうにうなずいた。ふたりを引き寄せ、交互にキスをすると、「よくやったが、その格好はまずい。トイレで顔を洗ってこい。メインストリートで新しい服も買おう。金はおれが出す」そう言って、ポケットから消毒薬と貼り薬を取り出し、彼女たちに手渡した。

由紀代と瑠奈は微笑を洩らし、すぐさま連れだって駆け出した。

勝原は、ひとり残された恵に近づいていった。恵は顔をあげなかった。背を丸めて横たわったたまま、荒い呼吸を繰り返すばかりだった。

勝原は靴の先で恵の脇腹を軽く蹴った。しゃがみこみ、耳元で何かつぶやいた。恵は両手で耳を押さえると、頭を激しく左右に振り、小さな悲鳴をあげた。勝原の言葉に抵抗しているようだったが、勝原はそれ以上構わなかった。無言で立ちあがり、僕のところまで戻ってきた。「行くぞ。スネイルでふたり乗りするが、大丈夫だよな」

「彼女は。放っておいてもいいのか」

「大丈夫だよ」勝原はにやりと笑った。「派手に出血しているが、怪我の程度はしれている」

「ひとりで家まで帰れるかな」

「さっきの言葉をもう忘れたのか。四人から三人に減ったたって、おれは構わないんだぜ」

僕は黙って勝原を睨みつけた。

勝原は鼻で笑うような声を出した。「想像していた通りだ。おまえは全部言わなくても、ちゃんとわかってくれる。実にありがたい」

「不愉快だと思えば、僕だってすぐに帰るぞ」

精一杯の反抗を見せたつもりだったが、勝原は、僕の生白い理屈など歯牙（しが）にもかけなかった。好きにすればいいさと嘯（うそぶ）き、こちらへ戻ってくる女の子たちに手を振った。


スネイルで移動した先の繁華街では、たいした遊びはしなかった。大人っぽい格好をしているとはいえ、年齢詐称している僕たちが行ける場所は限られていた。ダブルE区にはない刺激の強いゲーム場。アルコールを注文できるレストラン。どこも、僕らと似たり寄ったりの年格好の若者がたむろしていた。成人しているかどうかは、見た目だけではわからなかった。

僕は、最初のうちこそ刺激に対して高揚感を覚えたものの、慣れてくると、急速に冷めていった。

こんなものか、というのが正直なところだった。

由紀代や瑠奈は、初めて夜の街に繰り出した子供みたいにはしゃいでいた。それが本心なのか、さきほどの暗い体験を吹き飛ばすための虚勢なのかは、区別がつかなかった。

やがて僕たちは、いわゆる「休憩」ができる安宿のフロントに入った。ブルーカードはここでも通用した。勝原は二部屋とって、僕に片方の電子鍵をくれた。「一時間たったら出よう。おれは由紀代、おまえは瑠奈。いいな？」

僕はひとりでもよかったのだが、断ったら勝原が何を言い出すかわからないので、しかたなく瑠奈と一緒に歩き出した。

僕たちの部屋は、勝原の一階下のフロアにあった。室内は想像していたよりも普通だった。ただ、料金のわりにはずいぶん広かった。３Ｄ映像システムを作動させると、室内の風景が、公園や海辺や森の中まで、あらゆるものに変化した。砂漠や廃墟や工場の倉庫もあった。こんな殺伐（さつばつ）とした映像を誰が使うのだろうと思ったが、人によっては、こういう場所のほうが興奮できるのだろう。

僕は冷蔵庫をあけると、中からジュースを二本取った。一本を瑠奈に渡した。

瑠奈は礼を言って受け取ったが、あんまり時間ないよ、早くシャワーを浴びない？　とうながした。

「君と寝る気はないよ」僕はきっぱりと言っておいた。「興味ないからね」

瑠奈は少し傷ついたような目つきをした。「私、そんなに魅力がない？」

「そういう意味じゃないよ」

説明するのは面倒だった。突き詰めて理由を並べれば瑠奈は傷つくだろう。そして何よりも、僕の言葉によって自分が傷つくことを想像すらできないであろう瑠奈の鈍感さが、僕には何よりも不愉快だった。

ベッドではなくソファに腰を下ろすと、僕はジュースの栓をあけた。ボトルを傾けて一気にあおる。炭酸が喉を滑り落ちていく感触が心地よかった。瑠奈も黙って中身をからにした。

瑠奈は手足を伸ばしてベッドに転がると、顔だけをこちらに向けた。「勝原くんとは長いの？」

「いや。同じクラスだが、一緒に遊びに出たのは初めてだ」

「どうしてこの街へ来たの。ダブルE区って、やっぱり息が詰まるから？」

「僕はどんな場所にいても、さほど息が詰まる人間じゃないんだ」

「だったら、なぜ」

「好奇心かな」

からになったボトルをテーブルの端に置くと、僕は訊ねた。「君こそ、なんで勝原とつき合っているんだ。あんな暴力的な男と」

「いろいろ事情があるのよ」

「勝原のためなら、君たちは平気で人を殺しそうだね。友達をあれだけ殴っても、何の良心の呵責も感じないのか」

「ああいうときには言う通りにしておかないと、あとでこっちが殴られるもの」瑠奈は無感動な目で僕を見つめた。「それに、こうやってグループで遊びに出ると、勝原くん以外の男の子ともできるしね」

「君は勝原を好きなんだろう？　なのに、他の男と寝るほうがいいのかい」

「うん。勝原くんは、ベッドでも、ちょっと乱暴なところがあるから」

「ひどいことをされているなら、警察に行ったほうがいいよ」

「心配しないで。本当に、ちょっとだけなの。びりっとくるだけで傷にはならないし、ちゃんと歩いて帰れる程度だし」

電気か……と僕は見当をつけた。コンセントから取るのか、小型のスタンガンでも使うのか。

吐き気を覚えた。勝原に対してではなく、そこまで暴力を振るわれても、逃げようとしない瑠奈に対して。「勝原以外にも男はいるだろう。さっさと縁を切ればいいのに」

「誰と一緒にいても同じよ」瑠奈は溜息を洩らすように答えた。「男の人って優しそうに見えても、何かの拍子にものすごく怖い顔になる。自分が正しいと思ったら、平気で暴力を振るうわ。内戦の虐殺とか、すごいじゃない。近所の人同士が、突然、殺し合いを始めるんでしょう。体を動かさないタイプの男は、言葉で他人を傷つける。回復不能になるまで追い詰めて、言葉で叩きまくる」

「僕から見ると、君も充分に暴力的だけれどね」

「当然でしょう。女だって同じよ。つまり人間っていうのは、大なり小なり、みんな暴力的なのよ。でも、勝原くんと一緒にいると、そういうことに対する不安が、少しだけ消えるの」

「どうして」

「わからない。でも、私の心がそう感じるの」

瑠奈の言葉は、あまりわかりたくない類の思考に満ちていた。だが、勝原に惹かれるという気持ちだけは、なんとなくわかるような気がした。僕も似たような気分で、ここまで来たのだから。彼には、他人をうまく「のせてしまう」何かがあるのかもしれない。

瑠奈が気だるそうに言った。「ねえ、せっかくなんだから、一回ぐらいしていかない？」

僕は首を左右に振った。が、ふと気になって訊ねた。「もしかして、やっておかないと、それを理由にまた殴られるのかい」

瑠奈は、こくりとうなずいた。

僕は思わず悪態をつきそうになった。やったらやったで、勝原は僕がどんなふうだったのかを瑠奈の口から聞き出すのだろう。具体的にどんな愛し方をしたのかまで、克明に説明させて。

「僕はしないよ」口調を少しだけ和らげ、僕は瑠奈を見つめた。「勝原には僕から言っておく。だから、君はしなくていい」

瑠奈はきょとんとしていた。おそらく勝原が連れてきた男で、こんなふうに言った奴は初めてだったに違いない。

管理システムが「延長」を確認してくる前に、僕と瑠奈は部屋を出た。エントランスを抜けて、駐車場で先に勝原たちを待った。

勝原と由紀代は少し遅れたが、延長せずに出てきた。由紀代がひどいことをされたのではないかと僕は気になったが、見た目にはどうもなかった。公園で喧嘩させたから、今日は何もしなかったのかもしれない。

瑠奈が、うらやましそうな目で由紀代を見ていた。暴力を振るわないときの勝原は、ベッドでかなり魅力的な男なのかもしれない。僕は、しなくて正解だったなと、あらためて思った。こんなことで勝原と比較されるのはたまらない。

通りを少し歩いた先で、僕と勝原は、女の子たちと別れた。

列車に乗り、ダブルE区へ戻ったら、ちょうど九時前ぐらいになりそうだった。勝原は、内面はかなり荒廃しているようだが、約束だけは律儀に守る男らしい。

スネイルをレンタル屋に返却し、駅へ向かって歩きながら、勝原は僕に今日は楽しめたかと訊いた。

「まあまあだね」と僕は答えておいた。「でも、もう一度来るほどのものじゃないな」

「女が好みじゃなかったか」

「誰を用意してもらっても同じだよ。それに僕は暴力が嫌いだ。女を平気で殴れる奴とは仲間になりたくない」

勝原は薄笑いを浮かべた。「おれたちは仲間でも友人でもない。そういう約束で、ここへ来たんだろう」

「それはそうだけど」

「女に興味がないなら次からは外すよ。男のほうがいいなら男を探しておこう。薬を試してみたいなら、軽いものから重いものまで何でもある」

「男同士で睦み合ったってしかたない。薬なんて、もっとくだらない」

「じゃあ、楽しみ方の質を変えようか。おまえ、斡旋屋をやってみたくないか」

「何だって？」

「ダブルE区の連中を、もっとたくさん、〈外〉へ連れ出すんだ。おれたちふたりでな」

「どういうことだ」

「言葉通りの意味だよ。〈外〉へ行きたがっている連中に、〈門番〉の存在を教えてやるんだ。もちろん、同じ学校の生徒に声をかけたらすぐにバレるから、相手は選ばなきゃならないが」

「どうやってそういう奴らを探すんだ。ダブルE区はネット規制が厳しいから、裏サイトを作るのは無理だよ」

「ネットは使わない。未成年が大勢集まる場所へ行って、口コミで噂を広げる。直接話を持ちかけるんじゃない。脈のありそうな奴の前で、〈外〉へ出る方法があると匂わせるだけだ」

直接的な仲介ではなく、情報の種をまくのが斡旋屋の役目だと勝原は言った。種をまき、道を作る。僕たちがやるのは、あくまでも誘導であって、世話をすることではないらしい。

ただし、種をまいた相手の個人情報はしっかり把握しておく。どこでどんな連中相手に種をまいたのか、〈門番〉に知らせる。後日そいつが〈門番〉との取引を成立させたら、僕たちの口座に手数料が振り込まれる仕組みだ。

〈門番〉へ至る道は、ゲームのアイテムのように情報網のあちこちに隠されている。僕たち以外にも斡旋屋がいて、お互いにつながりを持たないまま、ヒントになる噂を断片的に流しているのだ。

噂から噂へ飛び移っていると、そのうち〈門番〉へ辿り着ける。勝原もそうやって〈門番〉に接触したのだという。

僕は訊ねた。「じゃあ、僕を〈門番〉に紹介した時点で、君は斡旋料を手に入れたわけか」

「悪いな。おまえを連れ出したのは、それもあったんだ。金はいくらでも欲しいんでな」

「〈門番〉は、信用できる奴なのか」

「いまのところは」

「そいつが警察に捕まったら、僕たちも芋づる式に検挙されるな」

「たぶん」

「怖くないのかい」

「それぐらいは覚悟しておかないと。法律的にまずいことなんだ。いつかは収支決算を合わせなきゃならん。逃げ切れればいいなとは思うが、逃げ切れなくてもしかたがない」

僕は、自分が勝原に惹かれた理由を、ようやく自覚した。

勝原は友愛ではなく、恐怖で僕の心を捉えたのだ。ダブルE区や人間を侮(あなど)り、心が動かなくなっていた僕を、勝原は最も危険な方法で揺さぶった。ダブルE区の管理官が知ったら目を剝きそうな方法で、激しく揺り動かしたのだ。

こいつと一緒にいれば、僕は人生を退屈せずに済む。

僕は答えた。「わかった。君と組もう。ただし、斡旋の仕事は一緒にするが、今日みたいに盛り場をうろつくのはごめんだ。あんなありきたりな遊びには興味がない。金が手に入ったら、僕はそれを好きに使う。君とは別行動を取る。それでも構わないか」

「好きにすればいいさ」勝原は、意外なほどあっさりと僕の自由を認めた。「次に会うときまでに、おまえのカードを作っておこう。〈外〉での遊び方は、おまえが自分で決めればいい」

ダブルE区の自宅へ戻ると、父も母もいなかった。ルームシステムが、先回りして僕の行き先に次々と灯りをともしてくれた。

ダイニングに夕食を準備したあとはなかった。だが、台所には簡易食品が何でもあった。僕は頬をかすかにゆがめた。

小腹がすいていたので、チーズとクラッカーを食べた。コーヒーを飲んだらもう満足した。シャワーを浴び、すぐに自室のベッドに潜りこんだ。

夢も見ずに眠った。

＊

僕の父は映画監督だが、一流と誉めそやされる作品を撮っているわけではない。ネットで流すお手軽な娯楽作品――そういうものを、恐ろしいほどの少人数で作っていた。デジタル素材で実写と瓜ふたつの世界を作り出す天才、と言えば聞こえはいいが、いまどき、そんな作り方をする人間はゴマンといる。

人工俳優プログラムの発達で、群衆場面は言うに及ばず、いまでは主要人物すら合成画像で動かせる。いまの映画は「手触り」「肌触り」「舌触り」「味覚」「嗅覚」「温度」までもが、インターフェイスを介して伝達可能になっている。「ストーリー」以外の楽しみも、観客に与えているのだ。高価な感覚センサーがあれば、映画の登場人物のひとりとして、感覚や快感を共有することも可能だ。

勝原が指摘したように、父の映画は、ストーリー以外の部分が、極端に魅力的だったのかもしれない。だから、ある程度は人気が出たとも考えられる。人間の感性に最も強く訴えるのは、いつの時代でも生の人間の肌触りなのだ。

父は、ほんのわずかな幸運に乗っかった男だった。最初に作った映画は、甘ったるくて凡庸な恋愛青春映画。これが若い女性の好評を博した。ネット映画の登録サイトで、信じられないぐらいのアクセス数を叩き出した。

これに目をつけた娯楽産業界の人間が、父にチャンスを与えた。資金の提供と作品の宣伝。それと引き替えに、企業の広告を作品に埋めこむように指示した。

映画にアクセスすることで、個人の感覚デバイスに最適の広告を表示させるシステム。作品の中でなにげなく使われる最新の商品。その使い勝手のよさをアピールする人工俳優たち。

映画の内容は、もちろん一作目と同じ傾向でという注文付き。幸い二作目もヒットした。父は自分が、映画業界でやっていけると踏んだ。おめでたくも、一流監督の仲間入りができるのではと夢想した。

スポンサーが要求するままに、父は次々と新しい映画を作った。金太郎飴みたいなコンテンツでも、視聴者はなぜか離れなかった。

金が貯まった。父は自分の映画に出演していた女優と結婚した。演技力も知性も平均点に過ぎないが、顔と体と声だけは抜群に優れた女。映画向きの華のある女。それが僕の母だ。

母は自分が、宝くじの当たりを引いたと信じていた。だが、さほどたたぬうちに、当選番号を読み間違えていたことに気づいた。

父の映画が売れなくなっていった速度は、恐るべきものだったらしい。なぜ突然売れなくなったのか。はっきりとした理由は誰にもわからなかった。作品の質は下がっていないはずだ、という自信を持っていた父に、これは耐え難い現象だった。

しかし、売れないといっても、視聴カウントはゼロではなかった。相変わらず、誰かが必ず観ていたのだ。デビュー作から最新のものまで、管理サイトに置く限り、わずかながらでも毎日アクセスはあった。

むしろ、これが父の人生を狂わせたのかもしれない。

完全に無視され、アクセス数がゼロになっていれば、自分にはもう才能がなくなったのだと、父もきっぱりとあきらめただろう。

だが、誰かが自分の作品を観ている。いまでも、アクセスしている人がいる。

この事実が、もしかしたらまた波が来るのではないかという錯覚を、父にもたらした。いまはベタ凪(なぎ)だが、順調に風が吹く日がまた訪れるのではないかと。

これは賭博の心理に近い。

負ければ負けるほど、賭けから降りられなくなるのだ。父は降りるチャンスを失った。際限なく転げ落ち始めた。

いま、僕たちの生活を支えているのは、父の過去のヒット作に支払われる視聴料。ゲームソフトの映像著作権料。母がモデルやチョイ役で得てくる収入。映画がヒットした時代の貯金、その一部を元手にした株式投資の恩恵。これで、まずまずの体面を保っている。

父と母の折り合いが決定的に悪くなったのは、勝原が口にした映画の一件が原因だった。僕の顔写真を元に人工俳優を作り、ポルノまがいの映画に出演させた事件。僕が九歳頃の話だ。

僕は、父がそんなことをしたとは知らなかった。母も知らなかった。僕はともかく、母は激怒した。父に物を投げつけて喧嘩をしたのは、このときが初めてだった。

「自分の息子をこんな映画に使って恥ずかしくないの？　顔が残るのよ、顔が。映画の中にずっと！　大きくなったとき、本人や他人に、どう説明するつもりなのよ！」

「あまりにも可愛いから、つい使ってしまったんだよう！」父は両腕で自分の頭をかばいながら部屋中を逃げ回った。「この子は君に似て、ものすごく美形だ。我が子なのに、くらくらするほどだ。映画を作る人間として、見過ごすには惜しい素材なんだ。加工はしたし、肌の色も変えている。本人が演技をしたわけでもない。子供は大人になるまでに七回顔が変わると言うだろう。そのうち似ても似つかなくなるよ。心配いらないって！」

こんな言い訳で、母が納得するわけがない。母は父に陶器製の食器を投げつけた。家でパーティーをするときにサラダを入れておく、ものすごくでかいやつ。父はその破片で、縫合手術を受けるほどの怪我をした。僕も巻き添えをくらって額と腕を切った。母が正気に戻ったのは、僕が血まみれのまま、ぼうっと立ち尽くしているのを目にしたときだった。

母はさすがに真っ青になり、自家用車を飛ばして、僕たちを総合病院へ運んでくれた。僕と父は一緒に処置室に入り、並んで手当を受けた。警察に通報されないように、父は担当医に、うまいこと嘘をついた。医師は追及しなかった。こんな家庭は、世界中に山ほどあるからだ。

治療室を出て、待合室へ戻る途中で、僕は父に言った。「母さんを怒らせてもいいことは何もないよ。理屈が通じる人じゃないんだから」

父は顔をしかめた。「おまえも父さんを責めるのか」

「違うよ。映画の内容なんてどうでもいい。僕が相手役の俳優と寝たわけじゃないし、寝たといっても映画の中だ。ただの演技だろう」

父は溜息を洩らした。「おまえのほうが、母さんよりもずっと大人だな」

「僕は大人なんかじゃない。父さんと母さんが子供なだけだよ」

「映画というのは魔物なんだ」父はしみじみと言った。「撮れば撮るほど離れられん。どんなものでも撮りたくなる。それが誇りだと思うようになる……。おまえは父さんに映画監督を辞めて欲しいか。母さんが言うように、普通の勤め人になったほうがいいと思うか」

「子供に訊く話じゃないと思うけどな」

「そうだな」

「僕は父さんの映画には興味がないんだ。だから、本当に値打ちのある仕事なのかどうか、よくわからない」

「なるほどな。まあ、おまえの歳なら、ＳＦ映画や冒険映画のほうが、ずっと面白いはずだもんな。父さんも覚えがあるよ。あの頃は楽しかったなあ」

「父さんも、そういう映画を撮ればいいのに」

「空想冒険ものは難しいんだ。優秀なスタッフが大勢いる」

「子供向けの映画のほうが、お金や手間がかかるの？」

「お金よりも時間と才能が必要だ。この世に存在しないものを、まるで在るかの如く魅力的に創造する……。これは、とてつもなく手間とセンスがいるんだよ。在るものを撮るのとは、ちょっと方向性が違う」

「本当は、そういうものを作りたかったの？」

父はうなずいた。「そうだ。だが、父さんには才能がなかった。そのジャンルの面白さはわかっても、自分で作り出す能力が欠けていた」

「撮れる才能のある人と友達になって、一緒に仕事をさせてもらったらいいのに」

「おまえは頭がいいな。よすぎて嫌味なぐらいだ」


後に知ったのだが、この五年ほどの父の転落ぶりは、目を覆わんばかりのものだったらしい。映画が売れないだけでなく、スポンサーともめ、スタッフ間の人間関係でもめ、プロダクションは末期的症状に近かった。

それでも、映画を撮りたいという情熱だけは燠火のように残っているから、新しい人脈作りのために、積極的に業界の付き合いへ繰り出す。営業用の笑顔を張りつかせ、たいした価値もない、しかし、撮れば必ず金になる仕事を獲ってしのいでいた。

僕は、そんな父を軽蔑してはいなかった。

尊敬もしなかったが。

ただ、その生真面目さが気の毒だとは思った。家族を持っていなければ、父はもっと、映画を自由に撮れただろう。自分の仕事と共に、野垂れ死ぬ人生だって選べたはずだ。それはそれで格好いい。

そう考えると、自分が生まれてきたことが、間違いだったように思えてくる。子供を養い、生活を支えねばという焦りは、父を間違いなく、守りの態勢に入らせてしまったはずだから。

となると僕は、父の息子ではあるが、父の人生を遮る障壁でもあるのだ。

母はこの一件以来、よく「もう、死にたいわ」と悪態をつくようになった。これまで自分を抑えてこつこつとがんばってきた、その努力を、父に無神経に踏みにじられたと感じたのだろう。

父は父なりに、儲かる仕事を見つけてきたつもりだったに違いない。内容が気に入らなくても、母は黙るべきだったのかもしれない。実際、そのポルノまがいの映画はよく売れたらしいし。

だが、母の中に生まれた敗北感は、消しようがなかった。

僕とふたりだけで家にいるとき、母はよく泣くようになった。死にたい死にたいとつぶやきながら。そのくせ、自殺は一度も試みなかった。

僕はあるとき訊いてみた。そんなに死にたいのなら僕が殺してあげようか、と。母さんが楽になれるのなら、僕はそれで刑務所に入っても構わないよ、と。

母は目を見開いた。直後、僕の頰を平手で叩いた。そんな殴り方をしたのは初めてだった。

「そんなこと言うんじゃないの！」母はもの凄い声をあげた。怒っているのではなく、泣いていた。「殺すなんて、そんな簡単に言っちゃだめ！　刑務所もだめ！　そんな恥ずかしい子にならないで！」

僕には意味がよくわからなかった。母の態度も、その言葉も。死にたいのなら遠慮なく死ねばいい。皮肉ではなく、僕は本気でそう思っていた。

母が不憫でならなかった。なまじ不幸に立ち向かう力を持っているがゆえに、母は人生のゲームから降りられない。父が映画という名の賭博から降りられないように、母は自分の人生から降りられない。志が高過ぎるのだ。高潔に闘おうとするから、母はいつまでも苦しまねばならない。そんな母が、僕は可哀想でしかたがなかった。

だから、死んで楽になれるのなら、僕はそれを手伝ってもいいと思ったのだ。だが母は怒った。これは、学校のテストのように、簡単に解ける問題ではなかったらしい。

珍しいことに、母は父にこの話をした。父は居間で僕とふたりきりになると、おまえまで母さんを泣かせちゃいかん、と僕に向かって説教した。

「でも、母さんは本当に死にたがっているよ。毎日、僕に愚痴るもの」

「それはな、言葉の綾というものだ」

「どういうこと？」

「人間は、口に出すことと望んでいることが、必ずしも一致しない場合があるんだ」

「なぜ。言葉を生むのは脳だろう。心は脳にあるんだ。そのふたつが合致しないのはおかしいよ」

「人工知能ならそうだ。矛盾はない。だが、人間は違う。矛盾したことを考えるから、新しい発想が生まれるんだ」

「よくわからないなあ」

「大人になったらわかるさ。とにかく、母さんを動揺させちゃいかん。母さんがおかしくなったら、困るのは父さんやおまえだ。病院に行ったとき、おまえもそう言ってたじゃないか」

母さんが本当に死にたがっているのか、本当は違うのか。父の説明を聞いても、僕には理解できなかった。父の解釈が間違っている可能性もある。僕が自分の心でとらえた「何か」が、絶対に間違いだと証明できる方法はあるのだろうか。

僕がそう質問すると、父は「小難しいことを言うんじゃない」と声を荒げた。「とにかく母さんを殺すのは無しだ。死にたい死にたいと言っても、適当に聞き流しておけ。あれは、口に出して気分を晴らしたいだけなんだ。大人には、そういうのが必要なときがあるんだよ」

僕は納得できなかったので、さらに突っ込んだ。母は父に、本当は死にたくないのだと、きちんと言葉にしたことはあるのか。もし、以前、そう言ったことがあったとしても、それが本当なのか嘘なのか、証明する方法はあるのか。人間が矛盾した生き物ならば、「本当は死にたくない」と言った言葉自体も、また「嘘」の可能性を含むのではないか。だとしたら、人間の本当の心がどこにあるのか、僕にはまったくわからない。どうやって他人の心を推し量ればいいのか。どんな言葉なら信用できるのか。どうやって他人を信頼すればいいのか。

父は僕の質問にパンクした。今日はもう勘弁してくれ、そういう話は、もっと頭のいい人に教えてもらいなさいと言って、居間から逃げ出した。

父がダブルE区の居住権を獲ってきたのは、その直後だった。僕の発想と態度に不安を覚えた両親は、ダブルE区の学校に入れれば、僕がまともになるのではないかと考えたのだ。言うなれば両親は、ダブルE区という名の〈教育者〉に、僕を丸投げしたわけだ。自分たちでは手に負えないことも、教育実験都市なら解決してくれるはずだと。

最高の教育、最高の道徳、最高の倫理観。親の代わりに子供を導く崇高な思想。教育実験都市にはそれがあると。

ダブルE区に住めるということは、大人にも、とても社会的な価値があったようだ。父が見せびらかす居住証明書に、母は完全に舞い上がった。それまでは「私たち結婚しないほうがよかったのよ」とか「弁護士を立てて離婚するわ」と愚痴を吐き散らしていたのに、嘘のように態度を変えた。父の首根っこに飛びついて、子供みたいに喜んだ。

ダブルE区に住みたがる大人は、大なり小なり、僕の両親と同じように考えていた。家族と社会が強固にリンクし、正しい価値観を子供に教えこむ場所。個人が社会から乖離せず、がっちりと結びつきを持っている場所。そんな街は、もうこの国には、ダブルE区以外には存在しなかった。

温室。あるいは、純粋培養のためのガラスケース。人工子宮に近いもの。引っ越した当時、僕がダブルE区に感じたのは、そういう印象だった。

＊

勝原は僕を、ダブルE区内のいろんな場所に連れ出した。ライブハウス、ダンスクラブ、スポーツ競技場……。もちろん、ダブルE区の規制下にある「健全な」場所ばかりだ。だが、そこに集まってくる未成年が、必ずしも、「ダブルE区好みの健全な生徒」ではないことを、僕は初めて知った。

僕たちは、こういう場所で知り合った連中と一緒に、頻繁にカフェやファストフード店へ出入りした。何度か飲み食いを楽しみ、お互いに慣れてきたところで、勝原が〈外〉の話を切り出す。もちろん、むやみに出す話題ではないので、話す相手は選んでいた。

どういうタイプの相手なら、呼びかけが有効に働くか。勝原には見当がついているようだった。僕には全然わからなかったが。だから僕は、勝原が〈外〉の話を始めたとき、適当に相槌をうちながらフォローを入れる役を受け持った。

勝原ひとりが喋っている段階では警戒する相手も、僕が一緒になって楽しそうに話題を転がすと、安心して乗ってくることが多かった。勝原と一緒に誘いをかけていると、なんだか漫才をやっているような気分だった。だが、相手を引っかける作業は結構面白かった。

僕が想像していた以上に、〈外〉へ出たがる未成年はたくさんいた。適当に種をまいた後、僕たちは口座に手数料が振り込まれるのを待った。金は本当に入った。小遣い程度のものだったが。

勝原は、僕専用のブルーカードを一枚作ってくれた。

僕が〈外〉でブルーカードを使うのは、移動に使うスネイルの料金、飲食費、そんなものを支払うためだけで、たいした出費にはならなかった。一番熱中したのは、繁華街の違法ゲームでも賭博でもなく、無差別に選んだ相手との交遊でもなく、酒や薬でもなかった。

ダブルE区の中では制限をかけられている、「情報」の閲覧——。

〈外〉用に、僕は専用リストコムを新たに一台買い、接続契約を結んだ。

ダブルE区内で使えるリストコムは、ハードウェアの機能が極端に絞られている。ダブルE区では、大人たちすら、機能制限をかけたリストコムを使っていた。汚い世の中は見たくない。乱暴な言葉は聞きたくない。自分から耳をふさぎ目を閉じる。あそこは、そんな大人で占められていた。

映画、芸術、文化、政治、経済、生活の隅々にまで及ぶ過剰な情報。ダブルE区では強力なフィルタリングが施されている生の情報に僕は触れ、片っ端からコンテンツを楽しみ始めた。

街角や公園で、僕は、仮想ディスプレイに展開される世界にのめりこんだ。

ちょうど夏休みに入ったので、開放的な気分で、頻繁に〈外〉へ出た。

新しいリストコムで得られる世界は、創作物も、実生活の情報も、どれもこれも刺激と生々しさに満ちていた。ぞっとするような底なしの深みがあった。それは目新しいというよりも、ひどく郷愁を誘うものだった。

僕は、かつて知っていた。〈外〉で暮らしていた頃に、これらのものを知っていた。子供ながらに摑んでいた。矯正されていない人間のバイタリティと、薄汚さ。他人を騙し、殴り倒してでも生き延びようとする逞しさ。ダブルE区に来てから、すっかり忘れていたもの——人間の業（ごう）。

ダブルE区では、人生にとって価値のあるものは、最初から厳選されていた。これなら絶対安心という一覧の中から、好みに合ったものを選ぶだけだ。

〈外〉では自力で価値基準を作りあげ、それに見合うものを探さねばならなかった。汚泥の中に宝石を探すように。しかも、その宝石が本物である確証など、何ひとつなかった。

けれども、そこが無性に面白かった。自分の手で何かを探し、吟味し、その価値を考察することが。

勝原は、僕が別行動を取るのをまったく気にしなかった。ただ、仕事についてのやりとりをするうちに、学校や放課後、ふたりだけで会う機会は増えた。とは言っても、仲よくじゃれ合うような関係ではなかった。無愛想に、お互いの現状や情報を口にする程度のものだった。

一度だけ、例外があった。

あるとき僕は、〈外〉でひとりの若者に呼び止められた。僕と同じぐらいの年格好で、身なりはよかった。ヘッドマウント型のファッション系ウェアラブルを付けていた。銀色の最新式のやつ。

おまえは、いつも勝原と一緒にいる奴だよな？　と訊かれたのでうなずいたら、いきなり胸倉を掴まれた。事情はわからなかったが、やばいということだけは即座にわかった。僕は相手の顔面を拳で殴った。相手が悲鳴をあげて手を放した隙に、その場から全速力で逃げ出した。相手は罵声をあげながら追ってきた。金を返せとか、おまえらのせいだとか喚(わめ)いていたが、ゆっくり聴いてやるつもりはなかった。

僕は迷路のような繁華街の路地に飛び込み、何とか相手をやり過ごした。しばらくの間、恐怖と興奮で体の震えが止まらなかった。

唾を飲みこんで自分を落ち着かせ、リストコムで勝原に連絡を取った。事情を話すと、勝原は相手の容姿の特徴を訊いてきた。

「録画してある」と僕は言った。「逃げるとき、コムの撮影モードを作動させておいた。うまく映っている」

「上出来だ。データを転送してくれ」

僕が送った画像を見ると、勝原はすぐに見当がついたようだった。おれたちが声をかけた奴だよ、と言った。あとは任せろと言われたので、その日はもう切り上げて家に帰った。

何日か経った後、僕は学校に行ったときに勝原から呼び止められた。銀色のウェアラブルを付けていた奴が誰だかわかった、〈外〉に出たとき、ふたりで様子を見に行こうという話だった。

〈外〉では別行動する約束だったが、場合が場合なので、僕もついていくことにした。放課後、〈外〉へ出ると、勝原はどこへ向かうでもなく、街中を歩き回った。仲間からの連絡を待っているのだと言った。

やがて勝原のリストコムに連絡が入り、僕たちはゲーム場に向かった。

「違法ゲームにはまった奴なんだ」勝原は奴のことを教えてくれた。「どこでどう嗅ぎつけたのか、おれの居場所を突き止めた。もっと刺激の強いソフトを扱っている店を教えろと、うるさく付きまとった。情報料と引き替えに適当に教えてやったが、内容が気に入らなかったらしい。逆恨みしているんだよ。迷惑かけたな。奴には充分謝らせるから、それで溜飲を下げてくれ」

ゲーム場に行くと、勝原は店の外で、中の仲間と通信した。中に入るのかと思ったら、勝原は僕を連れて、また別の場所へ移動した。夜は人通りが絶える、川沿いの散歩道まで歩いた。橋脚の陰に隠れるようにして、僕たちは勝原の仲間と奴を待った。

しばらくすると、奴が女の子と手をつなぎ、ふたりで歩いてくるのが見えた。少し距離を置き、後ろから三人組の男が足早に近づきつつあった。男たちは、僕より少し歳上のようだった。奴に追いつくと、何事か告げた。それから、有無を言わさず相手を殴り倒した。女の子はさっと逃げ出した。男たちは彼女を追わなかった。どうやら、奴を釣るための餌だったようだ。

三人組の男は、小型の警棒やブラスナックルで、極めて効率よく、奴を殴り続けた。最小の労力で、最大のダメージを与えるようなやり方で。僕は凍りついたように動けなかった。相手が泣こうが許しを乞おうが、聞く耳持たずに痛めつけるとはこういうことかと知り、吐きそうになった。思わず、掌で口元を覆った。

仕事を終えると、男たちは奴の耳を引っ張って大声で何か言った。奴を歩道に放置し、僕たちのいる場所へ歩いてきた。勝原は男たちの前へ進み出ると、ブルーカードを三枚、彼らに手渡した。「お疲れさま」

男たちは微笑を浮かべた。「また何かあったら遠慮なく言えよ。いつでも引き受けるからな」

そして男たちは、僕には目もくれず、立ち去った。

勝原が言った。「おまえも、ちょっと殴っていくか？　いまなら楽勝だぞ」

「いや、いい……」

自分で殴らず、他人にやらせるところが勝原らしいと言えばらしいやり方だった。勝原の底なしの悪意に、僕は背筋が寒くなった。奴はダブルE区の生徒だ。あの怪我で家に帰ったら、すべてがバレて退学。ダブルE区の居住権も剝奪されるだろう。

「おまえ、そろそろ本物のバイクに乗りたくないか」勝原は唐突に話題を変えた。「免許を偽造してやるよ。欲しかったらいつでも言え」

その瞬間、僕の中から、さきほどまでのショックと嫌悪感が、すっと消えた。明るい興奮が少しだけ頭をもたげた。たぶん、脳みそがストレスからの逃避行動を選択したのだろう。

勝原は、その効果を知っていて、いまこの場でこの話を切り出したに違いない。だが、僕は一も二もなくそれに飛びついた。「乗りたい。スネイルには飽きていたところだ」

「じゃあ、今日は、いろいろと教えてやるよ。ショップで現物も見よう」

ＰＨシステム付きのライディングウェアがあっても、バイクの乗り心地は、スネイルとは全然違った。少し不安定だったし、人間が制御しないといけない要素があった。

それはシステムが不完全なせいではなく、わざと不完全な要素を残してあるからだと、勝原は教えてくれた。

スネイルのユーザーと違って、本物のバイク乗りには、自分でマシンを操る快感を味わいたい人間が多いのだ。

何も考えずに乗れるのがスネイル。

マシンを調整しながら乗るのがバイク。

意のままにならないものを、自分の技術で手なずける。そこに魅力を感じる人間は、PHシステムのレベルを下げて乗ったりもする。極端な場合には、完全にシステムを切って、マニュアルモードにしてしまうらしい。

勝原はバイクのPHシステムを切って乗り、一度、転倒したことがあるという。体が投げ飛ばされて宙に浮いたとき、一瞬だけ、凄(すさ)まじい快感を味わった。

死ぬということは、結構、気持ちのいいものなのかもしれない——。そんな病的な想像をしたが、着地の直後から怪我の痛みにのたうち回ることになったので、そんな甘ったるい感傷は、いっぺんに吹き飛んでしまったそうだ。

僕は、スネイルを「卒業」すると、本格的にバイクにのめりこんだ。夢中になった。新しい移動手段を手に入れただけで、これほど世界が変わるとは思わなかった。

速度をあげて走ることは、鳥になって空を飛ぶのに、少しだけ似ているような気がした。

僕は決して、両親を嫌いだったわけではない。多少奇矯で、感情の起伏が激しい人たちだとは思っていたが、人間なんてそんなものだろうと冷めていた。

楽しい思い出は、いくつもある。

父は旅行が好きで、よく僕たちを連れ出した。青い海の温かさ、磯の匂い。清々しい松の木の匂い。風を切って飛ぶ遊園地の乗り物や、甘いお菓子の記憶。水族館でガラスに張りついて眺めた、へんてこな生き物。僕は全部覚えている。

出先で父は、写真だけでなく、立体動画もよく撮った。撮るだけでなく、帰宅してから面白く編集した。居間で上映会をするたびに、父はうれしそうにはしゃいだ。母はいつも突っこみを入れる役だったが、それでもとても楽しそうだった。

＊

教育実験都市に引っ越してきた当時、僕はダブルE区の子供たちを、金太郎飴みたいだと感じていた。個性がないわけではないのだが、学力や生活水準の粒がそろっているせいか、思考手順がひどく似通っている——そんな印象があった。

級友たちは皆とても大人しく、上品だった。〈外〉の子供のように汚い言葉なんか使わなかった。喧嘩もしなかった。喧嘩になりそうな雰囲気があっても、ちょっと考えこむような素振りを見せて拳を引く。「よくできた賢い子供」ばかりだった。

僕はあるとき、ささいなことで級友と言い争った。〈外〉と比べたらここは天国だろうと自慢げに言う級友に、そんなことはない、〈外〉には〈外〉の面白さがあったとやり返したら、君は幼稚な人間だと冷笑されたのだ。この街のよさがわからないのは人生経験が足りないせいだ、勉強はできても、二歳下だとやっぱり考え方が子供っぽいね、と。

次の瞬間、僕は相手を殴っていた。もちろん、〈外〉ならば、「じゃれあい」で済む程度の強さで。

ところが、周囲の反応の過剰さといったらなかった。僕たちのやりとりを見ていた級友たちは、恐怖に囚われた人間のように「わっ」と言っておののいた。僕に叩かれた相手は、いまにも泣きそうな表情で震えていた。食肉加工場で殺される直前の豚みたいに。

自分の中で、急速に怒りが萎(な)えていくのを僕は感じた。自分が「人間」ではなく、怪物のように見られていることに気づき、ショックを受けた。

泣きたいのは僕のほうだった。

僕は自分から拳を降ろした。

惨めだった。勝てるのに勝てない喧嘩があることを、僕は生まれて初めて思い知らされた。あとで教師から食らった説教が、また生ぬるくて気色の悪いものだった。

双方の意見を公平に聴いた後、教師は僕のことを「傷ついた子供だ」と勝手に決めつけた。

「君は、寂しいからこんなことをしたんだろう。本当は皆と仲よくなりたいのに、気持ちがついていかなくて、こんなふうになったんだな。うん。その気持ちはよくわかるよ。君は本当は素直でいい子なんだ。もっと自分から心を開けば、皆と、うまくやっていけると思うよ。怖がっていないで勇気を出してごらん。皆、君を歓迎してくれるから」

強烈な居心地の悪さが、尻のあたりから這い上がってきた。僕はいわゆる悪ガキではなかったが、それでも、この教師の物言いと、級友たちの大人しさは異常だと感じた。

だが、それを口にはしなかった。これ以上、説教なんぞされたくなかった。一刻も早く、解放されたかったのだ。

教師は僕の沈黙を、了解と受け取ったようだった。わかったら教室へ戻りなさい、そう言って自慢げな顔をした。

僕はこの件を、これで終了したと思っていた。ところが、これだけでは終わらなかった。

恐るべきことに、以来、ダブルE区内に住む見知らぬ大人たちが、一斉に僕に関わりを持つようになったのだ。

学校へ行こうとすると、突然、見ず知らずの人から朝の挨拶をされる。近所の人たちが、調子いい？　学校は楽しい？　と毎日訊いてくる。

軽い調子の声かけだったので、僕は最初のうち、子供と話をするのが好きな人なのかなと思っていた。ダブルE区は、〈外〉と違って、子供相手の犯罪者はいない。声をかけてくるのは、完全に善意の人ばかりだ。そういう人でなければ、ダブルE区の居住権を獲れない。

僕は彼らに対して丁寧にお辞儀をし、まあまあです、どうもありがとう、などと返していた。

そのうち、声をかけてくる人の多さに、これはちょっと変だぞと感じるようになった。そのとき初めて、ダブルE区の特殊性に気づいたのだ。

子供を健全に育てるには、家庭と学校だけでは足りない。地域がそれらと密接にリンクし、他人の子供にも気を配り、正しく導いていく必要がある——。それがダブルE区の信条だった。つまり、他人の子供も自分の子供と同様に可愛がり、社会ルールを守らせるためなら、遠慮なく叱責・指導していいという価値観。

級友との喧嘩で「問題あり」と判断された僕は、その問題の質を「集団に馴染めない引っ込み思案の子供。孤立させてはならない。孤独に悩ませてはならない」と分析されたのだ。そこで街中の人間が、僕を矯正するために動き出したわけだ。

ほどなく学校行事として行われた遠足では、もっと凄まじいことになった。自然環境保全区には、スポーツ公園があった。ここへの旅行は、両親との参加が義務づけられていた。ここで僕は、級友たちの両親から、嫌というほど声をかけまくられた。

「こっちへ来て一緒に遊ばない?」「これ食べてみて!」「どう? 美味しいでしょう」「うちの子だけじゃなくて、うちの子の友達とも仲よくしてあげてね」「困ったことがあったら、おじさん、おばさんが何でも訊くからね」「遠慮しなくていいのよ。いつでも遊びにいらっしゃい」「ほら、みんなあそこでゲームをしているでしょう。あなたも行ってきたら!」

僕の両親も、学校での事件を担任から聞かされていたから、僕を積極的に集団の中へ押し出そうとした。

「いっぱい友達を作れ!」と父は言った。「人気者になるんだ。そうしたら世渡りが楽だぞ。人間、最後には人脈が頼りになるんだ」

母も言った。「ほら、女の子たちがあなたを見ているでしょう。みんな声をかけたいのよ。あなたがハンサムだから。ちょっと手を振ってあげてごらん。それだけで友達になれるわよ」

アスレチック施設での競争、体を使うゲーム、目が回るほどいろんなものに誘われ、参加させられた。

僕は表面的には笑顔で応じていたが、心の中では悲鳴をあげていた。頭を抱えて絶叫しそうになっていた。

頼むから、そんなに熱心に構わないでくれ。

僕は世の中を嫌っているんじゃない。

他人を嫌っているんじゃない。

ひとりでいるのが好きなだけだ。ひとりで遊んでいたいんだ。ひとりでいろんなものを見つけて、触れて、喜びたいだけだ。

だから放っておいてくれ。頼むから、もう勘弁してくれ！

だが、この街で、そんな望みが受け入れられる余地はなかった。

この日以降も、僕は「子供を集団に馴染ませるためのプログラム」につき合わされ、へとへとになるまで連れ回された。人と人とのつながりが、どれほど大切なものであるかを、他人からの言葉と態度で徹底的に叩きこまれた。


僕はダブルE区から逃げ出したかった。でも、できなかった。〈外〉にいた頃、死にたい死にたいと繰り返していた母を、また元の状態に戻すのか。そう思うと、この街にいるのは嫌だとは言い出せなかった。

僕は仮面をかぶることにした。ダブルE区に相応しい「よくできた賢い子供」「集団に馴染んでいる素直な子供」の仮面を。

他人とつき合うときには、積極的にその仮面を使った。本心を見せるほうをあきらめた。

すべて演技。

すべて演出。

僕の本心を理解できる者など、この世に誰もいなくても構わない。

すべて隠し、すべて呑みこみ——。

成人したら街を出ようと思っていた。ここは僕のいるべき場所じゃない。大人になったら何もかも蹴倒して出て行こう。でも、それまでは我慢するんだ、と。

＊

夏休みが終わり、二学期が始まり、晩秋に差し掛かった頃だった。

僕はいつも通りに〈外〉で、ネットにつないでいた。相変わらず情報に溺れ続ける毎日で、勝原と一緒に、〈外〉の繁華街をぶらつく日はなかった。

地下ネットを逍遥していたとき、突然、仮想ディスプレイに、別ウィンドウが開いた。変なサイトのトラップに引っ掛かったかと、一瞬ひやりとしたが、そうではなかった。勝原からの通信だった。

彼の声が僕の耳元で響いた。「いま、どこにいる」

僕は自分の居場所を口にした。すると勝原は、ほっとしたように息を洩らした。「結構近いな。ちょっと来てくれないか。頼みたいことがある」

「何の用だ。外じゃ、お互いの行動に干渉しない約束だろう」

「知り合いが病気になって困っている。おまえは医学に詳しいだろう」

「僕は図鑑を見るのが好きなだけだよ」

「何も知らない奴よりはましだ」

ぴんと来るものがあったので、僕は突っこんでみた。「病院に行ったほうがいいと思うけどな」

「事情があるんだ」

「やっかい事に巻きこまれるのはごめんだよ」

「病人は恵だ。覚えているだろう。前に公園で会わせた女だ」

嫌な記憶が蘇った。勝原に言われるままに殴り合いをした女の子たち。ひとりだけ負けて、ボロ布のようにうずくまっていた——あれが確か恵だ。勝原に何か囁かれ、気が狂いそうな様子で首を激しく振っていた……。

勝原は続けた。「いま、恵のマンションにいるんだ」

「両親は」

「留守だ。旅行中だから当分帰ってこない」

「どんな感じなんだ」

「熱を出している。市販薬を飲ませたが、あまりよくならない。夜間救急へ運ぶほどでもなさそうだが、本人がものすごく苦しがっている。民間療法でもいいから、何かよくなる方法を知っている奴が欲しいんだ」

「わかった。コムに住所と地図を送ってくれ」

データはすぐに来た。レンタルバイクを飛ばせば、十五分ぐらいで着けそうだった。

僕が辿り着いたマンションは、想像していたよりもずっとりっぱだった。

あの子、こんないい家に住んでいたのか……。

意外だった。それが何でまた、勝原みたいな奴とつき合っているのだろう。容姿だって悪くないし、世の中に、いい男はたくさんいるのに。

部屋番号を押してオートロックを解除してもらうと、エレベータで六階まで上がった。靴音がやたら響く廊下を歩き、六〇八号室の前で足を止めてチャイムを鳴らした。

玄関の扉を開けて顔をのぞかせたのは、勝原ではなかった。知らない男だった。大きな体つきで、僕より五歳以上は歳上に見えた。短く刈った髪をワックスでつんつんに立て、にぎやかなトロピカル模様のタンクトップを着ていた。黒いジーンズをはいた両脚は、針金みたいに細かった。

「勝原は」と僕が訊ねると、中にいると答えた。「本当に？」

部屋の奥から怒鳴り声が響いてきた。「何をやっているんだ。早く入って来い」

僕はトロピカル男と一緒に、声が聞こえてきたほうへ歩いていった。やたら広いワンルームの片隅に、ベッドがひとつあった。

室内の装飾から、ここが恵の家ではないことに僕は気づいた。女の子っぽい家具や小物がひとつもない。どうやら、トロピカル男の家に、恵が遊びに来たという状況らしい。勝原が嘘をついたのは、僕を呼び出しやすくするためだろう。

勝原はベッドの傍らに立っていた。僕が近づくと、睨むような目つきをした。

僕は黙ったままベッドをのぞきこんだ。恵は掛布をかぶったまま眠っていた。顔色がひどかった。だいぶ具合が悪そうだ。でも、熱を出しているというわりには頬が青白い。

額に手を乗せてみると、驚くほどひやりとした感触が伝わってきた。

僕は反射的に勝原を振り返った。

勝原は苦い実を噛み潰したような顔をしていた。掛布に手をかけると、ゆっくりとめくった。

僕は息を呑んだ。

恵は全裸でベッドに横たわっていた。全身に火傷のような傷がいくつもあった。僕は彼女の上に身をかがめ、まだ息があるのと、脈拍が止まっていないのを確認した。太腿の内側に残っていた薬物シートを見つけると、爪を立てて引き剥がした。

声の震えを必死に押し殺しながら、僕は勝原に告げた。「無理だ。これは素人では対処できない」

「放っておくとどうなる？」

僕は叫んだ。「救急車を呼べ！　いますぐにだ！」

勝原は渋い顔つきをするだけで動かなかった。僕は、かっとなって自分のリストコムを操作しようとした。すると、トロピカル男に腕をつかまれ、阻止された。

「病院は困るんだ」トロピカル男は凄んだ。「おれはこいつと遊んでいただけだ。同意の上でな。だがこの有様じゃ、病院へ行くと必ず警察に通報される」

「このまま放置すれば助からない。死ねばどのみち警察は出てくる。殺人罪より傷害罪のほうがましだ」

「殺人罪も傷害罪もごめんだ。だから、おまえに来てもらったんだ」

「何だって？」

「女はこのまま放っておく。もうちょっと待てば死ぬだろう。風呂場で解体して下水に流せば誰も気づかない。家出娘が、ある日姿を消しただけだ。それを手伝ってもらいたい。おまえは解剖学に詳しいんだろう。どこをどう切ったら効率よくばらせるのか、どう処理したら下水に流しやすくなるのか、何でも知っているんだろう」

僕は思わず相手につかみかかっていた。なぜ、そんな激しい態度に出たのか自分でもわからなかった。割って入ったのは勝原だった。トロピカル男に向かって、よせ、川口、と怒鳴った。

「おれたちが仲たがいしても何にもならん。病院へ行くにせよ、解体するにせよ、意見は一致させておこう」

「病院に行く気はない」川口と呼ばれた男は頑として譲らなかった。「そもそも、こいつをここへ寄越したのはおまえじゃないか。おれは自分から頼んだわけじゃないぞ」

「おまえが節度を守っていれば、こんなことにはならなかった」勝原も一歩も引かなかった。

「薬だけで充分に楽しめたはずだろう。体中にこんな傷をつけやがって。よけいに、病院へ行きにくくなったじゃないか」

「おまえに言われる筋合いはないね」

「殺すなら最初から殺す気でやってくれ。死にそうだがどうしたらいいなんて、こっちだって迷惑だ！」

ふたりが言い争っている間に、僕はリストコムでパラメディックに連絡を入れた。状況を説明しているとまた川口が邪魔をしたが、通信が確定した以上、救急隊は場所を確定して駆けつけるはずだった。

勝手をするな！　と怒鳴ると、川口は僕を殴り倒した。背中から床に落ちた僕を、思いっきり踏みつけ、脇腹を蹴り上げた。

僕は最初の一撃で目を回していたが、手足を振り回して必死に抵抗した。だが、役には立たなかった。川口は無茶苦茶だった。遠慮というものを何も考えていない蹴り方をした。ライディングウェアを着たままだったのに、かなりの衝撃を感じた。川口は頭まで容赦なく蹴りつけたので、目の前で火花がちらちらした。

痛みに悶えながら、僕は以前、公園で勝原に殴られたときのことを、ぼんやりと思い出していた。勝原は、あれでもずいぶん手加減していたんだなと、いまごろになって、ようやくわかった。

かすむ意識の中で、勝原が懸命に止めに入ったのを感じた。だが、どうにもうまく止められないようだった。

やがて川口は、罵声とともに僕を蹴るのをやめた。僕はうつ伏せに転がると、カーペットに血を吐いた。ふらつきながら何とか身を起こした。川口は上衣やリストコムを鞄に詰めこんで部屋を出て行くところだった。恵と一緒に救急車で病院へ行く気はないらしい。逃亡するほうを選んだようだ。

勝原は僕を横から支えると、「おれたちも逃げよう」と囁いた。「暴行の犯人にされちゃたまらない」

僕は口を開こうとして、思わず顔をゆがめた。口の中や唇が切れて、うまく喋れなかった。

「……証拠を山ほど残している。指紋だの、髪の毛だの——このまま逃げたら不利になる」

「事情聴取なんて受けたら、おれたちが斡旋屋をやっているのがバレちまう」

「川口が捕まれば、いずれは吐かされるよ……」

「いまは考えなくていい。前にも言っただろう。こんな綱渡りをやっていて、いつまでも無事でいられるはずはないんだ」

——そうだったな。

勝原は僕に肩を貸してくれると、自分自身もよろめきながらマンションの外へ出た。間一髪で、パラメディックとは遭遇せずに済んだ。

勝原は僕が乗ってきたレンタルバイクに、ライディングウェアなしでまたがった。僕に後ろに乗れ、しっかりしがみついていろと命じた。

僕は言われた通りにした。それぐらいの力は残っていた。

全速力で逃げる途中、薬局の前にさしかかった。勝原はバイクを停め、僕に外で待っているようにと言った。ひとりで中へ入っていった。しばらくすると、大きな包みを持って戻ってきた。そして、再びバイクを発進させた。

やがて勝原は、個室で3D映像を見せてくれる娯楽施設にバイクを乗り入れた。駐車場にバイクを置き、全自動化された受付をブルーカードで通過すると、僕たちは空き部屋に転がりこんだ。

勝原は僕を床に横たえた。室内のソファは小さく、寝転がるには幅が狭すぎたのだ。

リモコンを手に取ると、勝原は映像チャンネルを選択した。装置を作動させていないと、店員に不審に思われてしまうからだ。

プログラムに入っていたのは、大半が成人向けのポルノや実録じみたバイオレンス・ムービーだった。どれも凄まじく生々しい作品で、刺激的というよりも、目を背けたくなるほどリアルだった。規制外のソフトであることが一目でわかった。

勝原は、いまはそんな気分じゃねえんだよと悪態をつきながら、多少はましと思えるプログラムを探し続けていた。やがて、殴りつけるようにスタートボタンを押すと、僕のところへ戻ってきた。

直後、室内が恐ろしいほどの数の星に満たされた。美しいなどと呑気なことを言える量ではない。大気のない、宇宙空間で撮影したと思われる鮮明な映像だった。星空を背景に、渦を巻く巨大な銀河や燃える恒星がゆっくりと現れ、回転し、部屋中を移動しながら順々に消えていった。それが際限なく繰り返された。

学校で使う天文学のプログラムではなかった。脳神経に働きかけ、トリップ状態を作り出すための〈音響映像ドラッグ〉だった。

「気分が悪くなりそうだったら目を閉じろ」勝原は僕に言った。「サウンドは切ってあるから聴覚系にはこないが、視覚系だけでもきついだろう」

勝原が手にしたマグライトの光が、僕の顔から体へ降りていった。しばらく状態を観察した後、勝原はライトを床に置き、薬局で買ってきた荷物を開き始めた。僕に、ライディングウェアを脱ぐように言った。

僕がウェアの下に着ていた服もシャツも全部脱ぐと、勝原は止血シートや消炎シートを、顔や体のあちこちに貼ってくれた。ウェアが蹴りの衝撃を緩和してくれたのか、骨や内臓に影響している様子はなかった。それでも、前に勝原に殴られたときよりも、ひどいことになっていた。特に、ウェアの保護がなかった頭部と口元が恐ろしいほど腫れていた。

手当が済むと、勝原は自分もシャツをめくった。自分の脇腹をライトで照らした。僕は息を呑んだ。恵の体にあったのと同じ火傷が、勝原の体にもあった。しかも傷跡はずっと大きく、血が滲んでいた。

あいつにやられたのかと訊ねると、勝原は「ああ」と気だるそうに答えた。「普段はこんなヘマはしないんだが、知り合いだったんで油断した。後ろから殴り倒されて、背中に体重をかけられたんじゃ動けない。解体を手伝えと言われて断ったらこのざまだ」

「僕を呼んだのはどうして？」

「ふたりがかりなら、川口を余裕でボコれると思ったんだ。おまえがあんなに弱いとは思わなかったよ」

「僕に、本気で解体を手伝わせようという気は……」

勝原は答えなかった。黙って傷口に止血シートを貼りつけた。シャツをおろし、不機嫌そうな顔つきで脇腹を押さえた。

僕は訊ねた。「……その傷、何でやられたんだ？」

「小型のアイロンだ。焼きごてみたいなやつ」

僕の中で、川口の別称がトロピカル男からアイロン野郎に変わった。あの男は、恵の体に薬物を染みこませただけでなく、アイロンでいたぶりながら楽しんでいたのだ。自分の下に組み敷いた女が、激痛のあまり身をそらせるたびに、直接伝わってくるその反応に嬉々としていたに違いない。

一瞬、川口の行為でのたうち回る恵の姿が、僕の中で古い記憶と重なった。掌の中でもがきながら死んでいった可哀想なスズメ。死ぬためだけに庭先まで飛んできた、可憐な茶色い小鳥――。

自分の中に、強烈な快感を伴った震えが、ざわりと広がったのを僕は感じた。想像だけでこれほど心を掻き乱されるとは、もしかしたら僕は、川口よりも勝原よりも、ずっと残酷で、罪深い人間なのではないか。

自分の手当を済ませた勝原は、ソファに腰をおろし、脱力したように背を丸めた。太腿の上で組んだ両手の親指を、ゆっくりとこすり合わせながらつぶやいた。「……さて、どうしたものかな。あいつはおれの名前を知っている。何かあれば警察側からの取引に応じて、おれの名前を出すだろう。おれが捕まれば、警察は自動的におまえも探り出す」

僕は服を着ながら言った。「とりあえず、斡旋屋の仕事を休止すればどうだ」

「殺人が絡むと調査のしつこさが違う。すでに足がついたと見たほうがいい」

「まだ死んだと決まったわけじゃないだろう。救急車が間に合ったし」

「だったら、なおまずい。恵は警察に川口の話をするだろう。芋蔓式にたぐられる。まあ、あいつも馬鹿じゃないだろうから、すぐには喋るまいが」

僕は勝原に、なぜ恵が川口の家に行ったのかを訊ねた。公園での出来事が関係あるのかと。罰ゲームか何かのつもりで、好きでもない男と寝てこいと、無理やり行かせたのかと。あるいは、売春の斡旋までやっているのかおまえは、と。

勝原はそうだと答えた。「あいつはおれに借金があるんだよ。詐欺に引っかかって、エステ関係で、ものすごい額のローンを組まされたんだ。親の名前でな。ナノマシン・ダイエットとか何とか。そんなもん効くわけねえのによ。その代金を、おれが肩代わりしてやったんだ」

「そんな金、どこから出たんだ」

「斡旋屋の儲けと貯金を全部吐き出した。おかげでしばらくは難儀したけどな。だからあいつはおれには逆らえない。何でも言うことをきく。訓練の行き届いた犬みたいなもんだ」

僕には、勝原がいい奴なのか悪い奴なのか、まったくわからなくなった。持ち金をはたいて助けた女を、次の瞬間には殴ったり、他の男に売りつけたりするのか。

由紀代と瑠奈についても訊いてみると、それぞれに理由を教えてくれた。由紀代は、夜の街で大人たちに絡まれていたのを勝原が助けた。複数の大人相手ではかなうはずもなく、勝原は結構ひどい目に遭わされたらしい。だが、なんとかふたりで逃げ切るのに成功した。

お礼をしたいと申し出た由紀代に、勝原はおれとつき合えと言った。普通なら、若いカップルがひとつ誕生しただけのことだ。だが、勝原はすぐに由紀代の弱みを嗅ぎつけると、それをネタに彼女をいたぶるようになった。由紀代には万引き癖があった。貧しいから盗るのではなく、精神的な不安から盗ってしまうのだ。勝原は、警察に知られたくなかったらおれの言うことを何でも聞けと命令した。

瑠奈は友達に騙され、それとは知らずに薬物摂取を始め、抜けられなくなっていた。正気に戻してやったのが勝原だった。瑠奈に薬物を売っていた友人が、勝原をダブルE区在住だと知り、「やあ、お坊っちゃん」と呼んでからかったという理由だけで、勝原は相手を半殺しにした。そのついでに、瑠奈を連れ去った。薬を抜く方法を教えてやった。瑠奈が感謝すると、恵や由紀代のときと同じように、脅迫で彼女を縛った。薬物の常習者だったことを警察にばらすぞ、と脅したのだ。

僕は溜息を洩らした。まともに愛する機会があってもそれをしない勝原は、彼に黙々と従っている女の子たち以上に、とち狂っているように思えた。

勝原がぼそりと言った。「まあ、川口がうまく逃げてくれるのを祈っておこうかな」

「でも」と僕は切り出した。「いつかは、あのマンションに戻ってくるんだろう。警察が張り込んでいたら……」

「あれは川口の家じゃない。川口がウリをやっていた相手の別宅だ。どこかの金持ちのぼんぼんだよ。ぼんぼんが、何も知らない、こちらこそ被害者だと突っぱねれば、警察にはどうしようもない」

「そいつ、自分の部屋で川口があんなことするのを、よく許したな」

「もともとパーティーをやるために使っていた部屋だ。防音設備も完璧。つまり火遊び専用の部屋だ。それで、川口も遠慮がなかったんだろう」

目の奥に突き刺さってくるような銀河の映像から視線をそらし、勝原は溜息をつくように続けた。「もう出ようか。それとも、ひとりで他のプログラムを見ていくか」

「いや」僕はライディングウェアをひろいあげると、痛みをこらえながらゆっくりと袖を通した。全身がきしむように鋭く痛んだ。消炎シートをはってこれでは、明日の朝はどれだけ痛むのだろう。

勝原は僕に向かって薬局の包みを差し出した。「まだ残っている。使えよ」

「ありがとう」

僕の返事に、勝原は奇妙な顔つきをした。礼を言われるとは、思っていなかったようだった。

よく考えてみれば、こんな状況で礼を言う僕も何だかひどく間抜けだ。こんな事態に僕を巻きこんだのは勝原なのだから。本当は怒るべきなのだ。

だが、そんな気にはなれなかった。勝原に友情や親しみを覚えたからではない。疲労のあまり、どうでもよくなっていたのだ。

*

父はダブルE区に来て以来、まずまずの暮らしを保っていた。教育映画の製作は、父の性格から考えると退屈だったに違いないが、収入は安定した。

母は飽きもせずに、社交界に出入りしていた。襟元まできっちり閉じた上品なドレスを着て、ピンク色の華やかなルージュをひき、サロンに出かけて行く母。おそらくはその美貌から、どこへ行っても恐ろしく目立ったはずだが、それゆえ最も遠慮しながら、人の海を泳いでいたに違いない。

母は、教育界にも積極的に関わっていた。息子の教育をダブルE区に丸投げした人間が、この街に住む以上、他人の子供の矯正プログラムに参加せねばならないのは、ちょっと滑稽ではあったが。

あるとき母は、環境不安から喋れなくなっていた女の子を、サポートグループの力で全快させたという話を、夕食のときに嬉々として話した。ビーフシチューの肉を頬張りながら、父は、それはいいことをしたねと顔をほころばせた。

僕と同じく〈外〉から引っ越してきたその少女は、家族の虐待から保護されてこの街へ来た。施設に入ったものの、緘黙(かんもく)状態が治らず、ダブルE区の教育管理官は、サポートグループに応援を頼んだのだ。

母が所属していたグループは、交替で少女の世話をした。その甲斐あって、少女はわずかながらも、言葉でコミュニケートし始めた。初めて少女が声を出したとき、グループの参加者の中には、涙を流して喜んだ人もいたそうだ。

僕はグループの善良な人たちよりも、殻に閉じこもっていた少女のほうに同情した。せっかく、ひとりで作りあげた快適な空間があったのに、そこから無理やり引きずり出されたのは、さぞ迷惑だったろう。その静かな世界には、ヘンリー・ダーガーの芸術に匹敵するほどの可能性が、隠されていたかもしれないのに。

僕が、サラダをつつきながら自分の意見を口にすると、母は呆れ果てたように目を丸くした。「何よそれ。そんな言い方ってないでしょう」

「ひとりでいるのが、どうしていけないんだ。本人が幸せなら、放っておけばいいじゃないか」

「人間は、ひとりでは生きていけないのよ。みんな、どこかでつながっているんだから。いつまでも、引きこもってはいられないわ」

「都市の発展は、人間がひとりで生きていくのを可能にした。情報の取捨選択さえ間違わなければ、ひとりで生きていたって、さほど人間性がゆがむことはないよ」

「でも、そんな生き方をしていたら、いつか、笑うことだって忘れてしまうわ」

「僕には、その子が失った世界のほうが惜しいな。人とつき合うことで壊れてしまった世界が、確かにあったはずなんだ」

母は落胆するように息を吐いた。父があとを引き受けた。「学校の勉強はできても、他人に対する思いやりはないのか。そんなんじゃ、世の中を渡っていけないぞ」

「そう？」

父は続けた。「おまえの言っていることは間違いじゃない。だが、母さんの意見のほうが説得力がある」

「どうして」

「その女の子が、将来、どんな生き方をするかは、本人以外にはわからない。いまは社会へ戻っても、いずれ、おまえが言うような生き方を選び直すかもしれん。だが、選択肢はなるべく多いほうがいい。それが、人権を守るということなんだ」

「僕には、サポートグループの人が泣いたのも、よくわからないな。いったい何に感動しているんだ。自分の人生でもないのに」

「グループの中には、自分が不幸な子供時代を送った人だっているんだよ。そういう人は、他人の子供が幸せになったのを見るだけで、泣けてくるもんさ」

「じゃあ、母さんも？　自分が昔不幸だったから、今頃になって、幸せになれた子供を見て泣いたのかい」

突然、ものすごい音を立てて、母が椅子から立ちあがった。一言も喋らずにダイニングから出て行った。それっきり、戻ってこなかった。

父が拳で僕の頭を小突いた。母と同じように無言で。僕はふたりの態度から、母が子供の頃、あまり幸せではなかったことを察した。

ふと思った。母はもしかしたら、父と出会う前から、死にたがっていたのではないだろうか。子供の頃から。父はそんな母を幸せにしようとして——結局、未だに果たせないでいるのではないか。


僕は少し日にちを置いた後、母のことを父に訊ねた。父がひとりで書斎にいたときに。父は「本人の前では、絶対に口にするんじゃないぞ」と念を押した後、ごく簡単に事情を話してくれた。

母は子供の頃に自分の母親を亡くした。以後、父親——僕にとっては祖父にあたる男と、ふたりで暮らし始めた。生活水準は、何とか暮らせる程度には維持されていた。だが、祖父は弱い人間だった。喪も明けないうちから、取っ替え引っ替え、新しい女を家に入れ始めた。女に甘えなければ、生きていけない男だったのだろう。新しい愛人が家に出入りするたびに、母はものすごくストレスを受け、拒食症になった。祖父はわがままで無責任で、愛人たちも子供への配慮など欠片も持っていなかった。居場所のない家の中で、母の心は傷つくばかりだった。母は、何度か自殺未遂を起こした。本当に死にたかったというよりも、恐らく、周囲の大人への救助信号だったのだろう。それで保護センターの人が気づいて、母を施設に収容した。最終的に、母は祖父の戸籍から抜けた。完全に回復するまでは、大人の男女を見ると、怖くて怖くてしかたがなかったらしい。

「女優という職業を選んだのは、他人に心を開くのに、最も有効な手段だと思ったからだ」と父は言った。「皆に自分を晒す仕事だからね。積極的に自分を開くことで、傷を克服しようとしたんだろうな。とにかくお母さんは、とても苦労してきた人なんだ。男との暮らしで嫌な思いをするのは、もうごめんだと考えながらね」

「そうか。やっぱり、昔から死にたがっていた人なんだ……」

「何を言うんだ。短絡するんじゃない。母さんは努力家だ。努力家だから絶望もするんだ。ぼわっと生きているだけの人間は、失望なんかしない。自分や世の中が嫌になるのは、普段それと格闘しているからだ。母さんの死にたがりは、本人のバイタリティの裏返しだよ」

「そうなのかなあ」

「だから、ボランティアに熱中することぐらい、温かく見守ってあげなさい。本人は、それで自分の過去を清算しているんだから」

「苦労ばかりの人生でも、生きている意味はあるのかな」

「それは他人が決めることじゃない。おまえだって、自分の生き方に他人が文句をつけたら嫌だろう」

「でも、母さんはいま本当に幸せなんだろうか。父さんは、母さんを幸せにしてあげたと、自信をもって断言できるのかい」

「うーん。そこを突かれると、正直、つらいものがあるなあ……」

「父さんは、結局、お祖父ちゃんと同じことをしていない？　もしそうなら、母さんはいまでも不幸なままだ。子供の頃と少しも変わらない」

父は溜息を洩らした。「父さんだって、努力はしているんだよ。まあ、長い目で見てもらえないかな」

後日、僕は保護施設に行って、サポートグループが助けた少女に会わせてもらった。母の名を出して。

少女は小柄でとても痩せていた。冷たく澄んだ瞳は、鋼の刃の輝きを連想させた。施設にいるなら充分に食事が出ているはずなのに、実年齢より六歳ぐらい幼く見えた。体が栄養を受けつけない体質になっていたのかもしれない。

母からの預かりものだと偽ってクッキーの包みを渡すと、無感動な表情で受け取った。お礼の言葉には、まったく感情がこもっていなかった。

「お菓子よりも欲しいものがあった?」と僕が訊ねると、少女はゆっくりとうなずいた。

「何?」と僕が言うと、少女は僕の背後を指さした。そこには部屋の扉しかなかった。僕はぴんときて、訊ねた。「施設の外へ出たいのかい?」

少女は再びうなずいた。

「庭に出るんじゃなくて、この建物自体から出たいんだね」

「うん」

僕は少女を連れていきたいと思った。ダブルE区内だけでなく、〈外〉まで連れていきたいと。だが、この部屋を出た途端、僕たちは職員から停止されるだろう。一歩も、外へは出られないだろう。

「君は、ここにいるのが、あまり好きじゃないんだな」

「…………」

「ここで暮らすぐらいなら死にたい?　死んで楽になりたい?」

少女が答えなかったので、僕は両手で彼女の首にそっと触れた。室内にあるに違いない観察カメラに撮られても、不自然に見えない格好で。薄い皮膚を通して、血の温かさが掌に伝わってきた。体が震え出すほどの感激が僕の胸を満たした。掌の中で死んでいったスズメを思い出した。その姿が目の前の少女と重なった。

僕は両手に力をこめた。締めるように。その瞬間、少女は驚くほどの勢いで首を左右に振った。顎のラインで切りそろえた髪が激しく揺れた。その内面の熱さに僕は驚き、すぐに彼女から手を放した。自分が、ここにいるべき人間ではないことに気づき、心底、後悔した。

僕は黙って彼女に背を向けた。扉に向かって歩いていった。ドアノブに手をかけたとき、一度だけ少女を振り返った。少女は悲しそうな目で僕を見ていた。非難する感じではなく、ただ悲しそうにしていた。

「もう来ないから安心して」と僕は言った。「幸せにね。でも、自分が不幸だと思ったら、いつでも僕のところへ来ていいよ。僕は拒まないから」

＊

川口の一件に巻きこまれた日の翌朝、僕はひどい痛みで目がさめた。時計を見るとまだ午前四時だった。全身の関節が軋んで悲鳴をあげていた。こめかみの周辺と口元がずきずきした。

自室に置いている小型冷蔵庫から、水のボトルを出した。勝原からもらった薬を飲み下した。再びベッドに横たわり、薬が効いてくるのを待った。痛みが治まると、少し気分も落ち着いた。

今日は学校を休みたいなと思った。だが、昨日のことを警察が嗅ぎつける前に、一度、勝原に会っておかねばならない。

朝、ダイニングで顔を合わせた瞬間、母は叫び声をあげた。「どうしたの、その顔！」

「自転車でこけたんだ」と僕は嘘をついた。「朝ご飯はいいよ。口が痛くて食べられない」

「病院は？」

「市販薬で充分」

「もう、気をつけてよ……」

それで終わりだった。

父は何も訊かなかった。電子ペーパーで朝のニュースを見ながら、ひとりで何かをつぶやいていた。

学校へ行くと、僕はすぐに勝原をつかまえた。昼休みに、いろいろ相談しようと持ちかけた。

昨夜のうちに動きがなかったということは、警察はまだここへは来ないのだろう。来るなら放課後、他の生徒に動揺を与えないように、別の場所で声をかけてくるはずだ。

昼、校舎の屋上でパンを食べながら、ふたりで話し合った。警察から事情聴取の要請があったら、素直に応じるか、それとも逃亡するのか。

口の傷がまだ痛かったが、朝食抜きで来たので、そろそろ何か腹に入れないともたなかった。パンを小さくちぎって食べながら、僕は勝原に意見を求めた。

「逃げられるところまで、逃げよう」勝原は揚げパンの砂糖で汚れた指先を舐めながら言った。「素直に捕まるなんて、つまらんからな」

「逃げるって、どこへ」

「もちろん〈外〉だ」

「どうやって。レンタルバイクには、追跡タグが付いているんだぞ」

「無人タクシーと列車を乗り継ぐしかない」

「泊まるあてはあるのかい」

「当分は、野宿でいいんじゃないかな」

「これから寒くなるんだぞ……」

それがどうしたと勝原は言った。「更正施設にぶちこまれて脳みそを矯正されるのと、逃亡中に野垂れ死ぬのと、どちらがいい」

「どちらも嫌だよ」

「おまえは頭はいいが、性根の据わっていない奴だな」

「それで結構。僕は、計画性のない行動なんてごめんだね。逃亡するのなら、逃走経路と費用を、正確にはじき出しておくべきだよ」

「そんなことを言っても、今日の放課後、校門の前で警察が待っているかもしれない。考えるだけ無駄かもな」

「じゃあ、僕は来ないほうに賭ける。一日でも警察の出足が遅れれば、僕たちは逃げる機会を増やせる。いずれ捕まるのだとしても、それを先延ばしにできる」

勝原はパンの包み紙を丸めてひとつにした。屋上から空へ向かって放り投げた。

「では、おれは来るほうに賭けよう。もし来なかったら、おまえの言う通りにしてやるよ」

放課後、警察は校門の前にはいなかった。

ふたりでそっとのぞきに行ったが、勝原と僕の家にも来ていなかった。どうやら、恵と川口経由では、まだ情報は洩れていないようだ。

賭けに勝った僕は、そのまま、ダブルE区内のファストフード店に勝原を引っ張っていった。ホットチョコレートを飲みながら、リストコムの仮想ディスプレイを展開させた。

〈外〉での逃走経路について、いろいろとアイデアを話して聞かせた。逃走にかかる費用も計算し、最も効率のよいパターンを選んでみせた。それからふたりで案を検討した。最終的に決めたルートのデータを、お互いのリストコムに保存した。どちらかが先に警察に声をかけられたとき、残されたひとりが独力でも逃げられるように。

「礼を言うよ」勝原は満足げな顔をした。「自分の頭で考える手間が省けた」

「データは、他人が見ないようにロックしておいてくれ。片方が捕まったとき、それを元に追跡されたんじゃ意味がない」

「それは約束できないな」

「どうして」

「おれだけが捕まるなんて不公平だ。警察から情報を寄越せと言われれば、おれはそれを拒否しない」

僕は勝原をじっと見た。勝原もこちらを見つめていた。僕を試すように。

「もし、僕のほうが先に捕まったら……」と僕は言った。「隙を見てコムの情報を即座に消す。君のためじゃない。警察に楽をさせてやるのは腹立たしい。自分の信念のために、僕は消す」

勝原の表情から笑みが消えた。敵意を剝き出しにしたような不機嫌な顔つきに変わると、

「……まあ、好きにしな」と吐き捨てるようにつぶやいた。

からになった簡易コップを弄(もてあそ)びながら、勝原は続けた。「おまえが捕まったら、おまえの親は驚くだろうな」

「それはしかたがない。わかっていて〈外〉へ出たんだから。君こそ、親に負い目はないのかい。僕たちが逃亡すれば、僕たちの親は、確実にダブルE区の居住権を失う」

「おれには、肉親がいないんだ」

コップの縁を指の腹で撫でながら勝原は続けた。「育ての親はいる。だが、血がつながっていない。おれの本当の親は、人工授精と人工子宮で子供を作るのを選んだカップルだ。それ自体は、いまどき珍しい選択じゃない。でも、途中で問題が起きた。おれがまだ人工羊水の中でぷかぷか浮いていた頃、両親は高速道路で追突事故に遭って、ふたりとも死んじまったんだ」

産科では、人工子宮を使うとき、両親に書類を一枚提出させる。出産までの間に両親にトラブルが生じた場合、子供をどう処分するかの指示を書かせるものだ。

その中には、「中絶」という選択肢もある。

これについて世間では議論も多かった。だが、生身の母親に中絶手術が許されている以上、人工子宮でも同様に考えるべきという意見が根強く、法律はそれに沿って作られていた。

「おれの親も、この選択肢に丸印をつけていた。双方の祖父母が、すでに死んでいたり病弱だったりでな。何かあっても助けてもらうのは無理だった。親戚には頼めないし、行政はあてにならないだろう。自分たちの子供だから、自分たちで決めるべきだと考えた」

なので勝原は、そのままなら即刻処分されるはずだった。ところが、予想外の出来事が起きた。勝原を引き取って育てる、と申し出た人間が現れたのだ。

「そいつらは親父の同僚で、人工子宮児の中絶に反対し、社会運動をしている連中だった。〈生命の器〉という団体のメンバーだ。以前から、そういう子供たちを積極的に引き取ると宣言していたらしい」

彼らは素早く行動した。勝原の両親が提出した書類を無効とし、養子縁組みを成立させるために動き始めた。

病院側は難色を示した。このような事例を認めてしまうと、人身売買の目的で、親が子供を第三者に手渡すルートが成立してしまう。病院側としては、胎児をすぐに処分し、外部からの要求には一切応じないという選択をすべきだった。

「ところが連中は、おれの親が書いた書類を、何らかの手段で強奪した。病院側が保管していたはずの書類は行方不明、電子コピーも消失。病院側は、処理前に保健省に提出する書類を作成できなくなり、おれの処分が宙に浮いてしまった」

当時、病院内部に〈生命の器〉に属している人間がいて書類を破棄したとか、第三者が侵入したとか、様々な憶測が乱れ飛んだらしい。だが、真相は不明なままだった。

対応に困った病院側は、保健省・司法省を間に挟んで話し合いの末、養子縁組みを許可。子供の成長過程を、定期的にこの二省に報告するのを義務付ける条件付きで、養父母に勝原を引き渡した。そして勝原は、養父母と共にダブルE区で暮らし始めた。

「育ての親はどんな人なんだい」と僕が訊ねると、勝原はあっけらかんとした口調で答えた。

「とてもいい人たちだ。虐待なんぞとは完全に無縁だった。とても大切に育ててもらった。わがままなんか言ったら、罰が当たりそうなぐらいにな」

だが、勝原は、そんな養父母に、次第に馴染めなくなっていったという。その感情は、養父母が勝原の出自を、「そろそろ、おまえも本当のことを知っておいたほうがいいだろうね」と彼に打ち明けたときに生じた。

「黙っていて欲しかったのか。実の両親じゃなかったのが、そんなにショックだったのかい」

「いや、そうじゃない」勝原の目に暗い色が滲んだ。「真相そのものはどうでもいい。養父母はおれを普通に育ててくれた。感謝はしている。だがな、本当に善意で育てていたなら、なぜ真相を打ち明けた？　黙っていればよかったんだ。おれが疑問を持つ記録は何もなかった。血液型や体質や誕生時期で、疑問が生じる組み合わせではなかったし。おれに、感謝でもしてもらいたかったのかな。自分の子供から、『父さん母さんは偉い、人間の鑑だ』と誉めてもらいたかったんだろうか」

なるほどね。

僕は、勝原の不機嫌さに見当がついた。

勝原は続けた。「おまけに真相を打ち明けたとき、あいつらは言った。こういう生まれ方をしたのだから、おまえは他人に対しても、同じような愛し方をすべきだと。自分が生かされたことを感謝し、他人の命も大切にすべきだと。つまりおれに、〈生命の器〉に入って活動してみないかと勧めたわけだ」

勝原は、簡易コップを指先ではじき飛ばした。コップは、テーブルの端に置かれた調味料のラックにぶつかり、音をたてて転がった。「馬鹿を言うな。どんな生まれ方をしようが、どんな育てられ方をしようが、おれが他人をどう思うかはおれの勝手だ。どうして出自によって、生き方や、物の見方まで決められてしまうんだ。おれはその瞬間、人と人とのつながりは、結局、取引に過ぎないのかなと感じたよ。そして、もしそれが当たっているのなら、取引の際に、最もてっとり早く、有効に働く力は何だろうかと考えた。おまえには、それが何だかわかるか」

「相手を支配する力――。あるいは暴力？」

「そうだ。この世にはフェアな取引なんてものはない。立場の強いものが弱いものを圧倒し、さも同じ土俵に立っているかのように見せかけて支配する――。家族関係というのは、その最たるものじゃないかとね。おれは自分の考えが当たっているのかどうか、社会の中で試してみたくなった。育ての親には支配されているおれでも、立場が変われば、誰かを支配できるんじゃないかと」

「その相手が、あの女の子たちだったのか」

「試したのは、あいつらだけじゃないよ。おれはいろんな相手に社会実験を繰り返した。いろんな結果を見られて興味深かったね。おれにとって真実の世界は、ダブルE区の〈外〉にしかない。彼らがこの街にこそ、真実の世界があると信じて疑わないようにな」

「でも、それが、女の子を虐めていい理由になるとは思えないな」

「じゃあ、どんな理由があれば納得するんだ」

「出自も理由も関係ない。何の意味もないことだ。君はただ、他人を殴ったり、半殺しにしたり、女を支配するのが好きなだけだ……」

僕の言葉に、勝原は何の反応も見せなかった。「そうかもしれんな」とつぶやくと、視線を窓の外へ向けた。歩道を行く人々を眺めながら言った。「この街に住んでいる奴は、皆、幸せそうだな」

「ああ」

「でも、おれやおまえはだめなんだ。いずれは出ていかなきゃならん。こういう出て行き方を、おまえは予想していたか」

「多少はね。君みたいな奴と一緒に、いろいろやっていたんだから」

「後悔は？」

「していない。いまさら、することでもないだろう」

「そうか。まあ、いまになって後悔されても、おれも困るんだけれどな」

＊

夕方、家へ帰ると、居間がひどい有様になっていた。

立体映像花を投射していたテーブルがひっくり返り、カーペットの上でゆがんだ映像を明滅させていた。ソファは定位置からずれ、クッションは部屋の隅まで飛ばされ、皿のかけらが、冷めたピザと一緒に散らばっていた。

歩くと何かを踏んづけた。食いかけのグリーンアスパラガスだった。嫌なことに、ゴマ粒サイズのゴキブリが一緒に引っついていた。ダブルE区では絶対にあり得ないはずのことだった。最近のピザ屋のキッチンは、どんな管理をしているんだ？　どす黒い怒りを覚えながら指先で剝がし、ゴミ箱に放りこんだ。

母は二階の寝室にいた。すでにシャワーも浴び、バスローブ姿でさっぱりした顔をしていた。居間の惨状との落差に、僕は少々呆れた。てっきり、こちらで酔い潰れていると思ったのだ。

家の中に父の気配がないので、僕は訊ねた。

「父さんは」

「まだお仕事よ。〈外〉でね」

えっと声をあげそうになった。「ダブルE区に住んだら、〈外〉の仕事はできない規則だろう」

「名目上は『ランクA種の友人との交流』よ。ゲートを通る理由がいるから」

ダブルE区ですら仕事をもらえなくなったのだろうか。教育関係の映画や、教材映像を作っていたはずだが。

すると、意外な言葉が母の口から出た。「撮りたい映画があるんだって。そのために、新しいスポンサーを探しているの」

「どんな映画?」

「SF」

「ええっ」

「自分の子供の頃を急に思い出したみたい。映画仲間と昔話をしているうちに、懐かしさに火がついたんですって」

僕は嫌な予感を覚えた。父の思いつきは、クリエイターとしての新境地というよりも、蠟燭が燃え尽きる寸前の最後の輝きのように感じられた。

「でも、これまでそういうものを一度も撮っていないでしょう? なかなかスポンサーがつかないみたい。恋愛映画なら一発でOKなんだけれど」

「そうだろうね……」

「今日は、ようやく相手と食事をするところまでこぎ着けたの。でも、身の程を知れみたいなことを言われてね。脚本の九割を、ベッドシーンとキスで埋めてくれるなら承諾しますよとか何とか。いい女優が見つからないなら、奥さんがヒロイン役でもいいですよ、ですって！　中高年向けの映画なら、それもキャッチになるでしょうって言われたわ。私は気分が悪くなって、先に抜けさせてもらったの。でも、お父さんは何を言われてもへらへら笑っていた。よっぽど、仕事を獲りたかったんでしょうね。見ちゃいられなかったわ」

どれほど侮辱されても、小さく畏まったまま頭を下げている父の姿――。僕はそれを笑えなかった。父の真剣さが痛々しかった。

父はどこへ行きたいのだろう。何をしたいのだろう。熱意だけで仕事が成立しないのは、苦労の連続だった父が、一番よく知っているはずなのに。

家へ帰ってから、母は鬱憤晴らしに、居間で暴れたらしい。ピザにゴキブリが紛れていたのも怒りに火をつけた。ただ、あまりに興奮していたので、ピザ屋にクレームをつけるのは忘れたらしいが。

父を相手に怒らなくなっただけでも進歩だった。もっとも、それで失礼な仕事相手に天罰が下るわけではないし、父が新しい仕事を獲れるわけでもない。

「出演しますって言えばよかったのに」僕は口元にゆがんだ笑みを浮かべた。「中高年向けの懐古映画になったっていいじゃないか。ヒロイン役は私がやります、その代わり資金はしっかり出して下さいね、って言ってやればよかったんだ」

母は返事をしなかった。うつむき、両手で髪をかきあげながら言った。「学校は、毎日楽しい？」

「まあまあだね」

「そう。だったらいいわ。あんたがりっぱな大人になるのだけが、私たちの最後の望みだから。いまはもう、それ以外に、なんにもないわ」

そんなこと言われたって、困るんだけどな。

ダブルE区で育てば、よくできた賢い子供になるはず――そんな幻想を、母は本気で信じているのだろうか。これほど〈外〉で苦労してきた人が、なぜ、地上に楽園などないと理解できないのか。あるいは、だからこそ、この街を例外だと思いたいのか。

「僕は、父さんが好きな映画を撮るためなら、ダブルE区の〈外〉で暮らしてもいいと思っているよ」僕は静かに言った。「親の活動にまで規制のある街に住むより、そのほうがいい。僕は平気だ。全然気にしないから」

「何を言うの！」人が違ったように母が爆発した。ベッドの上から枕をつかみ取り、僕に向かって投げつけた。「この街の学校を出れば、将来、すごく有利なのよ！　居たければ、ずっと居る資格だってもらえるのに！　お父さんがどれだけ苦労してここの居住権を手に入れたか、あんただって想像ぐらいつくでしょう！」

僕は顔をそむけながら、言うんじゃなかったな――と後悔した。母は、この手の話を理解できる人間ではないのだ。わかっていたことだ。でも謝りたくない気分だった。

母は、怒っているのに泣き出しそうな顔をしていた。「しっかりしてよ。私たちは、あんたの幸せな姿を見るのが生き甲斐なんだから。あんたは絶対に、お父さんやお母さんよりも幸せになるのよ。わかった？」

「……うん」

僕はうなずくと寝室を出た。階段をゆっくりとおりた。足元が浮いているような、奇妙な感覚があった。一階の散らかった居間をもう一度目にしたとき、突然、抑えようのない激しい感情が胸の底から噴き出した。

それは怒りではなく、悲しみに近いものだった。外出用の上衣をつかむと、僕は家を飛び出した。すでに街は暗かったが、僕はそのまま〈外〉を目指した。列車に乗って〈外〉へ出た。

駅前のレンタル屋でいつも通りバイクとウェアを借りると、専用道路を猛スピードで走らせ始めた。速度を上げると、車体に体を制御される感覚が強くなった。体の傷が痛んだ。血圧と心拍数の増加に、自動制御で速度規制がかかる。僕は指先に圧力をかけて設定を切り替え、速度設定をフリーにした。

一段高いレベルでＰＨシステムとの一体感が強まった。自分より遅いバイクをどんどん追い越しながら、僕は走り続けた。曲がりくねって飛ぶ戦闘機みたいに、カーブを何度か駆け抜けた。そのたびに少しずつ、心の痛みを忘れていった。

やがて僕は、専用車道から降りると、ゆるい速度で運河へ続く道へ出た。昼間は、笹舟みたいな形の船がたくさん行き来している細い河。観光用ではなく、いまでも街の輸送に一役買っている。自動制御の運搬機器に制御され、たくさんの無人船が流れを下っていく姿は壮観だ。あとからあとから出現する船を眺めていると、永遠という言葉を信じそうになる。

夜はひとけが絶えるので、ひとりで安心できる場所だった。道端にバイクを停めると、僕はサドルからおり、ヘルメットを外した。青臭い植物の匂いと水の匂いが、鼻の奥へ忍びこんできた。小さな階段を下っていくと、一段低い場所にある散歩道まで出た。煉瓦色のタイルで舗装された散歩道に座りこみ、川面を眺めた。

散歩道の灯りが黒い水面に落ち、銀色に輝く魚が躍っているようだった。対岸の巨大な倉庫群は、僕と街を隔てる壁のように見えた。シルエットになった建物の向こうから、歓楽街の白色ビームが夜空に放たれていた。灯台が光を投げているみたいに。ビームはゆっくりと左右に揺れていた。どれぐらいの大きさの投光器を使っているのだろうかと、僕はぼんやりと考えた。

あの向こうに無数の人間がいて、そのひとりひとりに家庭があり、笑ったり泣いたりしている——。それが僕には、生ぬるい膜に一枚隔てられた、現実味のない世界にしか感じられなかった。

　僕はリストコムの操作パネルを撫で、仮想ディスプレイを開いた。勝原につないだ。勝原はすぐに出た。僕が話し始める前に、「おまえ、〈外〉にいるだろう」と勝原は言った。

「なぜ、わかる」

「おれも、いま〈外〉にいるんだよ」

「そうか……」

「いずれ警察が来るなら、いまのうちに楽しんでおかないとな。おまえも来ないか」

「いや、いいよ」

「だったら、なぜおれにコムをつないだ。何か欲しいものがあるんだろう。でなきゃおまえが、〈外〉でおれに連絡をとるはずがない」

　僕が切り出しかねていると、勝原は、「わかった。じゃあそちらへ行くから、コムをつないだままにしておいてくれ」と言った。

　指示された通りにして十分ぐらい待っていると、遠くからバイクの走行音が近づいてきた。運河の散歩道から車道を見上げると、バイクが停止するのが見えた。勝原は階段をゆっくりおりてきた。僕の前に立つと、「ひどい顔色だな」と揶揄するように言った。「警察が怖いのか」

「そうじゃないが……」

「無理をする必要はない。おまえみたいに綺麗な経歴しかない奴に、今回のことは堪えただろうよ」

自分のもやもやが、家族に起因したものだとはとても言えなかった。だが勝原は、僕の不機嫌さの理由には興味がないようだった。ライディングウェアのポケットから錠剤のシートを取り出すと、「飲めよ」と僕にうながした。

僕は首を左右に振った。「いらない」

「安心しろ。こいつは危ない薬じゃない。ただの精神安定剤だ」

「そんなもので気が晴れるはずがない」

「人間の悩みの大半は、脳内の化学物質の量を変えてやるだけで解消する。脳も所詮は肉体の一部だ。こいつは、脳みそ用の鎮痛剤だと思えばいい。虫歯の痛みを薬で抑えるのと同じだ」

勝原はシートを差し出したまま、じっとしていた。押しつけるのではなく、あくまで僕の意志に任せるように。

僕はゆっくりと手を伸ばした。楽になりたいという気持ちがあったのは確かだった。一錠だけ飲み下し、再び、散歩道に座り込んだ。勝原も僕の隣に腰をおろした。

しばらくすると、胸のあたりにつかえていた感情が、自分でも驚くほど静かに消えた。何だこの程度のことだったのか、と思うほどに。

勝原は僕の変化を敏感に察し、にやりと笑った。「人間の恐怖や悩みは、その程度のものだ。残りも全部やるよ。もっと欲しければ、いつでも言え」

僕は口をつぐんだままシートを弄んだ。勝原の言葉はもっともだったが、素直に従う気にはなれなかった。

「おまえは将来、何になりたいと思っている？」と勝原が訊ねた。「おれは何にもなりたくない。自分がまともな大人として働いている姿が、どうしても頭に浮かばない」

「僕だって、考えたことはないよ」

「そうか。もったいないな」

僕は答えず、運河の煌めきを凝視し続けた。漆黒の川面で、銀色の魚群のようにゆらめいている街の灯り――。じっと見つめていると、それが色とりどりのモザイク模様に見えてきた。虹色の輝きは、やがて水面から垂直に盛りあがり、ビルの群れのような形を作り始めた。涌きあがったり、崩れたりしながら、生き物のように全身をくねらせた。

そのあたりで、僕は自分の様子がおかしいことに気づいた。目を瞬かせ、正気に戻ろうとしたが、その程度では戻れなかった。立ちあがろうとしても、立ちあがれなかった。

モザイク模様は、すでに運河全体に広がっていた。川岸を這いあがり、対岸の倉庫の壁を覆い尽くそうとしていた。夜空に伸びた白色ビームは、鞭のようにしなやかに身をくねらせていた。運河の底から、何かがゆっくりと頭をもたげた。真っ黒な巨人だった。左右に身を揺すりながら、僕に向かって近づいてきた。そいつには顔がなかった。口だけがあった。ピンク色のルージュをひいた唇が、裏返るように開いて、鋭い牙を剝き出した。蛸のように長い腕が、僕の両肩にのった。全身が凍りつくような悪寒があった。巨大な口は僕に嚙みつくと、音をたてて僕の頭蓋骨を嚙み砕いた。

僕は絶叫し、自分の声で我に返った。

幻影はその瞬間に消失した。僕は散歩道に仰向けに横たわり、全身を硬直させていた。荒い呼吸音が自分のものだと気づいたのは、だいぶ時間がたってからだった。

「騙したな……」僕は乾ききった喉の奥から声を絞り出した。「何が安定剤だ。安定剤でコーティングした、脳内攪乱剤を飲ませただろう……」

勝原は飄然と答えた。「そんなもの攪乱剤と呼ぶのも恥ずかしい。たかだか数分、トリップさせるだけだ」

ふらふらしながら僕は身を起こした。僕が怒鳴りつける前に、勝原は言った。

「おれは、おまえを壊す方法を知っている。精神的にも肉体的にもだ。どんな手段でもそろえられる。おまえ自身が望むなら、いつでも壊してやれるんだ。正直に言ってみろ。おまえは本当は壊れたいんだろう。人間、一度壊れてしまうと、あとが随分楽になるからな。さあ、遠慮なく言ってみろ。おまえは本当は、どうなりたいんだ」

「僕は、そんなこと望んでいない」指先でこめかみを揉みつつ僕は答えた。「勝手に話を進めないでくれ」

「おまえは、自分で自分を、滅茶苦茶にしたいんだろう。だから、おれを呼び出したんだろう」

「違うよ」

勝原は手を伸ばすと、強い力で僕の顎をつかんだ。「欲しいものは何だ。おれは何でも持っている。人間を楽にしてやれるものなら、何でもだ。おまえを、死なせてやることだってできるんだ」

「僕は、君に負けたくない」

「なんだと?」

「転落するのも滅びるのも僕の自由だ。君の手を借りて、そうなりたいとは思わない。滅びるときには勝手に滅びる。君の申し出は、ただのお節介だ」

勝原は突き飛ばすように僕から手を放した。頭痛がして眩暈(めまい)を覚えた。生まれて初めて摂取した攪乱剤は、予想以上に僕の脳にダメージを与えているようだった。僕は勝原に殴られるのではないかと思ったが、今日ばかりは、大人しくやられるつもりはなかった。隙を見て運河に投げ込んでやる、とすら考えた。

勝原は、僕から少し離れると、散歩道に並んでいる灌木の前でしゃがみこんだ。植えこみの中から、小石を何個もひろいあげた。

相手の口に石を詰めこんでから頬を殴る——という拷問があったことを思い出し、僕は恐慌を来しそうになった。だが、勝原は僕の前に戻ってくると、低い声で言った。

「いまのおまえに必要なのは、たぶんこういうことだ。この程度のことは日常的にやっておかないと、本当にパンクしちまうぞ」

何をする気なのかと眺めていると、勝原は、対岸をゆっくりと散歩していた大人のカップルを無言で指さした。そこへ向かって、さっき拾った石をいきなり投げつけた。威嚇で投げたのではない。頭部を狙ったストロークだった。一発目はそれて、斜面に当たるにとどまった。カップルは、身をすくませて周囲を見回した。やがて僕たちに気づき、足早にそこから移動し始めた。

勝原はふたりを追いかけながら、さっきよりも勢いよく、石を投げ始めた。女が頭をのけぞらせて悲鳴をあげた。こめかみを掌で押さえたまま離そうとしなかった。男が、あわてて自分の体で女の身をかばう。ふたりの態度は、勝原の嗜虐性にかえって火をつけたようだった。いっそう激しく、彼は石を投げ続けた。

「おまえもやれよ」息を切らしながら勝原は促した。「面白いぞ」

「嫌だよ」僕は勝原のあとを、早足で追いかけながら言った。「あんな連中、からかっても何にもならない」

「ああいうの見ていると、むかつかないか」

「別に」

「そうかい。おれはすごく腹が立つんだよな。ぶち殺してやりたいほどにな」

勝原が投げた石は男も直撃した。ファッション系のデータグラスが割れて吹っ飛んだ。額から血が噴き出したのが、散歩道の灯りの下でちらりと見えた。勝原はそれでもやめなかった。全力で、男と女に石を投げ続けた。まるで石打の刑にするみたいに。

たまりかねた男が、こちらへ向かって怒鳴った。馬鹿野郎、警察を呼ぶぞ！

男はリストコムの操作パネルを撫でる仕草を見せた。勝原は最後の石をもう一度男に投げつけた後、僕の腕をつかみ、やにわ駆け出した。

女の金切り声があとから追いかけてきた。意味のとれない罵声。勝原は喉をのけぞらせて笑った。

僕たちはバイクを置いている場所まで戻ったが、散歩道から階段をのぼる前に足を止めた。バイクの傍らに制服警官が立っていた。さっきの男の通報で駆けつけたにしては早過ぎる。もしかして、ダブルE区から〈外〉へ出たのがばれたのか。

勝原もぴんときたようで、無言で僕をうながした。

来た道を戻りながら、車道へ上がれる別の階段を探した。バイクなしで戻るには、駅を見つけるか無人タクシーをつかまえねばならない。リストコムをいじっていると、遠くからパトカーのサイレンが近づいてくるのが聞こえた。

僕たちは反射的に駆け出した。向こう岸の歓楽街へ逃げこんだ。

倉庫の陰に隠れていた光が眼前に溢れ出し、僕たちを包みこんだ。

この界隈は高年齢の大人の遊び場で、ライディングウェアを着たままの僕たちは完全に浮いていた。身を隠すに長くいられる場所ではなかった。

リストコムの仮想ディスプレイを展開させ、自分たちの居場所を確認する。最寄り駅にはずいぶん遠かった。バイクを置いてきてしまったので、レンタル屋にも連絡を入れねばならない。

「ウェアは、どうやって返すんだ」

「特急便の支所を探そう」

店で買った商品を、まとめて自宅まで届けてくれるサービスが特急便だ。ショッピングの後、身軽に食事に出たり遊びに行ったりするための人気サービス。どこかに支所があるはずだった。

レンタル屋にリストコムで連絡を入れ、バイクを置きっぱなしにしてきた場所を連絡した。よくあることらしくて、先方は詳しい事情は訊かなかった。バイクには追跡タグがついている。すぐに発見できるのだ。ライディングウェアは、勝原が見つけた特急便屋から送り返した。

私服になってしまうと、僕たちは年齢のせいで、ますます街の雰囲気にそぐわなくなった。

いくら格好いい流行の服を着ていても、クラシカルなスーツに身を包んだ裕福そうな紳士や、色香に満ちた中年女性が闊歩しているような場所では、僕たちの存在は不自然極まりなかった。

早足に駅ビルが見える方角へ向かった。

「おまえは結構粘り強いな」勝原がふいに口を開いた。「もっと簡単に自分を手放すかなと思っていたんだが。変な形で、理性だけが突出しているんだな」

「どういう意味だよ」

「おれは感情が動かなければ他人を殴れない人間だ。けれどもおまえは、たぶん理性だけで人を殺せる」喉の奥で笑うような声を出した。「おまえがそうなるところを、ちょっと見てみたいな。警察に捕まらなければ、おれたち、最高のペアになれるんじゃないかな」

やがて僕たちは駅前まで辿り着いた。安っぽい街の華やかさに触れると、少しほっとした。ようやく現実感が戻ってきた。

そのとき、脇から歩み出たふたり組の男性に突然声をかけられた。制服警官ではなく、私服の男たちだった。フルネームを呼ばれ、学校名まで確認された。それで僕たちは、相手が生活課の警官かダブルE区の管理官だろうと見当をつけ、質問には答えず、全速力で逃げ出した。

男たちは大声を上げて追いかけてきた。僕たちは止まらなかった。どこへ行くというあてもないままに走り続けた。

　僕たちは再び歓楽街に飛びこんだ。

　勝原は、雑居ビルの外壁を這うように伸びている非常階段を見つけて、それに飛びついた。細い手すりとステップだけで構成された階段は、跳ね上げ式で接地していなかった。だが、懸垂の要領で体を持ち上げ、脚を引っかけると最下段に身を乗り上げることができた。僕も勝原のあとを追った。階段に飛びつくと、脇腹の打撲傷が引きつるように痛んだ。歯を食いしばってステップに上がり、全力で上を目指した。

　男たちはまだ追いついてこなかった。路地に不法駐車している数台のヴィークルが、下を見おろすたびに小さくなっていった。階段を靴底で蹴る音が、音楽みたいにリズミカルに響き続けた。

　ステップの最上段は、屋上には達していなかった。勝原は、ビルの外壁に突き出しているわずかなでっぱりに指先と爪先を乗せ、さらに上へのぼった。迷っている暇はなかった。僕も非常階段から足を伸ばし、クモみたいに壁にはりついた。屋上へ身を乗り上げた。

　うちっぱなしのコンクリートの上に仰向けに転がり、一休みした。非常階段を上るのを目撃されていなければ、しばらくはここでしのげるはずだ。

　勝原は僕よりも先に身を起こすと、屋上の縁から下をのぞいた。僕は彼に近づき、同じようにそっと見おろした。街灯に照らされた通行人の姿は、この高さからでも意外とはっきり見てとれた。勝原はリストコムのカメラを望遠設定にして、仮想ディスプレイに拡大映像を展開させた。手首をゆっくり回しながら、通りにさっきの男たちがいるかどうか確認した。

「ここに気づいたら、もう歩道にはいないよな」とつぶやいた。「エレベータで上がってくる途中かもしれない」

「どうする。このまま様子を見るか」

勝原は険しい目つきで下を眺めていた。

ビルの谷間には、運搬ロボットが移動に使う細い軌道が一本張られている。だが、人間が渡れる幅ではない。

そのとき、頭上で強い光が閃いた。反射的に見あげると、首のない白鳥のような奇妙な物体が旋回していた。

ブーメランのように薄い機体が、真珠に似た輝きを放っていた。人工筋肉で羽ばたき、音もなく接近してデータを撮影する探査用無人機らしい。赤外線センサーで僕たちをとらえた後、細部のデータを確認するために投光したのだろう。

おい、と言って、勝原が僕の肩を指さした。ジャケットが赤く染まっていた。怪我をしたのではない。染料だった。

「追跡マーカーを撃ってきたな」勝原は自分も上衣を脱ぎ、背中や前身頃を確認しながら言った。「その服は捨てていけ。データを取られるぞ」

ほどなく、屋上へ続く扉を蹴破る音がした。さきほどの男たちが、こちらへ向かって走ってきた。僕たちは再びビルの縁によじのぼった。非常階段の狭い踊り場へ飛び降りた。勝原はうまく降りたが、僕は踊り場でバランスを崩し、先に降りていた勝原の背中にぶつかった。

もつれ合いながら、ふたりで次の踊り場まで転げ落ちた。僕が下敷きにしてしまったので、勝原は罵声をあげた。僕を突き飛ばして立ちあがり、再び階段を駆け下り始めた。僕は掌で鼻をおさえたまま、よろよろとあとを追った。

途中、先ほどの無人探査機がまた飛んできた。

間近で見ると驚くほど大きかった。呪術で動く、首のない怪鳥のようだった。

無人機は、非常階段すれすれのところを、うなりをあげて垂直方向へ駆け抜けた。

勝原が悪態をつきながら、激しく拳を振り回した。苛立ちからそんな真似をしたのかと思ったが、違った。無人機が通過した直後から、勝原の足元が、酔っぱらったみたいにふらつき始めたのだ。揮発性の麻痺剤を撒いていったのだとわかった。僕は鼻をおさえていたが、それでも同じ場所まで行くと、急に眩暈を感じ始めた。

ふらふらしながら遠くを見つめたとき、無人機が戻ってくるのが見えた。もう一度薬を撒くつもりなのか、それとも――。

勝原はズボンのポケットからナイフを取り出した。首のない巨鳥に向かって投げつけた。

翼は甲高い音をたてて刃をはじいた。飛行速度は少しも落ちなかった。

勝原は非常階段の手すりから体を乗り出した。遠近感の判断がつかなくなったのか、無人機と素手で殴り合いでもするかのように、拳をぐるぐると振り回した。

僕は転げ落ちるように階段を降り、背後から勝原にしがみついた。麻痺剤の霧に頭を突っこんだせいで、上下の感覚が消失しつつあった。暴れ回る勝原を階段のほうへ引き戻すつもりが、そのまま、ふたりで前のめりになった。

あっと思ったときには、ふたりで手すりを越えていた。

落ちた、というよりも、体がいきなり軽くなったような、奇妙な浮遊感が全身に襲いかかった。

直後、強度のないものが派手に破れる音と、体全体が何かに埋もれた衝撃があった。歩道に、直接叩きつけられたわけではないようだった。もしそうなら、これほど鮮明に意識が残っているはずがない。

だが、息が苦しかった。目も見えなくなっていた。痛みはなかった。ただ、自分がぴくりとも動けないのが不思議だった。重い怪我ほど痛みを感じないらしい――という話を、ふと思い出した。

このまま死ぬのだろうか。勝原はどうなったのだろう。僕よりもひどく潰れているのだろうか。僕のほうが重傷なのか。

すっと意識が遠のいた。

鳥に生まれ変わり、無人機と一緒に空を飛んでいく幻を見た。

＊

目が覚めたらベッドの上だった。どこにいるのかわからなかった。顔や体に貼り付けられた治療用シートの匂いが鼻をついた。

警察の病院だろうか――。

無理やり体を起こそうとしたとき、胸の周りを覆っているコルセットに気づいた。どうやら肋骨を折ったらしい。息が苦しいのはそのせいだ。

部屋は個室だったが、勝原の姿はなかった。

僕は強引にベッドから降りた。床には立てたが、歩き出せなかった。痛みが両足を大地に縫いつけていた。必死で抗（あらが）い、前へよろめき出た。病室のスライドドアに手をかけた。だが、開けられなかった。そのまま床に崩れ落ちた。じっとしていると、巡回の看護師がやってきた。どやされ、ベッドへ連れ戻された。

看護師が出て行くと、入れ替わりに、スーツ姿の中年男が入ってきた。細身なのに、妙な威圧感をもった男だった。えらの張った顔に開いたふたつの窪みの奥で、ガラスのような温かみのない目が鋭い光を放っていた。

医師には見えない。警察の人かなと思ったが、男は、自分は司法省の人間ではなく、教育実験都市の管理官だと自己紹介した。根本と名乗った。僕たちを追っていた男ではなかった。もっと上の立場にいる人のようだ。

僕と勝原は、非常階段から落ちた後、無人探査機を間にはさむ格好で、路地に不法駐車していたヴィークルの屋根に落ちたらしい。

無人探査機には、レスキュー機能がプログラムされている。もしもの場合に、クッションになってくれるのだ。

もっとも機体は大破し、車の屋根もただごとではすまなかった。だが、無人機から噴出された緩衝材が、瞬時に、僕たちの体を包みこんだ。おかげで死なずに済んだのだ。それでも高さが高さだったから、骨折は免れなかったようだ。

僕は、すでにダブルE区に戻っているのだろうか。それを訊ねると根本は、いや違う、ここはまだ〈外〉だと言った。

「事務手続きが必要だから、いずれ家には戻ってもらう。ただ、君はもうダブルE区には住めないよ」

「勝原とつるんで、ルールを破ったから？」

根本は首を左右に振った。「違う。君のご両親が、いま大変なことになっている。いずれ警察が来て、事情を説明してくれると思うが」

「僕が留守の間に、何かあったんですか」

「派手な喧嘩をしたようだ。お母さんは頭に大怪我をして重体。意識が戻る可能性は大変低いと診断された。お父さんは、傷害容疑で取り調べを受けている最中だ」

僕は言葉を失った。沈黙を精神的な衝撃と捉えたのか、根本は慰めるような口調になった。

「無理もない。ショックなのはよくわかるよ」

何と返事をしたらいいのかわからなかった。ショックを受けたのは確かだが、それは加害者が父だと言われたからだった。

母が暴れて父を傷つけたのならわかる。だが、あのひ弱な父が、本気で怒ったというのか。母を半殺しの目に遭わせるほどに。

「過失傷害とはいえ、家族に重傷を負わせた――。これでは、ダブルE区の居住権は剝奪される。君は引っ越し、転校だ。お父さんに裁決が下るまでは、就学の一時停止も可能だよ。数年間、簡易労働に就いた後、もう一度学校へ戻る方法もある。中学部からやり直すか、独習で学力をつけて高校部へ途中入学するか、あるいは大学部へ特別編入という手段もある。君は成績がいいし、ダブルE区の学校へ通っていた事実は有利に働くだろう。だから、自分のことは心配しなくていい」

「僕は〈外〉で遊んでいた。それはペナルティにならないのか」

「君の遊びなど健全なものだ。〈外〉では問題にならない程度だよ」

「でも、斡旋屋をやっていた」

「それについては、大っぴらに口にしないほうがいいだろうね。今後のためにも」

「やっていたのは事実だ」根本の言いように、なぜか僕はひどくむかついた。「同情してくれるわけか。家族が犯罪者になるような可哀想な子供だから、不良になってもしかたがなかったと。だから見逃してやろうと」

「君は勝原くんに影響されただけだ。その証拠に、自分から悪いことは何ひとつしていない。人を傷つけたり殺したりは一度もしなかった。それどころか、いつも女の子たちを心配していた。救急車を呼んでくれたのも君だった。だから私たちは、君と勝原くんを同じに考えたりはしない。マイナス点は、バイクの無免許運転と、ごく微量の薬物摂取だけ。だが、君が心の底から反省して謝罪するなら、記録から抹消してあげてもいい」

「勝原を、どうする気だ」

「彼は少しやり過ぎたね。そろそろ、これまでの罪を清算してもらうつもりだ。更正施設でAクラスの監視下に置く。解放期限は未定だ」

僕は息を呑んだ。「人を殺したわけでもないのに、どうしてそこまで厳しく……」

「放っておけばいずれ人を殺すよ。彼のような人間は」

勝手に決めつけるな！　と僕は叫びそうになった。確かに勝原は、暴力を振るうのをためらわない人間だった。だが、他人に暴力を振るう人間が、いつかは必ず人殺しになるはずだと、いったい誰が断言できる。

根本は僕の両肩にゆっくりと掌をのせた。人間の肌のぬくもりが、病衣越しに体に伝わってきた。「君は事件の関係者ではあるが、同時に被害者でもある。これまでの経緯を忘れて真面目に生きていけば、ダブルE区の外でも、まっとうに暮らせるだろう。それだけの知性も学力もある。勝原くんのことは、もう忘れなさい」

「ひとつ訊きたい」

「何かな」

「勝原をそこまで処罰できる法律があるなら、なぜ、都市のゲートをもっと厳重にセキュリティ・ロックしておかない？　どうしてダブルE区の子供は、僕らが入手できる程度の偽装プログラムで、街の〈外〉へ出られるんだ？」

根本は僕から手を放すと、少し身を引いた。体越しに自分の感情が伝わるのを恐れるかのように。

僕は以前から感じていた疑問を彼にぶつけた。「ずっと不思議に思っていた。都市のゲートは、僕が大人から聞かされていたよりもセキュリティがゆるい。あれは、なぜなんだ」

「そんなことはない。私たちは充分にロックをかけている。だが、その上を行く悪賢い人間がいるんだ」

担当している刑事さんがここへ来る。詳しい話を聞くといいよ」
根本は僕の頬をなでると、ゆっくり休んでいなさいと言った。「あとで、ご両親の事件を
「想像力が豊かなのは結構だが、度はずれた想像力は狂気と呼ばれる。大人の社会ではね」
「嘘だ。絶対に違う。あれはまるで……」

根本の言葉通り、その日の午後、ふたり組の刑事が病室までやって来た。ひとりは若い男だった。見習いみたいな感じで、記録を取ったり、僕をじっと観察したりするだけで、ほとんど口をきかなかった。

もうひとりは、父と似た年頃の中年男だった。中年の刑事は、優しい口調で、僕にいろんな質問をした。根本の冷たさのほうが刑事じみていたなと感じながら、僕は問いに答えていった。

僕の両親が普段どんなふうだったのか。喧嘩はしょっちゅうだったのか。何を中心にもめていたのか。それで僕が巻き添えになったかどうか。

知っている事柄は全部答えた。だが、知らない要素も相当あることに、僕はあらためて気づかされた。〈外〉で遊ぶようになって以来、僕は両親の喧嘩を、直接にはほとんど見ていない。具体的にどんな言葉で罵り合っていたのかも知らない。知っていたのは、母が僕の教育に必死だったこと、長い間、救いを求め続けていたことだけだ。

供述によると父は、少し前から、ダブルE区の居住権放棄を考えていたらしい。これは驚きだった。自分で獲ってきたのに、自分からあきらめようとしたのか……。

それには、父が撮りたがっていた映画の件が関係していた。息子のために引っ越したとはいえ、自分の中で蠢（うごめ）くものがあれば、それに正直にならざる得ない——。それは映画監督としての父の業だ。父らしい考え方だ。僕は非難する気にはなれなかった。

ダブルE区にいれば、ぎりぎり生活できる仕事はある。だが、一度、自分の好きな題材を撮ってみたいと、その日、父は母に言った。友人たちも乗り気になっている。何とかこの機会を生かしたい。当たれば、昔のような羽振りのいい生活に戻れるかもしれないと。

母は猛反発した。僕の教育をどうする気なのか。自分の夢のために、息子の将来を潰すのかと。好きな映画を撮るのは構わないが、それはダブルE区でやってくれ、と。

父は、それについてはきちんと考えたと答えた。あの子は頭がいい。自分たちがいまの状況を告白すれば、〈外〉へ戻るのもやむを得ないと考えてくれるだろう、と。

母はぶち切れた。子供の優しさにつけこむなんて！　ここに居住するのを決めたのは私たちよ。いまさら、〈外〉へ戻るなんてできっこない。

大丈夫だよ、と父は笑った。すぐに慣れるさ。前にいた場所に帰るだけなんだから。

そこから後は、まともな話し合いにはならなかった。

母は父に殴りかかった。ものすごい勢いで。

父はすぐに、話し合いの場となっていた二階の寝室から逃げ出した。それまでの経験から、自分が妻に勝てるはずがないと直感したのだ。

廊下へ出たふたりは、やがて階段の上でもみ合いになった。父は母を振り払おうとして激しく体をひねった。母がその時点で父から手を放していれば、たぶん悲劇は起きなかっただろう。だが、母は放さなかった。どうしても、ダブルE区に住み続けたかったのだ。僕と、自分の将来のために。

苛立ちと焦りから、思いっきり勢いをつけて身をよじった父は、結果的に、しがみついたまま離れない母を、階段の手すりに激しく叩きつけることになった。

その衝撃で、母は体勢を崩した。ステップを踏み損なった。重力に従って体を傾がせたとき、手を放してしまった。

仰向けの姿勢のまま、母は階下へ落ちていった。目を見開き、父を見つめながら——。

人間の脳みそは、頭蓋骨という強い壁に守られている。しかし、外力によって頭部に強い力が加わると、慣性によって、脳は自分から頭蓋骨の内側に激突、表面部が広範囲にわたって磨り潰される。脳挫傷という状態だ。これと同時に、脳内出血にも見舞われる。

母が階下に落下したとき、頭部に起きた現象がこれだった。固くて重量のある物体に、凄まじい勢いで殴られたのと同じ状態になったのだ。

母は、そのまま動かなくなった。目をあけ、手足を広げた格好で、それっきりになった。落ち方が落ち方だったので、父は瞬時に異常を察した。だが、しばらくは体が動かなかったという。階下のフロアに横たわる母を見おろしたまま、何分も凍りついたように立ち尽くしていた。いや、自分がその場に立っていることすら、わかっていなかったらしい。声も出せず、指一本動かせず、何の判断もできずに完全に処理不能に陥った。

ようやく体が動くようになったのは、自分のリストコムが着信音を鳴らし、自動的に仮想ディスプレイを展開させたときだった。

仕事仲間からの急告だった。《契約成立だ！　相手をうんと言わせたぞ！》

ＳＦ映画の企画に、ようやくスポンサーがついたという朗報だった。

その瞬間、父は正気に戻った。膝から床に崩れ落ち、階段の上で、悲鳴のような叫び声をあげた――。

どうすれば父と面会できるのかと訊ねると、中年の刑事は、収監場所と会える時間帯について教えてくれた。

父がとても後悔していると聞かされ、僕はあやうく涙をこぼしそうになった。

父が可哀想だったからではない。

あまりにも情けないと思ったのだ。

〈外〉にいた頃から、母は死にたがっていた。死んで楽になりたがっていた。その望みすら叶えてやれず、中途半端に暴力をふるっただけの軟弱な父。

刑事は、僕に、これからの身の振り方についても訊ねた。親戚などで頼れそうな人はいるのかと。僕はいないと答えた。先のことは自分で考える、ダブルE区の管理官も手続きをしてくれるはずだし、と言っておいた。

そうか、と刑事はつぶやき、僕の顔をじっと見た。「これから、いろいろと大変だろう。相談したいことがあったらいつでも来なさい。私自身が手伝えなくても、専門の人を紹介してあげるから」

それも警察の仕事なんですかと問うと、刑事は答えた。「いま私は、君の一番手近にいる大人だ。遠慮なく使えばいいんだよ」

いい人だな、と僕は思った。いつも被害者や、加害者の家族のことまで考えているのだろう。「刑事さんも、ダブルE区に住んでいるんですか」

「いや、私らは交替制でね。本来の職場は〈外〉にある。自宅もそうだ。持ち回りで、一年ずつ中を担当しているんだよ。ダブルE区だけで働いていると、事件がなさ過ぎて勘が鈍ってしまうからね。〈外〉の警官が交替で派遣されるんだ。私はそろそろ任期が切れる。だが、本来の職場へ戻っても、君の相談相手ぐらいは続けられるよ」

「家族は？」

「いるよ」

「子供は？」

「君より少し歳上の男の子がひとりね」

「その子はきっと、刑事さんを尊敬しているんでしょうね。僕の父みたいに、情けない男ではないから」

「どうだろうねえ。息子が小さい頃から、私は仕事に追われてばかりだったからな」

「それでも警官というのは、僕の父がやっているようなやくざな仕事じゃない」

「いまは難しいかもしれないが、お父さんの価値を云々するのはやめたほうがいい。君の人生を支えてくれていた人だよ。ダブルE区に入れてくれたのも、お父さんなんだろう？」

「僕は、あんな街に住みたくはなかった。普通の街でよかったんです。普通の街で、普通に両親が働いて、三流でもいいから退屈しないで済む学校に入れたら、僕はそれだけでよかったんだ」

　刑事は黙っていた。諭しもしなかったし、反論もしなかった。

「手助けしてくれると言いましたよね」僕は続けた。「僕の友達が、いまこの病院に入院しています。でも、ダブルE区の管理官が、いろいろ理由をつけて会わせてくれないんです。刑事さんなら、部屋を見つけられませんか」

「管理官は理由があって君を会わせないんだろう。私がその規則を破るわけにはいかないな」

「何でも相談に乗るって、言ったじゃないか！」僕は演技で怒鳴ってみせた。「大切な友達なんです。心配で心配でしかたがないのに、大人は、いつも自分の都合だけでものを言うんだ。僕たちの気持ちなんか、本当は考えていないんだろう！」

「わかった、わかった。そう興奮するんじゃない」

刑事は落ち着いていたが、口調から、僕の言い分に半分乗り気になっているのがわかった。僕はそれ以上は何も言わず、じっと相手の目を見つめていた。素直に主人の対応を待つしかない子犬みたいに。

刑事は、じゃあちょっと管理官に訊いてみるか、でも、だめだったらあきらめるんだぞ、と釘を刺した。僕はそれでいいと答えた。

リストコムで根本と連絡を取ると、刑事は手早く事情を説明した。しばらくは、相手の言い分をじっくりと聞いていた。やがて粘り強く交渉を始めた。決して感情的にならず、責任の所在を明らかにしつつ、押したり引いたりを繰り返した。そばで駆け引きを聞いているだけで、この刑事が、地位はなさそうだが、とても優秀な職業人なのだとわかった。

通信を切ると、刑事は許可が下りたと言った。「ただし、私たちが病室内で立ち合う形になる。会話もすべて録音され、あとで管理官に提出される。それでも構わないかな」

「結構です」本当は、ふたりきりで会いたかったのだが、これ以上の交渉はたぶん無理だろう。僕は素直に頭を下げた。「ありがとうございます」

「ひとりで歩けるか。車椅子を持ってこさせようか」

「あれば助かります」

「では、すぐに手配させよう」


勝原は最上階の個室に入っていた。鍵でもかけて逃亡を阻止しているのかなと思っていたが、その必要はなかった。両脚を骨折した勝原は、歩きたくても歩けない状態だった。

電動車椅子を操作して部屋へ入った僕を見るなり、勝原は顔をゆがめて口をとがらせた。

「なんだよ。なんでおまえは軽傷だ。おれはこんなざまなのに」

「君がクッションになったんじゃないかな」

「損したな。おまえを先に突き落とすべきだったぜ」

勝原は刑事たちを一瞥すると、落ち着いた声で言った。「出て行ってくれないか。おれたちは、ふたりだけで話をしたい」

「だめだ」と刑事は答えた。「管理官との約束だ。私たちが同席しなければ、君たちは話ができない。そして、会話はすべて録音され、管理官に手渡される」

僕は勝原が何か言い出す前に、素早く切り出した。「たぶん、これが僕たちが会える最後の機会になる。納得はできないだろうが、妥協してくれ」

勝原は黙りこんだ。このままいろとも、出て行けとも言わなかった。それが、彼にできる唯一の抵抗だった。

僕は続けた。「君に対する処分は管理官から聞かされた。僕のほうは、ダブルE区を追放になるだけだ。実質的な罰は何もない。理由は、君に引きずられて、振り回されていただけだから——だとさ」

「結構な理由だな」

「もしかしたら君は、近いうちにこうなることを、わかっていたのかい」

「まあ、いろいろ、うまく行き過ぎていたからな。何か、裏があるんだろうなと思っていた。ただ、わかっていても、やめられなかった。あらゆることを、やめられなかったんだ……」

「その気持ちは、よくわかるよ……」

「親とは会ったのか」

「いや。僕の両親は、僕たちが逃げ回っている間に大喧嘩をして、洒落にならない傷害事件を起こした。僕にも戻るべき場所はない。さっぱりしたものだ」

「そうか……」

「楽しかったよ。君がいなかったら、僕はこんなに早く独立できなかった。出方としては間違っているんだろうが、こうなった以上、文句を言う筋合いでもないような気がするんだ」

「おれも楽しかったよ」勝原はぽつりと言った。「おまえは他人に干渉しない人間だから、一緒にいると気が楽だった。ありがたい相手だった」

「僕は、誰に対してもそうなんだ」

「わかっている。おれはおまえに対して、友情なんていう、くだらないものを求めていたわけじゃない……。けれども、おれたちも大人になったら、自分の親やあの管理官みたいに、つまらない人間になっちまうんだろうな。いまみたいな気持ちは、全部消えてしまうんだろうな」

「そうでもないと思うけど」

「いや、更正施設で脳みそをいじられたら、おれは、いま持っている大切な記憶を全部忘れてしまう。おまえのことも忘れてしまう」

「だったら、僕のほうが覚えておくよ。君が何もかも忘れてしまっても、僕はいつまでも絶対に覚えておく。約束するよ」

勝原は少しだけ顔を綻(ほころ)ばせた。いつもの不敵な笑みを見せた。「これ、録音されているんだよな」

「そうだよ」

「じゃあ、あの管理官の悪口でも吹きこんでおこうか。あいつがチェックするときに、顔を真っ赤にして怒るぐらいにな」

それから僕たちは、しばらくの間、管理官やダブルE区や両親の悪口をさんざんにぶちまけた。憎悪から口にしているのではなく、どうしようもない現実を揶揄するように、軽いノリで喋り続けた。

僕が病室から出て行くときまで、勝原は一度も悲しそうな顔をしなかった。図書館で初めて僕に声をかけたときみたいに、軽口を叩きながら、ずっと、にやにやと笑っていた。

だから、僕は最後まで楽しかった。

この先に何が待っているのか想像がついても、最後まで楽しかった。


勝原の病室から廊下へ出たとき、刑事は僕に言った。「本当にあれだけでよかったのか。もうちょっと待ってもいいんだぞ」

僕は車椅子に座ったまま、刑事を見上げながら言った。「いいえ。あれで充分です。ありがとうございました」

「自覚はないかもしれないが、君はいま、かなりの精神的なショックを受けているはずだ。つらかったら泣いてもいいんだよ。友達なんだろう。我慢しなくていいんだ」

「別に、何かを我慢しているわけでは……」

「管理官や親の悪口は平気で言っていたじゃないか。だったら、自分たちの気持ちも、遠慮なくぶちまければいいんだ。記録に残るのが嫌だったのかい。格好悪いと思ったのか。だったら私が、誰も聴いていない静かな場所で、彼の代わりにいくらでも聴くよ。記録を残さなくていい場所で、のんびりお茶でも飲んで、甘いものでもつまみながらな」

「でも」

「私には、君がとても疲れているように見える。たったひとりで、がんばって、がんばって、走り続け——倒れる寸前なのに、まだ休もうとしない。それを自覚していないなら、いつかは君自身が、誰かを傷つける側にまわるよ。私はそういうのを、黙って見過ごしたくはないんだ」

「……本当にいいんです。勝原は負けん気は強いけれども、それだけの人間だから。あまり深く立ち入ると、たぶん彼は際限なく崩れていって、二度と立ち直れなくなってしまう。だから僕は行きません。泣くなら、ここでひとりで泣きます」

自分でも不思議だったが、そう口にした途端、涙が溢れてきた。僕はあわてて手の甲で涙をぬぐった。でも、だめだった。涙を止められなくなった。

片手で顔を覆ったまま、僕はしばらくの間、声を殺して泣いた。

警察の面会室で顔を合わせた父は、別人のようにやつれ、死人のような目をしていた。

目の前のガラス越しに響いてくる父の声は、仕切りがあるのを忘れさせるほどに鮮明だった。そのか弱さを直に感じてしまうほどに。

「……すまない。おまえはいま父さんを、とても憎んでいるんだろうな。私は……私は本当に殺す気などなかったんだ。いつもの喧嘩だと思っていた。もっと派手にやり合った日もあっただろう。なのに、なぜ今回だけ、こんなふうになるんだ……」

僕がじっと黙っているのを、父は自分への非難と受け取ったらしい。耐えきれなくなったように泣き出した。いい歳をした中年男が、ぼろぼろと涙をこぼしながら、すまない、すまないと、謝罪の言葉を繰り返した。

違うんだよ、父さん——と、僕は心の中で思った。

僕は父さんを憎んでなどいない。

ただ、ものすごく残念だっただけだ。

母さんを殺すのは父さんではなく、僕であるべきだった。僕はずっと、母さんを楽にしてあげようと思っていたのだから。

それを父さんに先にやられて、僕はとても悔しい。しかも、こんな不完全な形でやるなんて。それが、残念で残念でたまらない。

母は結局、最後まで楽になれなかったのだ。

自分の命の行く末すら、自分自身で決められないのだ。

生命倫理だの社会通念だの家族の愛情だの、そういうものが今後、あらゆる場面で母の人生の邪魔をする。何年も何十年も、「生かされ続けてしまう」のだ。それは決して母の望みではない。望みであるはずがない。

病院の厳しい管理下で、母から生命維持装置を外すのは難しい。いまは昔とは違う。第三者が勝手にそうできないシステムが組まれている。機械の操作は複雑で、電源も簡単には落ちない。酸素の供給も絶てない。

母はあのままだ。

僕たちが何もできないまま、母はずっと生き続ける。生かされ続ける。父が安楽死を許可する書類にサインしない限り。そしてたぶん、父はそんな決断などできず、いつまでも悩み、苦しみ続けるだろう。たとえ安楽死を選べたとしても、絶対に後悔しまくるだろう。

そんなものは、ただの自己憐憫に過ぎないのに。

一番苦しんでいるのは母だ。

死ぬのも母だ。父ではないのだ。

＊

僕は根本が示してくれた選択肢のうち、中学部を退学して、ダブルE区の〈外〉の社会で就労することを選んだ。生活省は生活費を一部負担してくれる。学校に残ってもよかったのだが、何となく行く気がしなかった。

勝原のいない学校は、空虚な穴のあいた場所にしか思えなかった。僕は運送会社の在庫管理の仕事を選んだ。事務だけでなく荷物の運搬も含まれていたが、パワーアシストスーツの使い方を覚えれば、子供でも大人なみの仕事量をこなせた。会社には寮があったので、住む場所には困らなかった。

勤め先には、事情があって就学できない子供が大勢いた。監督官の指導のもと、僕たちは労働基準法に従って働き、賃金を得た。賃金の等級や時間制限の違いさえ除けば、すでに社会人として働いているのと同じだった。実際、準社会人としての権利もあった。

勉強は仕事の合間に独学でこなした。思春期の脳みそはスポンジだった。吸収できない知識はひとつもなかった。教育ネットを使って試験を受けてみると、僕には大学へ行ける学力も充分にあるとわかった。

奨学金を得られれば、学費の心配は不要だろう。

ただ、何となく「学校」という場へ戻るのが億劫（おっくう）だった。

僕は、集団生活には向いていない。

職場でも、積極的に友人は作らなかった。いまは誰といても、勝原を思い出しそうでつらかった。

労働の収入はたいしたものではなかったが、真面目に働いてせっせと貯金した。学問に未練はあったが、金を稼ぐほうを優先した。将来のために活動資金を得る——それがいまの僕の目的だった。

パワーアシストスーツを装着し、山と積まれた箱と向かい合う。コンテナから出された荷物を、タグをチェックしながら振り分け、開封する。食料品や日用雑貨でも、ひとかたまりになるとかなりの重量だ。パワーアシストスーツがなければ仕事にならない。

機械みたいに働いていたある日、倉庫の入り口に見覚えのある影が立った。

瑠奈だった。

「久し振りぃ」瑠奈は以前と同じように、ちょっと軽薄な明るい口調で声をかけてきた。

どうしてここがわかったのかと訊くと、いろいろ調べたのと答えた。僕と勝原がダブルE区を追放されたのを知り、そこから情報をたぐっていったらしい。

荷物の陰に入ると、僕はあらためて瑠奈と向かい合った。

瑠奈は少し顔がふっくらしていた。勝原から虐められなくなって、精神的に楽になったのだろうか。勝原なしで平気で生きていけるなら、もっと早くそうすればよかったのに。

「勝原くんとは、あれから会えたの？」

「いいや。施設に入ってしまうと、家族以外は面会できないんだ」

「出てくるのは、いつ？」

「わからない。ものすごく時間がかかるのは、確かだけれど」

由紀代とはもう会っていないという。勝原つながりの友達だったから、彼がいなくなると急に疎遠になったらしい。「最初はメールで勝原くんの話をしてたんだけど、いまは全然。他に、いい男を見つけたんじゃないかな」

「恵は？」

「元気。でも、カウンセリングを受けてるの」

救急病院での処置が効いたようで、体のほうは何ともない、と瑠奈は教えてくれた。川口は〈外〉の未成年なので、勝原とは別口で捕まったらしい。

「でも、ああいう事件のあとだから、恵にはすぐにカウンセラーがついたの。それで勝原くんと知り合ったきっかけとか、エステ詐欺の借金とか、川口くんのこととか、全部喋らされたみたい。治療に必要だからって」

精神的な支配から解放されるには、確かに、これまでの経緯を全部話す必要があったのだろう。だが、治療とはいえ、自分の内面に立ち入られるのは嫌だろうな。僕なら拒否するかもしれない。

瑠奈は続けた。「怪我が治ったら、だいぶ落ち着いたみたいよ。でも、いまでも本当は、勝原くんを忘れられないんだって」

「え？」

「カウンセラーには、『わかりました』『私が馬鹿でした』って言っておかないと、治療が終わらないでしょう。だから、何でもわかったふりをしているんだって。でも、思い出を否定されたくないって」

「勝原との思い出……」

「うん。勝原くんとの付き合いが全部間違いだったとしたら、あのとき自分が感じていた安心感とか、救われたような気持ちは何だったのかということになる。先生が言うには、それは洗脳された人間特有の思考なんだって。新興宗教につかまったときと同じの。でも、恵は自分の気持ちを忘れたくないって。あの頃の自分を否定したら、いまの自分もないのと同じだ。間違った付き合い方をしていたのは事実だけれど、勝原くんを好きだったっていう、その気持ちだけは消したくないって。息が詰まるような毎日の中で、花火みたいに輝いて見えた、あの一瞬をすべて否定したくはないんだって」

「まだ、そんな馬鹿なことを言っているのか」

「しかたないわよ」

「何が」

「そういうものなのよ……。でも、そんなことを言えるのもいまのうちだけ。治療で脳に電極をおろされたら、全部忘れてしまうもの。勝原くんのことも、事件のことも、恵の中からはすべて消える。記憶を、上書きされてしまう……」

「これからどうするんだ」

「引っ越すの。私も警察に呼ばれていろいろ訊かれたから、親が心配しているのよ。環境を変えなきゃって」

「もしや、ダブルE区に行くんじゃないだろうな」

「まさかぁ。私みたいな脳みその薄い人間が、ダブルE区の審査に合格するわけがないでしょう。隣町へ移るだけよ。父さんの仕事の都合もあるし」

「そうか……」

「それで、引っ越す前に、ちょっとあなたの顔を見たくなって。勝原くんの話も聴けるといいなと思ったんだけれど」

「ごめんな。情報、何もなくて」

「いいのよ。あなたもがんばってね」

笑顔で立ち去った瑠奈の後ろ姿は、僕を落ちこませるに充分だった。

何もかもが虚しく消えていく。

僕の手元には何も残らない。


それから、しばらくたったある日、父の件で事情聴取に来たあの中年の刑事が、事件に巻きこまれて死んだのを、僕はニュースで知った。

小包爆弾が家で破裂したらしい。

顔写真と名前が出たので、すぐにあの人だとわかった。

自分でも意外なぐらい、僕は大きなショックを受けた。目の前で世界が砕けたのを感じた。ニュースに釘付けになったまま、動けなかった。

あれ以来、僕は自分から彼に一度も連絡を取っていなかった。泣くところを見られたのが何となく恥ずかしくて——。

それを、猛烈に後悔した。

自分を無条件に受け入れてくれた人が、一瞬にして、この世から消え去ってしまった……。その衝撃は、生まれて初めてのものだった。正直に言うと、親が死ぬのよりもショックだった。

犯人はすぐに捕まった。十四歳の少年だった。「個人情報を盗み、悪戯のつもりで送った」「発火薬剤の量を間違っただけだ。殺す気はなかった」と供述していたが、本心ではどんなものだかと僕は白けていた。

一方的に警察を逆恨みしていたとか、昔、ちっぽけな自尊心を警官から傷つけられたことがあるとか、調べてみたら、そんなつまらない理由が出てくるような気がした。この犯行には、そんな安っぽい匂いがあった。

驚いたのは、しばらくたってから、これに絡んで別の事件が起きたことだった。殺された刑事の息子が、犯人の少年を、裁判所の前で待ち伏せしてぶん殴ったのだ。顎の骨が折れるほどの重傷を負わせたらしい。

こちらも未成年だった。十六歳。僕より少し歳上だ。現場で取り押さえられ、即、しょっ引かれたようだった。

僕はこのニュースに啞然とした。次の瞬間、情報ディスプレイの前で、げらげらと笑い出してしまった。なんて愉快な奴だ。こんなにわかりやすい馬鹿を見たのは久し振りだ。

ネットの記事を検索してみると、案の定、そいつの名前と顔写真がすでに出回っていた。出所のサイトのデータはすぐに削除されていたが、コピーされたデータは、あっというまにネット中に広がっていた。リストコムの望遠機能で撮ったらしい、暴行の瞬間の動画すら流れていた。

僕は彼の顔写真と動画を眺めながら、こいつも、あの刑事と似たタイプの人間だったのだろうか……とふと思った。他人のために働くことに喜びを感じ、他人の権利を侵害する者には容赦ない行動を取るような。

少しだけ、うらやましかった。

僕には、こんな生き方は、絶対にできないはずだから。

根本管理官は、ときどき僕の仕事場に顔を出し、日々の様子を聞いた。仕事熱心な男だなと思っていたが、そうではなかった。

あるとき彼は、かつて勝原が言ったのと同じ言葉を口にした。君は小さい頃、お父さんの映画に出ていただろう？　私も観たよ。

　面白かったかと訊ねると、根本は小さくうなずいた。僕は自分から言ってやった。映画でやったのと同じことをしてあげようか、と。

　根本はうっすらと笑みを浮かべた。「私は映画を観るのが好きなだけだ。それ以上は望まないね」

　ポケットからガムの包みを出すと、根本はこちらへ向かって差し出した。僕が一枚引き抜くと、自分も一枚取り、銀紙をむき始めた。ガムはミックスシトラスの味がした。僕が黙って噛んでいると、根本は付け加えた。「いまの君が出ている映画があればいいんだが、お父さんは撮らなかったのかい」

「僕は俳優志望じゃないんだ」

「綺麗な顔をしているのに、もったいないね」

　僕はぴんときて、もう一度訊ねた。「合成俳優でよければ、いくらでも作るよ」

「ほう？」

「父さんみたいに本格的なものは作れないけれど、動画編集ソフトを使えば端末機で……。どんな内容がいい？」

「任せるよ」

　それで僕は、自分が何をすればいいのかすぐにわかった。

ただ、根本は頭のいい奴だ。僕が渡すデータに金を払ったりはしないだろう。児童ポルノ法に引っかかるとやっかいだから。でも、金じゃなくても、こいつから引っ張り出したいものはある。

「何がいい？」

「お礼は欲しい」と僕は言った。「お金じゃなくていい。手間賃代わりのものが」

「情報。どうして勝原だけがあんなに厳しく裁かれ、僕が見逃してもらえたのか。その本当の理由を知りたい」

「なぜ、そんなことにこだわる？」

「勝原は僕の大切な友人だった。だから、このまま何も知らないで終わるのは嫌だ」

勝原が「何か、裏があるんだろうなと思っていた」と言った言葉が、僕の中で棘のように引っ掛かっていた。もちろん、根本は簡単に喋りはしないだろうが、訊ねる機会があるとすれば、いましかない。

いいだろう、と根本は答えた。素敵な映画が届くのを待っているよと言い残すと、来たときと同じように飄々と帰って行った。

僕はその日から、ネットのＶＲ映像投稿サイトや、怪しげな映画の配信場を漁った。手頃なデータを探し始めた。

根本は、使い回しの映像そのままでは満足しないだろう。切ったり貼ったり合成したりフィルターをかけたりと、合成俳優がうまく「演技」できるようにしなければならなかった。元の映像は、いわゆる本番をやっているようなデータだったから、編集中は、ひたすら気持ち悪いだけだった。データを合成するだけとはいえ、僕の顔、僕の体が、いい歳をした大人の男とからみあっている映像を作るのだ。気持ちのうえでは割り切っていても、黒い感情が湧きあがってくるのを抑えられなかった。

僕はその気持ちを、自分の中で何度も押し殺した。自分のデータを使うといっても、たかが映像。ただの虚構。これで勝原の情報をもらえるなら安いものだ。たとえこの映像がネットに流出し、現実の社会で僕にウリを求める愚か者が現れたとしても、その場で唾を吐きかけてやればいいだけだ。根本が我慢できなくなって本物の僕の体を求めてきたら――それぐらいは好きにさせてやればいい。真実を知るためなら、安い代償だ。

根本は映画を渡しても、一度に全部を教えてはくれなかった。今日はここまで、続きはまた今度、と言いながら少しずつダブルE区の事情を語り、何度も僕に新しいデータを要求した。

僕はそのたびに、すぐに新しい映像を作った。内容に具体的な要求を出されたときには、どんな要望にも応えてやった。そのうち、編集作業が苦にならなくなった。僕は自分の顔や体を、映像の中でどのように扱っても、少しも心が動かなくなった。

奇妙な乖離感があった。

根本が喜んでいるのを何とも思わなくなった。どれほど卑しい目つきで見られても、少しも傷つきはしなかった。

ふと、父もこんな気持ちで映画を撮っていたのだろうかと思った。

好きでもない作品を、生活のためと割り切って冷徹に仕上げる——。その淡々とした作業自体が、純粋に楽しかった日もあったのではないか。どんな内容でも、映画を撮ること自体はやっぱり楽しいのだと……疲弊しきった頭で満足していただろうか。だとしたら、その瞬間だけでも、父は幸せだったのかもしれない。

根本の話が核心に入ったのは、映画を十本ばかり渡した後だった。

ある日僕は、根本からイタリア系のレストランに呼び出され、昼食をおごられた。管理官の業務のひとつとして、僕のような人間を追跡調査するという仕事があって、こういう形なら堂々と会えるらしい。

食事のあいだじゅう、僕は正面から根本の視線を浴び続けた。彼が僕に対して、羞恥心や負い目を思い起こさせようとしているのが、よくわかった。だから僕は、最後まで毅然としていた。映像と僕自身は別物だと。僕が守れる誇りは、その一点だけだった。

デザートを終えると、僕たちは近くの公園まで歩いた。春が間近の野外では、桜のつぼみが開きかけていた。陽射しも暖かかった。ひとけのない公園でベンチに腰を下ろすと、根本は淡々と喋り始めた。

「――ダブルE区の主目的は、粒のそろった優秀な子供を育てることだ。学力、体力、精神力、どれをとっても文句なしの優秀な人材を育成する。どんな国家も、優秀な若者の成長なしには立ち行かない。ダブルE区が国家主導の計画たり得たのは、それが理由だ。だが、この計画には、表には出ない形で、もうひとつの利用方法があった。この環境を定点観測していると、犯罪に走りやすいタイプの子供の素質を、非常に調べやすくなるんだ」

「なぜ」

「ダブルE区は居住権を得るのが、ものすごく難しい。ああやって、フィルターをかけているんだ。似たような家庭環境、年収、社会的地位、学力……。つまり、家族の粒をそろえている。居住資格審査で、住民の質を一定にしているわけだ」

ふるいにかけられ、粒をそろえられた人間たち……。僕が同級生に感じていた金太郎飴的な違和感は、あながち間違いでもなかったわけか。

根本は、いつものように僕にガムを差し出した。僕は受け取ったが、食べずにポケットにしまった。根本も口にせず、話を続けた。「環境を徹底的に整備し、審査に合格した家族だけを住まわせる。そうしておけば、もし区内のルールを破る人間、非行に走る子供が出てきたとき、何が彼らをそうさせたのかが非常にわかりやすい。同じ環境下で育ちながら、なぜ他の子供と違う発達の仕方をしたのか。何が原因でねじ曲がったのか。それは生まれつきの性質なのか。他人とのほんのわずかな社会的な差のせいなのか。環境をある程度まで同一のものにそろえておけば、原因となった部分を特定しやすくなる」

そうかな？　と僕は首をひねった。斡旋屋をやっていた間、僕たちが誘った未成年は、かなりの数にのぼった。街の外へ出たがる子供は大勢いたのだ。それを全部犯罪者予備軍と考えるのは、無理があるのではないか。

僕の疑問に、根本は答えた。「君たちが知っていた〈外〉は、実は、本当の〈外〉じゃない」

「え？」

「〈外〉も含めて、全部、教育実験都市なんだ。〈外〉も、私たちの管轄下にあるわけだ」

「なんだって……」

「本当の〈外〉は、子供にとっては、もっと恐ろしい世界だ。大人になって慣れれば楽しいがね」

「………」

「ルールを破り、壁を乗り越えて外へ出たがる――その性質自体は、別に犯罪的でも何でもない。むしろ、好奇心旺盛な証拠だ。そういう子供は、大人になってから独創的な活動をする可能性が高い。壁は意図的に作られたものなのだ。〈門番〉は通過する子供たちのＩＤをチェックし、私たちに逐一報告を入れている」

「〈門番〉は、管理側の人間……」

「そう。〈門番〉からの報告を元に、私たちは緻密な追跡調査を行っている。君たちが〈外〉と思いこんでいた街には、〈内側〉と同じく夥しい数の監視システムが配備され、君たちの記録を取っている。どこで誰と会い、何をしたのか……」

「じゃあ、僕が初めて勝原と遊びに出たときも？　公園で何があったのかも、全部知っていた？」

「ああ」

「繁華街に出て遊んで、それからホテルに行ったことも？　もしかして、ホテルの中で何をやっていたのかも？」

根本はうっすらと微笑を浮かべた。

僕は、自分の足元がぐらりと揺れるような錯覚を感じた。

根本の掌が、僕の肩を優しく撫でた。「私たちが君を『勝原くんとは別種の人間だ』と判断したのは、その記録からだ。君は女の子を殴るような真似は一度もしなかった。助けようとして、逆に勝原くんに殴られたぐらいだ。しかもそのとき、彼を殴り返したりはしなかった。ホテルでも紳士的だった。常に女の子に優しかった。ひとりで〈外〉へ出るようになっても、危ない遊びは一度もしなかった。区内で制限をかけられていた情報にアクセスした程度だ。好奇心旺盛な子供なら、それは自然な行為だ。ダブルE区は極端に情報を絞っているからね。知性の高い人間ほど、いずれ満足できなくなって行動を起こす。そういう子供は、アウトローなどではなく、むしろ人間的に非常に優秀だと言える。君はその通りの人物だった。就業でお金が貯まったら、〈外〉の大学を受験してみたまえ。ペーパーテストの結果が水準以上なら、これまでの経歴が評価されて、すんなりと入学できるはずだ。君のＩＤには、すでにそれだけの付加価値がついている。本物の〈外〉の世界では、ご両親の一件など、足枷にはならないよ」

宙に浮いているような頼りない気分だった。何もかも計算されていたのも知らず、僕たちは好きに生きているつもりだったのか。

「……そんなに詳しく僕たちを調べているのなら、勝原があいう性格になった理由も知っているんだろう。だったら、なぜそれを斟酌しない。彼だって、好きであんな曲がり方をしたんじゃないぞ」

「彼の経歴はよく知っている。それでも、ふたつの理由から、私たちは彼を危険な人物と判断した。ひとつは、暴力を振るうのにためらいを感じない性格。もうひとつは、他人を動かす能力に長けていたことだ。自分で手を下さず、他人を動かす——。つまり、人の心を読み、内側に入りこむ力に優れていた……。これはある意味、暴力よりも危険な力なんだ。大勢の人間を引っぱり回し、煽動する力に変わりかねないからね。彼はいま、更正施設の中で徹底的に調査されているよ。脳の機能や構造まで立ち入った、厳しい検査が課せられているはずだ。どういう仕組みで、ああいう性質の子供が生まれたのか——。人工子宮生まれであることも、研究の対象となるだろうね。人工子宮の運営に影響するから」

どこまでも、その生まれ方が勝原を縛るのか。だったら彼は、生まれてこないほうが幸せだったのではないか。実の両親のあとを追うように、産科の医師の手で抹殺されていたほうが、はるかにましだったのではないか――。

「更正施設では、人が人を殺す理由を科学的に分析している。歴史を振り返ってみたまえ。人間が人間を殺さずに済んだ時代などない。戦争がなくても人は人を殺す。どの時代にも、狂気の大量殺人犯がいる。人類の何パーセントかは、常に、他者を平気で殺せる人間で構成されている。これは、なぜだと思う？」

「知るもんか、そんなこと」

「人間を、哲学的な意味での存在ではなく生物としての存在として見たとき、他者を殺せるというのは、さほど狂った性質ではない。他者を平然と殺せるのは、生物として、何があっても生き延びられる能力を持っているとも言える。もちろん、そういう力は、平時の社会下では、ただの狂気でしかない。だが、惑星環境が極端に悪化したような場合には、個体を生き延びさせる能力として、極めて有効に働く要素だ」

「環境が激変すると、倫理観のない悪人のほうが生き残りやすいと――。そんな馬鹿げたことを言いたいのか」

「まあ、実際には、そう簡単にはいかないだろう。人間は社会的な動物だ。どれほど環境が悪化しても、集団生活を続ける限り、集団の中にルールは生じる。それを守れない個体は排除される。それに、すべての人間が他人を平気で殺し始めたら、人類はあっという間に共倒れになって、種を存続できないだろうね」

「…………」

「だが、どんな環境でも例外はある。他人を殺すことに抵抗を感じない個体が、きっちりと生き残れる場合もあるはずだ。遺伝子を残すという側面だけに絞ったとき、個体のバリエーションは多いほうがいい。人類の歴史上、殺人という行為が途絶えなかったのは、人類の中に常に、簡単に殺人モードに移行する個体が発生する仕組みになっている、もしくは誰もがその因子を持っていると考えると、筋が通るのかもしれない。人類という種そのものが、殺人という行為を、いざというときの切り札として温存しているのではないか。——というようなことを、真面目に考えている大人たちがいるわけだ。本物の〈外〉の世界にはね」

「それは、とても危険な考え方だ……」

「そうだね。だが、考えてみる価値はあると思わないか。この性質が、純粋に器質的なものに起因しているのなら、将来、生命工学的な観点から、人間の性質を修正できるかもしれない。脳の深い部分にちょっと電極をおろせば、鬱状態があっというまに改善するように——。治療用の電極が、人間の感情をすべてコントロールできるような時代が来る。人工的に罪悪感の強度を上げて、犯罪衝動を、コントロールすることすら可能になるかもしれないね」

僕は口をつぐんでいた。

哲学的な意味での人間と、生物としての人間の間にある深い溝――。管理官たちは、それを分析とテクノロジーで埋めようとしているのだろうか。

「つまり……わざとだったのか」僕は絞り出すような声で訊ねた。「あんたたちは勝原を、わざと放置して、好き勝手をさせて、彼がどんなふうに曲がっていくのかを調査していたのか。自分たちの考えを検証するために。見て見ぬふりをして、悪いことをどんどんやらせていたのか。悪い人間のサンプルとして、あとで回収して調べるために」

「……君はいま、私たちをひどく非人間的な存在だと思っているだろうね。だが、ダブルE区は、そういうことが許される街なのだ。表からはわからないが。だからこそ、実験都市と呼ばれているんだ」

僕は叫んだ。「いまの話を、勝原の両親に全部話してやる。〈生命の器〉は、こんな人権侵害みたいなやり方を、絶対に認めないぞ！」

「残念ながら、勝原くんのご両親は、この事実をすでに納得済みだ」

「なんだって……」

「社会倫理を向上させるためなら、どうぞ息子を存分に調査して下さい、罰して下さいと仰った。命にかかわることでなければ、どれほど厳しくしても構いません。拘束期間が切れれば、私たちが絶対に引き取りに来ますから、と。どんなふうに傷ついていたとしても、私たちは息子を、これからも大切に育てていきますから——とね。なんとも、りっぱなご両親じゃないか」

僕は拳を固めてベンチから立ちあがった。根本に殴りかかった。これほどの怒りを感じたのは生まれて初めてだった。自分でも計り知れないほど深い領域から、ものすごい力が湧きあがってくるのを感じた。

いまなら僕も勝原のように暴力を振るえる、根本が死んでも後悔しないと思った。すべてを賭け、同時に放棄した一瞬だった。

だが、根本は僕を難なくかわした。

僕は勢い余って前へつんのめった。体勢を整えようとしたところを、後ろから髪をつかまれ、ひっぱりあげられた。

痛みに涙を滲ませながら、僕は自分の間抜けさに歯ぎしりした。格好悪いこと甚だしい。本気で人を殴るなら、やはり、普段から体を訓練していないとだめなのだ。勝原のように。

根本は声をあげて笑いながら、僕を自分のほうへ引き寄せた。

「私がいま話した内容は、ダブルE区の管理条項には一切記載されていない。いわば闇の不文律だ。君がどこかでこの話をしても、都市伝説として笑われるだけだろう。だからこそ、私も君に喋ったんだよ」

僕は喘ぎながら訊ねた。「……何のために?」

「友人のために、まなじりを決して自己を犠牲にした子供を、私は管理官として見過ごせなかっただけだ。君の作った素人映画は実に素敵だったし、面白かった。ずいぶん楽しませてもらったよ。これは、それに対する正当な謝礼だ」

根本は僕の耳元に息を吹きかけた。ぞっとするほど優しい声で囁いた。「大人をなめるんじゃないぞ。子供が大人に勝てるわけがないだろう?」

十八歳になったとき、僕は新しい仕事を探したいと申し出て、それまでの職場を辞めた。すでに保護を受けながら働く年齢ではなくなっていた。職場の上司も歓迎してくれた。

本当は、次の職のあてなどなかった。

会社の寮を出て、わずかな荷物だけを持って、放浪の旅に出るつもりだった。

どこに永住する気もなかった。

貯金と日雇いの収入で、この先、何の目的もないままに生きていこうと思っていた。

母は、僕が自立する少し前に死んだ。

父が生死を決めたのではなく、感染症からの病死だった。僕は病院の管理責任を裁判で追及する気などなかった。僕の中では、母はもうとっくの昔に死んでいたのだし。父に関しては、執行猶予中の面倒まで見る気にはなれなかった。悪いけど、あとはひとりでやってくれという気分だった。

僕の退職は根本にも連絡が入ったらしい。突然リストコムにメールが来て、独立おめでとう、まあ、がんばりなさいと書いてあった。

根本とはそれっきりだった。

あっけないぐらい、すっぱりと縁が切れた。

だが、ＩＤがある限り、僕の記録に、要注意人物としてのデータは残っているはずだ。政府からマークされ、自分の過去がいつ他人にばれるかと怯えながら——しかし、保証された範囲内で、平和で凡庸な人生を送れるＩＤをこのまま使い続けるのか。

それとも、進学も将来への保証もすべて捨て、その代わりに、自由に動ける偽ＩＤを作るのか。偽造の方法は、危険を冒すことを厭(いと)わなければ見つかるはずだ。

簡単に決められることではなかった。

僕は結論を、しばらく先送りにした。

実のところ、僕はひどく無気力で無感動な気分だった。ダブルＥ区にいた頃よりも、さらに何も見えなくなっていた。

社会に有害と判断された勝原を、かえってうらやましく思ったぐらいだ。

僕は裁かれる価値もない、誰も気にもとめない存在。

だからといって、社会に反抗して、悪い存在になってやろうという情熱もなかった。でも、普通の顔をして生きていくには後ろめたさがあった。

一ヶ月ほど、日本中を転々とした。

人生が変わるような感動的な出来事など、何ひとつなかった。旅の途中、僕はほとんど他人と関わりを持たなかったので、胸を打つ感動など生まれるはずがなかった。

ただ、そのことから、心を動かしたいのなら、何らかの形で、他人と関わらねばならないことだけはよくわかった。世界を愛するにせよ憎むにせよ、他人という媒体を通さなければ、僕は、僕の存在を社会の中で確認できない。

新しい職をそろそろ探すか、自殺してこの世から消えるか……。

どちらかを選ぶときが来ていた。

遅い時間帯に、地方の急行列車に乗ったときだった。客車の通路を歩いていく途中で、座席に腰をおろしている若い女を見つけた。歳は僕よりも上のようだった。もし僕に姉がいたら、これぐらいの歳かなといった感じだった。

少な過ぎる荷物。

同行する友人もいない様子。

僕と同じだとすぐに気づいた。何も考えずに旅に出た——。

誘蛾灯にひかれる昆虫のように、僕は彼女に惹きつけられた。

向かいの席に腰をおろした。

僕のほうから、どこへ行くんですか、と訊ねた。「別に」という素っ気ない答が返ってきたが、女はすぐに「あなたは？」と問い返した。僕は、行くところを探している最中だと答えた。

しばらく、当たり障りのない会話をしているうちに、女は、自分の身の上話を始めた。まるで、聴いてくれる人間を待っていたかのように。

恋人だった男が職場で起きた事故で死に、生きていくのが嫌になったらしい。

男なんて新しいのを探せばいいのにと言ってやると、そんなひどいことを言わないで……と、うっすらと涙を浮かべた。

僕はなぜか急に彼女が愛しくなって、「じゃあ、僕が、その男の代わりになってあげようか」と心にもないことを口にした。

女は、信じられないといった表情で僕を見た。「どうして。私たち、いま会ったばかりでしょう」

誰でもいいからすがりたいという顔をしていたからだ、と言ってやりたかったが、また泣かれると困るので、「あなたが、とても素敵な人だからです」と言っておいた。「泣き顔よりも笑っている顔のほうを見たい。喜んでいるところを見てみたいんです」

「本当に？」

「ええ。本気で言っています」

僕たちは次の駅で一緒に降りた。大きな駅だったので、深夜だったが連れこみ宿を見つけるのは簡単だった。場所が場所だからやるべきことはやろうかなと思ったが、女が乗り気ではなさそうだったので、やめておいた。

交替でシャワーを浴び、広いベッドに並んで横たわると、なんだか、本当に実の姉と並んで寝ているような気分になった。

名前を訊ねると、女はミヤとだけ答えた。〈宮〉という苗字なのか、あるいは名が〈美弥〉なのかは、わからなかった。

あなたは？　と訊かれたので、僕は名なしだと答えた。僕は自分のすべてを捨ててきた。だから名前もないのだと。

ミヤは僕に、死んだ恋人の名前を教えてくれた。「ジョエル」というのよと彼女は言った。私より三つ歳下だったけど、しっかりした人だった。私はいつも甘えてばかりだった。いまは、そんなことばかり思い出すね――。

では、その名前をもらいます、と僕は答えた。僕はあなたにとっての、新しいジョエルになる。新しい守り人になります。どうですか。

ミヤは呆れたような顔をしたが、それもいいかもしれない……とつぶやいた。新しい名前を覚えるのは面倒だし、あなたが私の知っていたジョエルみたいに優しくしてくれるのなら、あなたをジョエルと呼んでもいいわ。

僕たちは一週間ほど、目的もないままにふらふらと街を彷徨い続けた。ミヤが行きたいという場所を観光し、僕が行きたくなった場所にミヤを連れていった。

三日目の夜から、僕たちは普通のカップルのようにホテルで抱き合うようになった。ミヤは痩せ細っていたのであまり抱き心地はよくなかったが、男をもてなす方法にはとても詳しかった。慣れてもいた。僕は毎回とろけるような思いを味わえた。

ふたりで海を見に行った日、ミヤは、このままふたりでいるよりも、本当は死にたいのだと打ち明けた。でも、あなたを巻きこむのは違う気がする。私はひとりで死ぬから、失敗しないように手伝ってくれる？　と。

僕は自分の中で、また古い記憶が鮮やかに蘇ってくるのを感じた。僕の掌の中で震えながら死んでいったあのスズメ。愛らしい茶色の小鳥。同時に、死にたい死にたいと言いながら、自分の望む形ではとうとう死ねなかった母を思い出した。

瞬間、僕は何の躊躇(ためら)いもなくミヤの望みを受け入れると誓った。

母にできなかったことを、ミヤにはちゃんとしてやろう。

僕は小鳥の墓だ。ずっと、そうありたいと願っていたのだから。

できれば誰にも発見されたくない。静かに朽ち果てたい。そう望んだミヤは、山の中で死ぬのを選んだ。森林の奥まで分け入り、そこで毒物を飲むから、完全に意識を失ったら念のために私の首を絞めておいて。あるいは、木に吊してくれてもいい。海で釣り上げた魚を干物にするみたいに。

僕はすべてを承知した。ミヤが望む場所へ同行した。

毒物を飲む前にミヤは僕に、「いろいろしてくれて、ありがとう」と言った。「なんだか、結構楽しかったわ」

赤の他人に感謝されたのは、勝原以来だなと僕は思った。

木に吊すこと自体は簡単だった。力は必要だったが。だが、僕が慣れていなくて、首回りへのロープのかけ方がまずかったのか、そのあとがいけなかった。

もう意識はないはずなのに、ミヤは吊されたままものすごく暴れた。正視できないほどの暴れ方だった。生物として、肉体が死ぬまいと抗って起こす反応だった。本人の精神は死にたがっているのに、肉体のほうがそれを激しく拒むのだ。

生き物のバイタリティというのは、信じられないほど凄まじいものだった。

でも、母のように死に損なってしまうと気の毒だから、僕は逃げ出せなかった。我慢するしかなかった。ミヤがどれほど醜態をさらしても、僕はその場から離れなかった。もし彼女が木から落ちたら、とどめを刺さねばと思っていたから。

だが、その惨状は、とても正面から見続けられるものではなかった。

僕は耐えきれなくなってミヤに背を向けた。

両手で自分の耳を覆った。

掌で強くふさがれても、鼓膜は外の音をひろってくる。蛙が踏みつぶされるときみたいな、くぐもった湿った音が、何度も何度も連続した。異臭が鼻を突いた。

眩暈がした。

何度も吐きそうになった。

ようやく何の気配もなくなったとき、僕はそっと掌をおろして背後を振り返った。

枝からぶら下がったミヤは、幸い、背中側を見せていた。前へ回って顔を確認する気にはなれなかった。僕は目を伏せ、その場を迂回して山を下りる道へ出た。

僕は全身汗まみれになっていた。だが同時に、自分が少しだけ荷をおろせたような、ほっとした気分になっていた。

すっきりと、何もかもが解決したわけではなかった。けれども、どこかに、何かの答を見出せたような気がした。

悲しいという感情はなかった。

むしろ、いいことをしたような、清々しい気持ちがあった。

同時に、僕には人間的な何かが欠けているのではないかと——生まれて初めて思った。

世間で言う人間的な温かい感情——僕がそのようなものを持ち得たことが、果たして、これまで一度でもあったのだろうか。

自分の人生から勝原が消え、母が消え、父が消え、ミヤが消えても、平然と生きていける僕。

僕は、生まれつき変なのだろうか。

気が狂っているのだろうか。

でも、生きている。

この世界から、なぜだか、生きるのを許されているようだ。

社会人としてはおかしくても、一個の名もない生物としては正常なのかもしれない。

生きているということは……生き残る能力があるからだ。

だとしたら、このまま、自分の望むように生きるしかないのかもしれない。僕を抹殺のふるいにかけ損なった社会構造の中で、潜むように漂うように、寄生し続けるしかないのかもしれない。

僕は小鳥の墓だ。

死にたがる女のための墓。

安らぎを与えるための寝床。


僕は歩き始めた。

真に、自分のものと呼べる人生を求めて、走り始めた。

それまでのＩＤを捨てた。新しくＩＤを偽造した。

いくつもの街を渡り歩いた。

短期間で高給を得られる仕事を探し、ある程度金が貯まると休養期間を取った。ひとりで街に繰り出しては、不幸な女たちを探した。死にたい死にたいと言いながら、自分ひとりでは決して死ねない女を、僕は求め続けた。

そういう人間は、たくさんいた。

女だけでなく、死にたがる男たちも大勢いたが、僕は女しか相手にしなかった。どの街にも、ターゲットとなる相手は山ほどいた。声をかけても振り向かない女も大勢いたが、それと同じぐらい、簡単に身を寄せてくる女がいた。

僕は辛抱強く、彼女たちの打ち明け話に耳を傾けた。

愛し合うことを求められれば、優しく応じた。僕から強引に迫るときもあった。女と抱き合うのは楽しかった。ただ、現場に証拠を残すと警察に身元を手繰られるので、殺す直前には控えた。普段使う場所も、すぐに跡を残さず掃除してくれる街中のホテルを選んだ。絶対に相手の家には行かなかった。僕の家にも来させなかった。

すべて、苦にはならなかった。

女たちは、自分の話に相槌をうってくれる男がとても好きだった。喋って喋って喋り倒すと、最後にようやく本音を洩らす。

「ときどき、こんな世の中、生きていてもしかたがないように思えてくるの。でも、そう簡単には死ねないわよね。生きていれば、何かいいことがあるかもしれないし」

そう言い出したら僕の出番だ。

がんばって生きたとしても、本当はいいことなど何もない。客観的な意味においては。人間は、誰でも最後には死んでしまうのだから。持っているものを、すべて手放すときが来るのだから。

人生における「いいこと」とは、本人が、「これには価値がある」と信じた場所にしか存在しない。

僕から見れば、生きるのも死ぬのも同じだった。他人の人生を助けるのが宗教家やカウンセラーの仕事なら、他人が死ぬのを手助けするのが僕の仕事だ。

死ぬという選択を迷っている女のために、僕はそれを平然と手伝える。世間では犯罪と呼ばれても、僕の中では、ごく自然でまっとうな対応だった。

誰かが書いた教科書通りに、「でも、がんばって生きなければならないんだよ」と、したり顔で説教するよりも、僕は死にたい人間の手助けをしたかった。死にたい死にたいといいながら、どうしても自分では死ねない女のために、天国の扉を代わりに叩いてやりたかったのだ。

女たちの魂を救う手段は、徹底したものでなければと僕は考えていた。

僕の父が母にしたような、中途半端なものであってはならない。絶対に生き返らないように、その肉体は徹底的に破壊されねばならない。母のように無意味に生き延びたりしないように。ミヤのように、死ぬまでの時間が無駄に長引いたりしないように。

だから僕は、拳銃を使うときには、女たちの頭に何発も撃ちこんだ。ショットガンを使うときには、温かく柔らかな魅力に溢れたその全身に、散弾をくまなくぶちこんだ。ナイフを使うときには確実に心臓を突いた。首の動脈を掻き切った。

彼女たちが絶対に死ねるように。安心してこの世から立ち去れるように。まちがっても、最先端医療の技術で、一命を取り留めたりしないように。

掌の中で息絶えたスズメ。

ありがとうと言ってくれたミヤ。

それが女たちの姿と重なるたびに、僕の背筋を、震えるような快感が駆け上った。

それに支配されると僕は自分を抑えられなくなる。ミヤを逝かせたときに感じた、あの「いいことをしたような気分」を味わいたくて、何度も何度もやりたくなる。

ほっとするような解放感、ようやく他人とつながることができたという安心感——それが麻薬のように僕の傷を癒してくれる。だから僕はやめられない。

他人から見れば、僕は遊びで人を殺しているように見えただろう。あるいは呼吸をするように。

それもまた、ひとつの解釈だ。女たちを手にかけるたびに、僕は確かに、理屈抜きの気持ちよさを覚えていたから。報酬を求めないという意味においては、僕がやっていたのは確かに遊びだった。それは否定できない事実だった。


ときどき、ふと、父の事件で知り合ったあの刑事みたいな人間に、もう一度会えないだろうかと思うことがあった。

ああいうふうに、まっすぐに心に飛びこんでくる人間に、もう一度会えないか。そうすれば、自分が少しは変われるような気がした。

だが、僕はそんな人間に、その後ただの一度も出会わなかった。大人の社会を生きる人間は、誰もが分厚い仮面をつけている。仮面の奥から、相手に探りを入れている。かつて僕が、ダブルE区の雰囲気に馴染めず、環境に適応するために仮面をかぶったように——いや、それよりもはるかにしたたかな方法で、固い仮面をかぶっている。それを打ち砕き、本心をのぞくのは至難の業(わざ)だ。

僕はあの刑事に諸々を相談しなかったことを、いまでもひどく後悔していた。あれは、実にまれな瞬間だったのだ。ああいう人間に、ああいう声の掛けられ方をすることは、人生においてて決して多くはないのだと——そう気づいたのは、どうしようもないぐらい大勢の女たちを、殺して殺して殺しまくった後だった。

死にたいと口走らない強い女はどこにいるのだろう、とも思った。もしどこかに、そんな上等な女がいるなら、会ってみたいと考えていた。

僕の思考を何ひとつ理解せず、僕の価値観を一刀両断にしてくれるような強い女。僕を容赦なく一喝できる女。母とは正反対の女。そんな女と巡り会えたら、自分の人生も変わるのではないか。これ以上、女を殺さずに済むのではないか。

だが、僕は一度も巡り会わなかった。あの刑事のような人に二度と会う機会がなかったように、そういう女にも出会わなかった。

まるで何かに呪われているかのように、僕がつい声をかけてしまうのは、母のように暗い影を持つ女ばかりだった。バーでひとり、黙々と、ノンアルコール・カクテルをもてあます僕に声をかけてくるのも、母のように暗い影を持つ女ばかりだった。

だから僕は、いつまでも踊り続けた。彼女たちと死の舞踏を。それはそれで楽しかったが、僕の中には、空虚な穴が広がり続けていた。好き勝手に生きているはずなのに、一番欲しいものが、いつまでたっても手に入らない。そんな苛立ちと、胸をかきむしりたくなるような苦痛があった。

社会的な裁きではなく、僕は僕自身によって常に鞭打たれ、痛めつけられているような気分でいた。それを忘れたいがために、清々しい快感を得るために、また殺す——。その繰り返しだった。

火星で暮らしませんか？　と呼びかける番組をニュースの特集で観た。火星の文化は地球とは違う、自由で、先進的で、宇宙的でクールだ、と広報官が熱弁していた。

そこに自分の求める女はいるだろうかと、僕はふと思った。もしいるのなら、渡航してみるのも悪くはない。

再びＩＤを偽造した。ミヤからもらったジョエルという名に、適当に苗字を組み合わせて偽名パスポートを作った。火星への移住手続きをした。数ヶ月後、重力が三分の一しかない都市に、軌道エレベータ経由で降り立った。ノクティス谷、そして、マリネリス峡谷——。仕事を転々としながら、自分の居場所を探した。

火星は地球とたいして変わらなかった。僕が期待したような社会は存在しなかった。ここでも人間は弱く、醜く、己の欲望にまみれていた。人々は、そんな自分たちの姿に嫌気を感じ、新しい社会を作ろうと健気に努力していたが、効果をあげているようには見えなかった。

火星には新しい都市などなかった。ミニ地球があるだけだった。これが人間の本質か——と思ったが、環境が変わっても自分を変えられない人々の姿に、僕はいまさら絶望したりはしなかった。

僕自身も変わらなかった。理想の女を求めつつ、やがて、知り合った女たちを殺さずにはいられない日々がまた始まった。

頑丈な天蓋に覆われた火星の都市は、さながら、人間という名の植物を育てる温室だった。そう、僕は結局、また「温室」の中へ戻ってきてしまったのだ。ダブルE区のような、極めて人工的な都市の中へ――。

＊

永い眠りから戻ってくると、痛みが少しましになっていた。代わりに、空を漂う心地よさは消え失せていた。

何を得るでもなく、失うでもなく、また元の場所に帰ってきたのだと男は悟った。

こうやって少し落ち着くと、古い記憶が次々と蘇ってくる。自分のことを「僕」と言わなくなったのは、いつからだろう。火星へ来てからだったか。あるいは、放浪生活に入った直後からだったか。

あの日、勝原と病院で別れた直後から、彼の一部が自分の中に根をおろし、一体化したように男には思えるのだった。勝原と共に旅をし、勝原と共に火星まで来た。女を殺すとき、自分の肩に、勝原の見えない手がそっと乗っているような錯覚を、男はたびたび感じることがある。いまの自分は、ふたりでひとつの存在だ……。

アンチドラッグ・モレックの副作用は、十年以上の歳月にわたって体を蝕み続けてきた。たび重なる苦痛の負担から、すでに、まともに機能しなくなっているはずの脳神経と脳細胞が、いまでもまだ勝原のことを覚えてくれている——。その事実は、男にとって唯一の心の慰めだった。

男は誰にも本心を見せない。常に分厚い仮面をつけている。その行動のすべては、目的を果たすための演技に過ぎない。

架空映像の中で、別の人間のデータに、自分の顔と体のデータを貼り付けて何でもやらせていたように、いまは現実社会の中で、殺人者という名のマネキンに自分を貼り付け、動かしているだけだ。

仮面の奥にすべて隠し、すべて押しこみ——他人には、絶対に理解できない外殻を作りあげた。その殻がある限り、男は安心してひとりでいられる。過去との対話を、永遠に繰り返すことができる。

ベッドに横たわったまま、男は、腕に巻いたリストコムのパネルを撫でた。不正な手段で入手したデータを仮想ディスプレイに表示させる。自分をいま熱心に追っている捜査官たちの個人情報だ。

そのうちのひとりの名前に、ふと目が留まった。見覚えがあった。顔写真は、男が知っているものよりずっと歳を取っていた。

短いプロフィールの内容が、男の古い記憶を刺激した。地球生まれの移民で、脇目もふらず、執拗に自分の足跡を追っている捜査官。父親もまた刑事であり、その人物はすでに死亡していた。

頭の片隅にふわりと蘇った懐かしい記憶に、男は苦笑いを浮かべた。

この捜査官が、自分に対して激しい憎悪を持ってくれると楽しいのだが——と思った。

捜査官としての本分など超え、人間として自分を憎んでくれたらどんなにいいだろう。警官であることを捨て、ひたすらに自分だけを憎み、ストレートに殺意を向けてくれたら……。

その望みを叶えるためなら、どんな嫌がらせだってやってやる。

共感や理解など一切求めない。

容赦なくおれを打ち砕いてくれ。

炎の中に投げこみ、焼き焦がしてくれ。

撃ち損じることなど許さない。

荒々しく牙を剥き、正面からおれに銃を向けてくれ。

その瞬間、おれは全身が震え出すほどの喜びを覚えるだろう。
おれがおまえに望むのは、ただそれだけだ。

男は仮想ディスプレイからデータを消すと、身を起こした。外出用の上衣に袖を通した。玄関を出て、アパートをあとにした。

疲れ果てた体に活力を吹きこむために、どこかで食事をしたかった。静かに気を晴らしたかった。何も考えず、ただ単純に、うまい料理を楽しみたかった。

ささやかな日常に人生の喜びを見出し、他者とのつながりを確信している者ならばとっくに手にしている心の安らぎを、男は未だに得られずにいた。ただ飢え乾くように、それがどこかにないものかと、心の奥で暗い炎を燃やしながら、孤独に夜の街を彷徨うばかりだった。

それは、光の届かぬ深海に沈んでいく、決して救われない罪人(つみびと)の姿そのものだった。自分で自分を追い詰め、ひたすらに破滅の道を転落し続ける、愚かな人間の姿そのもの——。

けれども男は、いまの自分を、ほんの少しだけ気に入っていた。

ダブルE区で「よくできた賢い子供」と呼ばれていた頃よりは、多少はましな人間になれたはずだと信じていた。

解説

山岸(やまぎし)真(まこと)
（ＳＦ翻訳業）

光文社文庫で刊行されているアンソロジー・シリーズ《異形コレクション》に「魚舟・獣舟」が発表されたとき、監修者の井上雅彦(いのうえまさひこ)は作品紹介をこう書きはじめている。
「かくも魅力的な〈異形〉を紹介できる悦び」
《異形コレクション》の作品紹介は読書意欲をそそるテンションの高さで知られるが、その中でもこれは指折りのフレーズのひとつだろう。ひときわの傑作と出会ったという興奮ぶりが伝わってくる。

事実、「魚舟・獣舟」は大きな反響を呼んだ。この短編が発表された二〇〇六年はオールタイム・ベスト級の日本ＳＦ中短編が大豊作だったのだが、その中でも上田早夕里のこの短編は、光文社文庫から昨年発売された作者の長編『美月の残香』の堀晃(ほりあきら)解説のように、「処女作に感じられた資質が全開した傑作であり、二〇〇六年のベスト短編である」とする声もあったほどだ。

本書が刊行される運びとなったのは、こうした高い評価が力になった面もあるのだろう。

筆者もこの短編を絶賛したひとり、それも本書の担当編集さんを前に力説したことがあり、そうした縁もあってか、作者の記念すべき第一短編集の解説という、晴れがましくも過分な大役をご依頼いただいた。（こまかいことですが、ここで註をひとつ。作者にはすでに『ショコラティエの勲章』という連作短編集があるが［東京創元社、二〇〇八年］、第一短編集という場合、ふつうは本書を指すことになります）

それにしても、これだけ傑作ぞろいの本なら、もっと有名な書評家、あるいは人気作家の方々が喜んで解説を寄せるだろうに、自分のような者がこの仕事を引きうけちゃってよかったんでしょうか……などという話はともかく、いまも「傑作ぞろい」と書いたが、いくら年間ベストといっても短編ひとつの評判だけで短編集の出版が決まるわけではない。本書は企画・出版されたことそれ自体が、作品の質、面白さの保証書になっているのである。

さて、傑作傑作と騒ぐだけではどうしようもないので、収録短編を順に紹介していこう。といっても、どの作品も〝読めばわかる〟話であり、読解のヒントや専門知識が必要などということはないので、以下は蛇足になるのだが。

「魚舟・獣舟」

《異形コレクション》の第三十六巻『進化論』（二〇〇六年八月刊）に発表されたバイオSFの傑作であり、日本屈指の海洋SF短編。

冒頭から、海上で営まれる日常生活、魚舟とか獣舟とかいう異形の生物らしき存在といった描写が畳みかけられて、思わず引きこまれる。そして読者は、しだいにこれが、現代社会崩壊後の未来の物語であることを知る（やがて、「陸地の大半が水没した世界」という言葉も出てくる）。この時代の人類は、生涯を海上で送る海上民と、わずかに残った陸上に暮らす陸上民に分かれている。

主人公は陸に移住した元海上民の男性。彼が回想する海上民の生活や文化には、土俗的・神秘的な雰囲気が漂う。だが作中には科学的な用語も平然と出てきて、文明や知識が決して喪（うしな）われていないことをにおわせる。

そうとわかっていても、物語後半、魚舟に関する設定が一気に明かされ、〝サイエンス・フィクション〟としてのがっしりした世界観が提示されるくだりは、そこで語られるSF的アイデアのすばらしさを含めて、衝撃的だ。だが作者はアンソロジーのお題にあわせて、結末にむけてさらにアイデアをひねり、人間とはなにかという根本的な問題を提起するとともに、壮大なSF的ヴィジョンをかいま見せてくれる。

……などと書いてくると、これが設定とアイデアだけしかない話だと早合点する人が出てきそうだが、そんな作品だったらオールタイム・ベスト級と呼ばれたりはしません。

海上民の出自ゆえに移民後も挫折を味わわされる主人公。幼なじみの女性との再会。ふたりが思春期だったころの事件。それがもとで女性がたどることになった運命と、彼女が秘めた強い意志。ストーリーを動かしていくのは、こうしたドラマだ。

このすべてが、文庫で三十ページほどにおさめられて、それでいて物足らなさも窮屈さも感じさせないのだから、絶賛するほかないでしょう。

なお作者によると、この短編と同じ世界設定の長編が書かれる予定だという（本編の続編等ではなく、完全に独立した物語）。刊行は二〇一〇年以降になるとのことだが、これは楽しみにしないわけにはいかない。

最後にもうひとつ。〝船〟ではなく〝舟〟という字が使われているためだろうか、どことなく南海の伝承か日本神話をベースにした伝奇ＳＦを連想させるタイトル（だと思うのですが、どうでしょう）が、華麗なイメージを増幅させていることも見逃せない。

「くさびらの道」

《異形コレクション》第三十八巻の『心霊理論』（二〇〇七年八月刊）が初出。説明が遅くなったが、《異形コレクション》は巻ごとにお題が設定された、書き下ろし作品のアンソロジー。この巻は〝幽霊の考察〟がお題で、「くさびらの道」はＳＦの立場からみごとにそれに応えている。（ほぼ）現代の日本が舞台のバイオ／メディカルもので、ＳＦ、ホラー、サスペンス、パニックものが混然となり、むろんそこに人間のドラマが加わった作品だ。

この作品には、生理レベルから思索的なものまで、さまざまな〝ホラー〟の要素が組みこまれている。個人的には、九州が異常事態に襲われたとき、「九州でどれほど被害が出ても、東京はのんびりしたものだった」という一節とその後の事態の展開に、現実のニュースのあれこれを連想して、慄然とさせられた。

（タイトルの「くさびら」とはなにかは、ここでは伏せておきます。辞書を引いたり、ネットで検索したりする方は、短編を読み終えてからにしたほうがいいでしょう）

「饗応」

《異形コレクション》第三十九巻、『ひとにぎりの異形』（二〇〇七年十二月刊）が初出。シリーズの十周年と、星新一没後十年（およびデビュー五十周年）にあわせたショートショート特集の巻だ。「饗応」は出張とかビジネスホテルとかいう言葉ではじまり、なんだかジャパネスクな光景へ、さらにシュールなイメージへと移り変わっていき、そして……この先を書くのは、ショートショート紹介のルール違反なので、コメントはここまで。

「真朱の街」

初出は《異形コレクション》第四十巻の『未来妖怪』（二〇〇八年七月刊）。未来と妖怪という相反するイメージを共鳴させる、というコンセプトの巻で、この短編は大胆にも、テクノロジーの世界と妖怪が実在する世界を文字どおり融合している。

作者は「魚舟・獣舟」や「くさびらの道」でも、科学の言葉を使って人間の定義という問題を取りあげていたが、この短編ではいっそう手加減のない（または身も蓋もない）視点が示される。そこへさらにオカルティックな題材が重ねあわさって、隠された主人公のドラマがえぐり出されていく。加えてユーモアもあり、ハードボイルドタッチでもあり、と作家的な力量が遺憾なく発揮された作品だ。

「ブルーグラス」

本書の中で最初に発表された作品。作者は二〇〇三年に『火星ダーク・バラード』で第四回小松左京賞を受賞し、同年末に角川春樹事務所から受賞作が単行本で刊行された。〈小松左京マガジン〉第十三巻（二〇〇四年一月発行）掲載のこの作品が、受賞第一作である。

観葉植物のように見えるが、じつはテクノロジーの塊のようなオブジェ、ブルーグラス。それを媒介にして主人公の人生と心の遍歴を綴った内省的で感傷的な物語、と思っていると……。ダイビングをフィーチャーした海洋SFでもある。

「魚舟・獣舟」をきちんと翻訳できたら海外でも高く評価されるだろうが、逆に「ブルーグラス」は、アメリカで評判の新人SF作家の作品を訳して、固有名詞をいじりました、といわれたら信じてしまいそう。受賞作はまぐれなどではなく、プロ作家の力量を備えていることが、この受賞第一作で証明されたわけだ。

「小鳥の墓」

本書のために書き下ろされたこの作品は、字組みしだいで文庫一冊になる分量がある。だ。これはともかく。だから本書は、短編集＋ショートノベルと呼んだほうが適切なのだが、それはともかく。冒頭近くに「火星産の青い薔薇」が出てくるので、『火星ダーク・バラード』をお読みの方はぴんと来るだろうが、これはデビュー長編の前日譚である。より正確には、長編の中で強烈な存在感を放っていた重要な脇役の、少年時代の物語。長編ともあざやかにリンクした部分があって、それがどこかは読んでのお楽しみ。

しかしながら、この作品は独立した物語であり、単独でじゅうぶん楽しめることはまちがいない。リンクの部分も、長編を知らなくてもとまどいなく読むことができる。

長さがあるだけに読みどころは多く、作者がさらに腕前を上げたことを感じさせる部分も随所にある。それを書きつらねるには残りスペースが足りないのでひとつだけいっておくならば、ほかの作品にも見られた人間や社会に対する透徹した視線が、いっそう怜悧になっているように感じられる。人間とはなにかを生物学的観点から理づめで論じ、お手軽なヒューマニズムをはねつけるシビアな態度。悪の体制とかいったわかりやすい敵を設定することなしに、〝社会〟というものが何重にも網を張りめぐらせて個人をとらえているさまを描きだす容赦ない筆致。いずれも、上田作品の大きな持ち味といえるだろう。

なお、『火星ダーク・バラード』は昨年ハルキ文庫に入り、その際に大幅に改稿されて、いわば別バージョンになっている。単行本版をお読みの方も未読の方も、ぜひこの文庫版を手に取っていただきたい。

（あと、本編には第二長編『ゼウスの檻』〔角川春樹事務所、二〇〇四年〕と共通する固有名詞が出てくる。長編のあとがきには「（『火星ダーク・バラード』とは）別世界の物語」とあるが……これはSFによくある単なるお遊びなのか、それとも将来の作品でなにかが示されることがあるのか。いずれにせよ、これも楽しみにしたい）

蛇足といいながら長くなってしまった。これもひとえに（この文章の最初に引いた言葉をパラフレーズさせてもらうならば）、

「かくも魅力的なSF短編集をお届けできる悦び」

ゆえのこととお許し願いたい。

そしてひとりでも多くの方が本書を手にとって、

「かくもすばらしいSF短編集を読む悦び」

を味わってくださいますように。

（作者の作家歴等は、『美月の残香』の解説を参照してください）

光文社文庫

文庫書下ろし&オリジナル
魚舟(うおぶね)・獣舟(けものぶね)
著者　上田早夕里(うえださゆり)

2009年1月20日　初版1刷発行
2025年2月5日　9刷発行

発行者　三宅貴久
印刷　大日本印刷
製本　大日本印刷

発行所　株式会社 光文社
〒112-8011　東京都文京区音羽1-16-6
電話 (03)5395-8149　編集部
8116　書籍販売部
8125　制作部

ISBN978-4-334-74530-1　Printed in Japan

組版　萩原印刷